漫歌

〔智利〕巴勃罗·聂鲁达 著

赵振江　张广森 译

Pablo Neruda

Canto general

南海出版公司

新经典文化股份有限公司
www.readinglife.com
出　品

目录

大地上的灯

爱的亚美利加

（1400）[1]

在礼服与假发到来之前
只有河流，动脉般的河流；
只有山川，在破损的峰峦之间；
秃鹰和白雪仿佛一动不动，
只有潮湿与浓密，尚无名字的
雷电，无尽的草原。

人就是土地，是容器，
是颤动的泥浆的眼皮，陶土的形体，
加勒比的罐子，奇布查[2]的石头，
帝国的酒杯或阿劳科[3]的硅石。
他温柔又有血性，然而他那湿润晶石武器的
把柄上
却铭刻着
大地的象征。

后来

无人能记起它们：风
将它们忘却，水的语言
被埋葬，暗语已经失踪
或被淹没在寂静与血泊中。

---

①《漫歌》从哥伦布到达美洲（1492）之前写起，所以作者标为1400年；第一句诗中的“礼服与假发”即欧洲人的象征。（本书所有注释均为译者注。）

② 哥伦比亚境内的印第安人。

③ 智利境内的印第安人，曾英勇抗击西班牙征服者。

牧人兄弟们，生命没有消逝。
然而就像一朵野玫瑰
在繁茂中落下一点红
便是熄灭大地的一盏灯。

我来此是为了讲述历史。
从水牛的平静
到大地尽头被拍打的沙滩，
在极地光辉聚集的浪花里，
沿着委内瑞拉阴暗陡峭的洞穴
我寻找过你，我的父亲，
铜与雾的年轻武士，
啊，还有你，新婚的植物，不驯服的毛发，
鳄鱼母亲，金属鸽子。

我，土生土长的印加人，
敲着石头说过：
是谁
在等候着我？在一把
透明的水晶上，我把手紧握。
然而我走在萨波特克[①]的花丛里
阳光像温柔的小鹿
阴影像绿色的眼皮。

无名的还不叫亚美利加的土地，

① 墨西哥的印第安部族。

时开时谢的花蕊，染血的矛头，
你的芳香从我的内心
一直沁入我的酒杯，直至我的口中
尚未诞生的最精美的言语。

1

植物

风从其他的领域
降临这无名而又无数的土地，
雨水带来千万条天上的线
而湿润的祭坛上的神灵
将花朵和生命奉还。

时间在沃土中蔓延。

蓝花楹[1]
高擎海外光辉的浪花，
长矛耸立的南美杉[2]
誓与白雪争高下，
显赫的桃花心树
从树冠蒸馏着血滴，
在落叶松的南方，
雷鸣树，母亲树，
长刺的树，赤红的树，
朱砂木棉，橡胶树，
它们都是大地的组成部分，
都是声音，都是领土本身。

---

① 一种热带地区开花的树木。
② 智利的一种树木，音译名为“阿劳卡里亚”，因阿劳科人而得名。

一种新的芬芳四处洋溢
通过大地的裂缝，
充满人的呼吸，
使人呼出烟雾和香气：
野生的烟草
将梦一样的花朵举起。
玉米出现了，宛似顶端
化作火焰的长矛，它的躯体
脱粒后又重新诞生
将玉米粉撒向各地，
它的根下埋葬着死者，
然后在自己的摇篮里
注视着植物之神的发育。
波纹起伏，旷野茫茫，
胚芽与花蒂浓密的光，
无情多雨的纬度、泉边的深夜、清晨的池塘
用尘世的油脂
哺育起盲目的黎明
它们将风的种子
撒在山脉的羽毛上。
即使在宛若大地画卷的平原，
在清凉的繁星下面，
野草之王——商陆[①]也会用它的根
和枝条的缰绳将草原驾驭，
将自由的风和呼啸的飞翔阻拦。

---

① 生长在南美草原上的一种树木，皮厚并呈白色，开长串的花朵，枝叶繁茂。

林木茂盛的亚美利加，
海洋之间的野生黑莓，
绿色的宝库，你使自己的浓密
在极地之间漂浮。
黑夜萌生
在神圣果壳的城市，
在声音响亮的林场，
在宽大的叶片——
它们将胚胎的岩石、将诞生遮掩。
绿色的子宫，丰盛的宝库，
亚美利加种子的碧毯，
一根枝条宛似一个岛屿的诞生，
一片叶子就是一把剑的造型，
一朵花是闪电是水母，
一串果实变得圆润，
一条根下沉到黑暗中。

2

兽类

那是鬣蜥的黄昏。

它的舌头像投枪一样
从彩虹般的棘状鳞
向绿色挺进，
蚂蚁修士迈着和谐的步履
走过森林，
小巧的羊驼仿佛氧气，
穿着金靴
在褐色宽广的山间走动，
骆马在洒满
露珠的精美世界中
睁开了天真的眼睛。
猴子们在黎明的岸边
编织着一条
永无休止的情爱之线，
将花粉的墙壁推翻，
将穆索[①]蝶群紫色的飞翔惊散。
那是鳄鱼的夜晚，繁衍的夜晚，
长长的嘴巴伸出泥潭，
隐隐约约的甲胄声
又从梦幻般的沼泽

---

① 哥伦比亚境内的一座城镇，附近有大量的彩蝶和美丽的昆虫。

返回大地的根源。

美洲豹用忽隐忽现的磷光
将树叶晃摇，
美洲狮宛似吞噬一切的火
在枝条间奔跑
而森林沉醉的眼睛
在它身上燃烧。
欧亚獾搔着河流的脚，
嗅着寻找洞穴，用红色的牙齿
攻击那里诱人的美味。

在广阔的水底，
巨大的水蛇
宛似大地上的圆环
身披庆典的泥土
笃信宗教而又凶狠贪婪。

3

鸟儿来了

在我们的土地上，一切都在飞翔。
当红冠鸟宛似一滴滴
血和羽毛，
染红了阿纳瓦克[1]的晨曦。
巨嘴鸟是一只
盛着鲜亮水果的可爱盒子，
蜂鸟保存着
闪电特有的闪耀
而它那细小的火苗
在静止的空气中燃烧。

显赫的鹦鹉
充满叶丛深处，
宛似碧绿的金锭
刚露出深深的沼泽，
它圆圆的眼睛上
一个黄色的环在观看，
古老得像矿山。

天空中的鹰
都在渺无人迹的蓝天
滋补血腥的饥肠，
秃鹫，凶杀之王，

---

① 墨西哥中部高原的名字，原文是纳瓦特尔语，意为“水边”。

天上孤独的僧侣，雪中黑色的符咒，
鹰隼家族中的飓风
驾着食肉者的翅膀
在世上翱翔。

灶鸟巧夺天工，
用芳香的泥土
搭起响亮的小小歌厅
从那里传出动听的歌声。

夜鹰在神圣的水塘岸边
不停地发出湿润的叫喊。
阿劳科的雌鸽在灌木丛中
筑起简陋的巢房，
将真正的礼物留在里面：
那一个个闪着蓝黑色光芒的卵。

南方的长尾草地鹨，秋天
芳香温柔的木匠，
炫耀红星
闪烁的胸膛，
南方的红领带鸦[①]
吹奏起刚刚从水的永恒中
拾起的笛子。
然而火烈鸟
却像睡莲一样湿润
打开教堂鲜红的大门，

---

① 智利南部的一种鸟。

像霞光一样飞舞
远离闷热的树林，
那里吊挂着格查尔鸟[1]的宝石
它突然惊醒，
活动起来、滑行起来、闪烁着光芒，
让它那贞节的烈焰飞翔。

一座大山似的鸟儿
飞向海岛，
一轮明月似的飞禽
奔向南方，
飞行在秘鲁激荡的岛屿上。
这是一条影子汇聚的河流，
是无数小小的心灵
组成的一颗彗星，
它们遮天蔽日
宛如一颗拖着沉重尾巴的星体
向着群岛跳跃而去。

从怒涛汹涌的大海的尽头，
冒着大洋的风雨，
信天翁的翅膀出现了
宛似两个海盐造就的系统，
迎着两旁的阵阵激浪
在寂静中
建立孤独的秩序。

---

① 美洲热带地区的一种攀禽，尾长，头上有绿色的冠羽。

4

河流赶到

一条条河流爱恋着你，蓝色的水
和透明的水珠将你冲击，
你那啃咬苹果的黑色女神的幽灵
宛如一棵血脉织就的大树：
当你赤裸着醒来
已被河流文身，
世界在你头颅的顶部
洒满新的露珠。
流水沿着你的腰部激荡，
泉水在你的全身流淌，
湖泊在你的前额闪光。
你从森林母亲那里收集
宛似生命的泪珠一样的水源，
你在沙地上拖着道道河床，
度过行星的夜晚，
穿越遍地粗糙的岩石，
一路上
截开各种地质的盐矿，
斩开围墙一般的密林，
劈开石英的肌体。

7

奥里诺科河[①]

奥里诺科，让我留在
你不知是何时的那一刻的岸边：
让我像当时那样赤身行走，
进入你洗礼时的黑暗。
水色殷红的奥里诺科，
让我将归来的双手
伸进你母亲般的怀中，
伸进你的流水中，
种族之河啊，根的故乡，
你洪亮的声响，粗犷的坦荡
来自生我养我的地方，
来自高尚而又可怜的孤寂，
来自一个宛似鲜血的秘密，
来自一个黏土造就的沉默母亲的怀抱。

---

① 南美的重要河流，全长 2140 公里，流经亚马孙地区，入加勒比海。

7

亚马孙河

亚马孙河
水之音节的国都，
族长之父，
你是孕育万物的
神秘的永恒，
河流像鸟儿一样
落在你身上，
大红的雌蕊将你覆盖，
死去的巨大树干使你充满芳香，
月亮也无法将你看守和测量。
你饱含绿色的精子
宛似一棵新婚之树，
野性的春天使你泛着银光，
木材使你发红，
岩石的月光使你变蓝，
你身披铁色蒸汽的衣裳，
像一条行星之路，缓缓地流淌。

7

特肯达马河①

特肯达马，
你可记得自己
在高山上不留痕迹
而又孤独的步履，
孤孤单单的线，薄弱的意志，
来自天空的路，白金的飞矢，
你可记得自己一步一步地
冲开一道道金墙
直至从天而降落在
可怕的舞台般的空洞岩石上？

---

① 在哥伦比亚境内，河上有高达132米的瀑布。

7

比奥比奥河[1]

告诉我，比奥比奥，
我唇间滑落的
是你的话语。
你给我语言，给我雨水和叶丛
混在一起的夜晚的歌声。
你，向我这个谁都不屑一顾的孩子
讲述大地的黎明，
讲述你的王国里强大的和平，
讲述那与死亡之箭一起埋葬的斧头，
这都是肉桂的叶子
对你千年的诉说，
后来我看见你
化作无数的嘴和乳房，
多姿多彩，浩浩荡荡，
喃喃地讲着这血色的故事
投入辽阔的海洋。

---

① 智利第二大的河流，全长 380 公里，入太平洋。

5

矿藏

金属之母啊，人们将你焚烧，
将你咬碎，将你煎熬，
将你侵蚀，后来偶像已然
不能保护你，便让你腐烂。
藤蔓向着
森林之夜的头发攀缘，
桃花心木做成的箭杆，
收纳在华丽阁楼上的铁器，
家乡滑翔的雄鹰
那高悬的利爪，
陌生的流水，可恶的太阳，
浪花凶狠的波浪，
潜伏的鲨鱼，
南方群山的牙齿，
身披羽毛、因含毒汁
而罕见的蛇神，
飞鸟和蚁群
传来的祖先的热病，
大片的沼泽，
长着酸性尖刺的蝴蝶，
近乎金属的木头，
这不怀好意者的合唱
为什么不捍卫宝藏？
黑色岩石的母亲

这岩石会使你的睫毛
染上血红的颜色！
作为太阳神父的饰物，
绿宝石刚刚从自己的营盘、
从神奇的闪光中诞生，
铜还在硫化状态中沉睡未醒，
锑正在我们星球的深处
一层一层地攀登。
煤乌黑发亮，
闪烁着与白雪截然相反的黑色光芒，
黑色的冰嵌入大地
一动不动的暴风雨中，
而此时黄鸟的光芒
将硫黄的河流埋葬
在冰冻的山峦脚下。
钨磨砺着刀刃，
铋编织着医药的发辫，
钒为了进入黄金的厅堂
穿起雨水的衣裳。

　　被误认的萤火虫
　　依然在高处
　　将一滴一滴的磷
　　撒向深渊的沟壑
　　和含铁的山峰。
　　地下的蓝宝石
　　是大自然的葡萄园。
　　高原上的小战士

身穿锡袍而眠。
在绿意盎然
未被埋葬的黑暗中
铜犯下种种罪行，
在日积月累的宁静里
那些摧毁一切的木乃伊正酣然入梦。
在奇布查人的温柔中
黄金离开昏暗的庙宇，
向武士们缓缓移动，
化作红色的花蕊，
化作大地的磷火，
化作神奇的牙齿，
化作坦荡的心灵。
那时候我在酣睡
梦见一颗种子、一个幼虫。
和你一起走下
克雷塔罗[①]一级一级的石磴。
朦胧月光的岩石，
渔民蛋白石的首饰，
教堂里被紫水晶
冻结的枯树，
都曾为我等候。

黄金丰富的哥伦比亚，
你怎会知道

① 墨西哥的州府，拿破仑派去的皇帝马克西米利亚诺在那里被处决（1867）。

你那些赤裸的岩石
隐藏着黄金猛烈的风暴？
绿宝石的家乡，
你怎会看到
死亡和大海的珍宝，
那令人不寒而栗的烈焰，
会浇进入侵者魁首们的咽喉里？

你曾经只是单纯的岩石，
盐所培育的玫瑰，
被埋葬的邪恶的泪滴，
动脉昏睡的美人鱼，
颠茄，黑色的蛇。
（当棕榈树将它的立柱
散成高高的梳子，
盐渐渐剥夺了
山峦的光辉，
将树叶上的雨珠
化作石英岩的外衣，
将枞树
化作煤的大路。）

我驾着飓风奔赴危险，
降落到绿宝石的光明，
上升到红玉的藤蔓，
却在沙漠中平卧的硝石雕像上
永远地沉默。
我看见锡

如何从骨质高原的灰烬中
将珊瑚状的毒枝举起，
直到像一片森林般
展开昼夜弥漫的雾气，
直到掩盖了
我们谷物王朝的标记。

6

人类

因为陶土的杯子
是矿物的种族，
所以岩石和大气所造就的人
也就像泥罐一般纯洁、响亮。
月亮揉搓出加勒比人，
提取出神圣的氧气，
捣碎了花朵和根。
岛上的人
用硫黄色的花线
编织着花束和花环，
海怪兴起了海风，
岸边浪花飞溅。

塔拉乌马拉人①身披荆棘，
在西北部的土地，
用血与燧石创造出火种，
而世界又一次
在塔拉斯科人②的黏土里诞生：
爱的大地上的神话，
在雨露的丰腴中，
狂热的果实和性爱的污泥，

① 墨西哥印第安人部落，居住在奇瓦瓦州境内。
② 墨西哥古代民族，分布在西北各州境内。

变成神的态度
或器皿苍白的壁。

祭司们走下
阿兹特克人的台阶
宛似色彩斑斓的山鸡。
三角形的石级
支撑着服饰上
无数的闪电。
雄伟的金字塔，
岩石叠着岩石，挣扎与傲慢，
在它驾驭一切的结构中
保藏着一颗
牺牲者杏核般的心灵。
鲜血沿着
神圣的石阶流下，
伴着号叫似的雷声。
村中的人群
却依然织着纤维，
期盼美好的收成，
编着羽毛的辉煌，
将绿宝石打动，
在千头万绪的织物中
展现世界的光明。

玛雅人，你们曾经
砍倒知识之树。
以谷物的气息

建立起审查与死亡的制度，
你们在地下的湖泊
抛入黄金的情人，
探测胚芽的住地。

奇琴[①]人，你们的声音
在森林的黎明中增长。
你们用劳作
在黄色的小城中
建起对称的蜂房，
你们用思想
威胁着神像底座上的血，
使天堂变得昏暗，
使医学得到发扬，
在岩石上写下不朽的篇章。

南方是一派金黄的奇异景象。
天门上的马丘比丘[②]
其巍峨的孤独
充满油脂和歌声，
人捣毁了大鸟
高高的居所，
在群峰间新的领地上，
劳动者抚摩着种子
尽管他的指头已被冰雪冻伤。

---

① 即奇琴伊察，玛雅人的古都，位于尤卡坦半岛。
② 秘鲁印第安人的古城，建于海拔 2300 米高的山上，在克丘亚语中，意为“年迈的顶峰”，与其相对的是瓦伊纳比丘，“年轻的顶峰”。

宛似塔楼和谷仓的宝座，
库斯科正出现曙光，
而那面色苍白的种族
是世界中沉思的花朵，
帝国紫晶的王冠
在它张开的手掌颤抖。
高地的玉米
在梯田发芽，
酒杯和神仙
漫步在火山岩的小路上。
农艺使厨房之国
阵阵飘香
将一件脱粒的太阳披风
铺在屋顶上。

(温柔的种族，山地的姑娘，
塔楼和绿松石的家族，
此时此刻，在奔向大海之前
请将我的眼睛闭上，
因为我们的痛苦来自海洋[①]。)

那蓝色的森林是一个洞穴
瓜拉尼人[②]在树木
和雾霭的神秘中歌唱，

---

① 欧洲殖民者来自海上。
② 巴拉圭境内的印第安民族。

宛似傍晚升起的云烟，
枝叶上的水珠，
爱情岁月的细雨，
河边的忧伤。

在尚无名字的亚美利加的深处
阿劳科人在茫茫的大水中，
大地上所有的寒冷
使他们遗世独立。
请看那伟大的孤独的南方。
在高处看不见炊烟，
只有终年积雪
和被粗大杉树阻遏的疾风。
不要在浓厚的绿色下面
寻找陶器作坊的歌声。

只有水和风的寂静。

武士在树叶间观察。
落叶松中传来吼声。
几只老虎的眼睛
闪烁在雪山的峰峦中。

请看那些歇息的长矛。
请听那被箭
穿透的空气的声响。
请看那些大腿和胸膛
还有乌黑的长发

都在明月下闪光。

请看武士们的空虚。

荒无人烟。灰雀在啼鸣
宛似纯洁之夜的水声。

兀鹰穿越黑色的飞行。

荒无人烟。你听见了吗?
那是美洲豹在空气和叶丛中的脚步声。

荒无人烟。你听。听那树木,
听那阿劳科之树。

荒无人烟。请看那些石头。

请看那些阿劳科的石头。

荒无人烟,只有树。

阿劳科,只有石头。

马丘比丘之巅①

① 该诗最早于1946年发表在委内瑞拉《全国文化杂志》上，1950年收入《漫歌》第二版，是作者最有影响力、发表次数最多的诗作之一。马丘比丘位于安第斯山脉东南部，库斯科城西北，是古印第安人的城堡，由216座建筑物的废墟组成。聂鲁达于1943年10月22日骑马参观了这座古城堡，并于两年后创作了这首长诗。全诗共12节，正好与马丘比丘的12个字母（诗人将 Machu Picchu 写作 Macchu Picchu）和一年的12个月相吻合，尽管这与古印加文化并无相通之处。它的标题（*Alturas de Macchu Picchu*）直译为“马丘比丘高度”，但不够响亮，因此沿用了初译的“马丘比丘之巅”。

马丘比丘之巅

1

宛似一张空网，
我在街道和大气中飘荡，不断到达又告别，
入秋时节树叶展开的金币，
还有春天与麦穗之间那最伟大的爱，
仿佛置身于一只落下的手套，
像长长的月亮献给我们的东西。

(在裸露的躯体
熠熠闪光的岁月里：
钢铁变成了酸的沉寂：
黑夜被撕毁，直至最后的微粒：
新婚祖国的雄蕊遭到了袭击。)

曾在提琴中间等我的人
找到一个世界，它宛如被埋葬的塔
将螺旋体沉到
所有硫黄色的树叶下：
再往下，在地下的黄金里面
我将激越而又温柔的手
深入到大地生殖力最强的部分
像一把风吹雨淋的剑。

我将前额垂入深深的波涛，
像一滴水落进硫黄的平静，

如同一个盲人
回到人类已然消逝的春天的茉莉花丛中。

2

如果花儿向花儿献上高贵的胚芽
岩石用宝石和沙砾磨制的外衣
保护它分散的落英，
人会把从海洋某些泉中
采集的光的花瓣弄皱
会给手中颤动的金属钻孔。
然而不久，在衣衫和烟云之间，
灵魂宛如一笔赌注，落在塌陷的桌面：
石英和失眠，大洋的泪水
宛似寒冷的池塘：但还是请你用纸币和仇恨
将它扼杀、为它送终，
把它浸入岁月的地毯，
在铁丝充满敌意的衣裙里将它撕成碎片。

不：在走廊、道路、天空、海洋，
谁不用匕首将自己的血液
（宛如鲜红的虞美人）守护？
暴怒已使人贩子可悲的交易衰败
而在李子树梢，千年来露珠
将透明的书信挂在等候它的那一根枝头上，
啊，心呀，啊，在秋天的洞穴间
已被粉碎磨光的前额：

在冬天城市的街道上，
在黄昏的公共汽车或船上，
在最深沉的孤独——节日夜晚的孤独中，
在黑暗和钟声下，在人类欢乐的洞穴中，
我多少次想停下来寻找
在岩石上或亲吻的一瞬中
我曾触摸过的永恒而深不可测的纹理。

（谷物宛似受孕的小小乳房的金色故事，
其中重复上演的，是胚胎层的柔情，
它一成不变，散落在象牙上
而水里的是透明的祖国，
是从孤立的白雪直到血淋淋的波涛的钟。）

我只抓住了一副副脸庞或匆匆忙忙的面具，
像空心的金指环，
像狂乱的秋天里女儿们零乱的衣衫，
这秋天使受惊种族的悲惨树木抖颤。

我的手没有休息的地方，
那里像被镇住的泉流，
或者像煤块、水晶一样坚硬，
那个地方会将冷暖归还给我摊开的手掌。
人是何物？在仓库与呼喊中，那牢不可破、永垂不朽的生命
存活在他们公开对话的哪一部分中？
存活在他们怎样的金属运动之中？

3

人如玉米在脱粒，
在盛着悲惨事件
和失败经历的无尽的谷仓，
从第一个到第七个，第八个，
每个人有许多次而不是一次死亡：
每天有一个小小的死神——灰尘、蛆虫、
郊区的泥泞中熄灭的灯光，
一个翅膀粗壮的小小的死神
像一把短矛刺进每个人的胸膛，
而人被面包或利刃所困扰，
放牧者：港口的孩子、耕犁的黝黑的船长
或者闹市上的啮齿动物：
每一个都沮丧地等候着死亡，每天短暂的死亡：
而每天不幸的悲哀就像颤抖地举着的黑色酒杯一样。

4

威严的死神曾邀请我多次：
宛似海浪中无形的盐分，
看不见的咸味散发着
一半升高一半下沉
或者风与雪山的广阔楼群。

我来到铁的锋刃，空气的隘口，
农田和岩石的寿衣，星星划过后的空虚

和令人眩晕的螺旋形的道路：
然而，广阔的大海，啊，死神！
你并非逐浪而来，
而是像夜间奔驰的光线
抑或是黑夜所有的表演。

你从不来衣袋里搜寻，
来访时总穿着红色法衣：
没有寂静包裹的朝霞之毯，
没有泪水被埋葬的巨大遗产。

我不能爱每棵
背负着小小秋天（上千树叶的死亡）的树木上
任何虚伪的死亡和没有土地
没有深渊的复活：我愿在最广阔的生命中
在最自由的河口里游泳，当人类渐渐地排斥我，
当他们的脚步渐远，关上大门，阻止我清泉般的双手将它
受伤的有名无实的躯体触摸，
我便从一条街到另一条街，
从一条河到另一条河，
从一座城到另一座城，
从一张床到另一张床，
我咸涩的面具穿过沙漠，
在最后的简陋的住房，
没有火，没有面包，没有岩石，
没有寂静，没有灯光，
我独自滚向死亡。

5

严厉的死神，铁羽毛的飞鸟，
你不是那些房间的可怜的继承人
在空空的皮囊里，在仓促的食物中夹带的东西：
它是某种物质，折断梗的可怜花瓣，
不曾参加战斗的胸膛上的微粒
或者没有落在前额上的露滴。
它是不能复活的东西，
小小的死亡上的一块，既无和平又无领地
一块骨头、一口钟在那里死去。
我揭开带碘的绷带，
将双手伸进扼杀死神的可怜的痛苦里，
我的伤口只感到一股冷风
吹进灵魂的缝隙。

6

于是我沿着大地的阶梯登攀
穿过茫茫林海中蛮荒的荆棘
来到你——马丘比丘面前。

怪石垒起的高城
终于成了住地，
大地不曾将它的主人藏匿在昏睡的衣裳中。
在你的身上，闪电和人类的摇篮
宛似两条平行的直线

在刺骨的寒风中摇曳。

岩石的母亲，神鹰的浪花。

人类黎明的礁石。

失落在原始沙砾中的巨铲。

这就是住所，就是这个地方：
玉米宽大的颗粒升起又落下
像红色的冰雹一样。

在这里，小羊驼脱下金色的绒毛
给情侣、灵台、母亲、
国王、神父、武士作衣料。

在这里，夜深时，人的双脚和鹰的双爪
在高高的食肉猛禽的巢穴中
一起休息，而黎明时
他们和它们以雷电的脚步踏着薄雾，
触摸大地和岩石
直至在黑夜或死亡中将之认出。

我注视着衣裳和手，
鸣响的洞穴中的水迹，
被脸庞磨平的墙，
那脸庞曾用我的双眼注视大地的灯盏，
曾用我的双手为消失的木材涂油上漆：

因为一切，衣物、皮革、器具、
语言、葡萄酒、面包
俱已离去，落入大地。

空气用橘花的手指
抚摩所有熟睡者的身躯：
空气的千秋万代，空气的岁月星期，
蓝色清风的岁月，钢铁山脉的岁月，
宛似脚步温柔的狂风，
将岩石的孤独的住所磨光擦净。

7

同一个深渊的死者，同一个山谷的阴影，
那山谷的深度与你们的体形相差无几，
真正的、最炽热的死神来了
你们便从千疮百孔的岩石、
从猩红色的柱顶、从高耸的渡槽跌下
宛如坠入一个秋天，坠入同一个死亡中。
如今，空洞的大气已不再哭泣，
它已不认识你们黏土的双脚，
当闪电的利刃划破天空
它已将你们过滤苍穹的陶罐忘掉，
巍峨的大树
已经被雾吞食，被风刮倒。

它曾支撑一只手

蓦地从时间的顶端落到终点。
蜘蛛的爪，凌乱的网，
脆弱的线，你们不再是：
昔日的你们已全部崩溃：光芒四射的面具，
破损的音节，风俗习惯。

但岩石与语言永存：
这城市宛如酒杯，举在所有人的手里：
无论他们是死，是活，还是沉默不语，
支撑他们的是那么多的死神，一堵墙壁，
那么富有生命力的岩石的花瓣：永恒的玫瑰，
这住地：寒带安第斯山的礁石。

当黏土色的手
化作黏土，当满是粗糙墙壁的
一座座城堡合上小小的眼睑，
当整个人类住进自己的坟坑，
留下高度的精确：
人类黎明的巅峰：
盛着寂静的最高的器皿：
无数生命之后的一个岩石的生命。

8

亚美利加的爱，请和我一起攀登。

请和我一起亲吻那些神秘的石块。

乌鲁班巴河[①]银白色的激流
使花粉飞上它的金冠。

空虚的藤蔓，岩石的植物，
坚硬的花环，
飞上寂静的山巅。
来吧，细小的生命，
在大地的翅膀之中，
当结晶与寒冷、震动的空气
将搏斗的绿宝石挪开，
野蛮的水啊，你从雪中下来。

爱情啊，爱情，甚至在严峻的夜晚，
从安第斯山
响亮的燧石，到红色膝盖的黎明
请你看看白雪失明的儿子。

啊，琴弦响亮的维卡玛尤河[②]，
当你宛似受伤的白雪，
将自己长长的雷霆化作浪花，
当你强劲的狂风
歌唱着、折磨着惊醒天空，
你在将什么样的语言
送入刚刚脱离安第斯山的浪花的耳中？

---

① 库斯科地区的一条河，源于维尔卡诺塔山，从马丘比丘可以看到它，山谷与河流同名。

② 乌鲁班巴河的古名，意为“太阳之河”，其源头的雪山维尔卡诺塔，意为“太阳之家”。

是谁捕获了寒冷的闪电
并将它锁在高空?
让它在寒冷的泪水中分裂
在迅猛的刀剑上颤动,
敲击它久经沙场的雄蕊,
将它引向武士的床铺,
让它在自己岩石般的末日里受怕担惊。

你那被追逐的闪烁在说什么?
你神秘、叛逆的雷电闪光
可曾满载着语言游荡?
在你动脉细小的液体里
是谁在打破冰冻的音节,
黑色的语言、压抑的喊叫,
深深的口和金黄的旗?

是谁在剪开从大地中出来
观赏的花的眼睑?
是谁抛下枯死的花串,
让它们在你瀑布似的手中
使自己脱了壳的黑夜
化作地下的煤田?

是谁抛下纽带的枝叶?
是谁又一次埋葬告别?

爱情啊,爱情,不要触及界线,

也不要崇拜沉没的头颅：
让时间在浪花飞溅的泉水的大厅
完成自己的造型，
在迅速的水流和城垣之间
收集隘口的空气，
平行的风，
山脉盲目的沟壑，
露珠粗犷的问候，
请上来吧，穿过林莽，从花朵
到花朵，踏着直冲而下的长蛇。

在充满岩石、树丛、绿色星星的尘埃
和明亮森林的险峻地方，
曼图尔[①]发出轰响，宛如活的湖泊
又像是一层新的沉寂。

请到我的生命、我的黎明中来吧，
直到已经加冕的孤独。
死去的王国依然活着。
神鹰血腥的阴影
像黑色的船穿过巨大的时钟。

9

天体的鹰，雾的葡萄园。

---

① 山谷名，在印加人的克丘亚语中意为“红的颜色，一种树的果实”。

失落的棱堡，盲目的弯刀。
布满繁星的腰带，庄严的面包。
激流般的阶梯，辽阔的眼睑。
石头的花粉，三角形的长袍。
花岗岩的灯盏，石头的面包。
矿石的蛇，石头的玫瑰。
被埋葬的船，石头的泉。
月亮的马，石头的光。
等分的矩尺，石头的蒸气。
最终的几何学，石头的书。
阵阵狂风中雕花的定音鼓，
被沉没的时间的石珊瑚。
被手指摸光滑的城墙。
被羽毛击打的屋顶。
镜子的花束，风暴的基地。
被藤蔓缠倒的王位。
暴怒魔爪的统治。
在斜坡上停滞的劲风。
绿松石静止的飞瀑。
沉睡者祖传的钟。
被征服的白雪的枷锁。
横卧在自己塑像上的铁器。
被困住的无法接近的风暴。
美洲豹的爪，血腥的岩石。
戴着帽子的塔，雪的辩论。
在手指和根上升起的黑夜。
雾的窗户，僵硬的鸽子。
夜间盛放的植物，雷的雕像。

重要的山脉，海的屋顶。
失踪老鹰的建筑。
天的琴弦，高空的蜜蜂。
血淋淋的水平面，建造出来的星星。
矿石的泡沫，石英的月亮。
安第斯山的蛇，苋菜的前额。
寂静的穹顶，纯洁的祖国。
大海的新娘，教堂的树木。
盐的枝条，黑翅的樱桃。
雪的牙齿，寒冷的雷声。
被抓伤的月亮，有威胁的石头。
冰冷的头发，空气的运行。
手的火山，昏暗的瀑布。
银的波浪，时间的方向。

10

石头在石头中，人，曾在何方？
空气在空气中，人，曾在何方？
时间在时间中，人，曾在何方？
难道你也是残破的人，
空洞的鹰的碎片，
沿着今天的街道，沿着足迹，
沿着秋天枯萎的落叶，
将灵魂摧残，直至进入墓地？
可怜的手脚，可怜的生命……
失去光泽的岁月在你身上

宛似雨水落在节日的小旗，
它可曾一瓣一瓣地将黑色的食物
送进你空空的嘴里？
　　　　　　　饥饿，人的珊瑚，
饥饿，神秘的植物，砍柴人的根，
饥饿，你成排的礁石
是否攀上了这些巍峨的残塔？

我问你，路上的盐粒，
建筑啊，让我看看那把羹匙，
让我用木棍折磨石头的花蕊，
让我登上所有空中的阶梯直抵太虚
让我抓挠内脏直至触碰到人类。
马丘比丘，你曾将岩石
放在岩石中，地基却是破烂的布片？
将煤放在煤上，底部却是泪水？
将火放在黄金中，其中却颤动着
殷红的血滴？
请将你所埋葬的奴隶还给我！
请从地上摇落穷苦人坚硬的面包
并将奴隶的衣服和窗户拿给我瞧。
告诉我，当他活着的时候，怎样睡觉。
告诉我，他的梦是不是带着鼾声，
半张着口，犹如疲劳在墙上挖出的黑坑？
墙，墙！每层岩石是不是压着他的梦，
他倒在梦乡，上面压着岩石，是不是像压着月亮！
古老的美洲，沉没的新娘，
还有你的指头，

当它们从原始森林伸向高高的仙境
在光辉和荣耀的婚礼的旗帜下，
伴随着战鼓和战矛的雷鸣，
还有，还有你的指头，是不是
也将抽象的玫瑰和寒冷的线条，
将新鲜谷物滴血的胸脯
转移到闪光的布上和严酷的洞穴中，
还有，还有，被埋葬的亚美利加，你是不是也将饥饿
藏在最深处，藏在痛苦的内脏，像一只雄鹰？

11

穿过朦胧的光焰，
穿过岩石的夜晚，让我将手伸进去，
让那被遗忘的古老的心灵，
像一只被捕千年的鸟，在我的胸中跳动！
让我忘却今天这幸福，它比海洋宽广，
因为人类的宽广胜过海洋和它的岛屿，
应该像落入井中一样落入大海
以便取出海底一捧神秘的水和被淹没的真理。
宽阔的岩石，让我忘却那雄伟的体积，
无边千古的大小，蜂窝的岩石，
今天让我的手顺着直角尺上
粗犷的血和苦行衣的斜边滑去。
当愤怒的神鹰，宛如红鞘翅的铁蹄，
在飞行中拍打我的双鬓，
生着食肉动物羽毛的狂风

横扫倾斜的石阶上昏暗的灰尘，
我看不见那迅猛的飞禽，
看不见它利爪的盘旋，
只见古老的生灵，奴隶，睡在田野上的人，
只见一个躯体，一千个躯体，一个男人，一千个女人，
和雕像沉重的石头一起：
在黑风下被雨和夜染成黑色，
采石人胡安，维拉科查[1]之子，
受冻者胡安，绿色星辰之子，
赤脚者胡安，绿松石之孙，
请上来和我一起出生，兄弟。

12

请上来和我一起出生，兄弟。

从布满痛苦的深处
向我伸出手臂。
你不会从岩石深处回来。
你不会从地下的时光回来。
你僵硬的声音不会回来。
你被打穿的眼睛不会回来。
从大地深处看看我吧，
农民，纺织工，沉默的牧人，
看护原驼的驯服者，

① 按照古印加人的传统，维拉科查是主宰世界的神。

受挑战的脚手架上的泥瓦匠，
安第斯山泪水的挑夫，
手指被压碎的首饰匠，
在种子中颤抖的庄稼汉，
和黏土混为一体的陶工：
把你们被掩埋的古老的悲哀
带给这新生命之杯吧。
让我看看你们的血和皱纹，
告诉我吧：我在此遭受惩罚
因为首饰不再闪光，
大地不再按时交纳宝石和食粮。
让我看一看你们跌倒的岩石
和折磨你们的十字架的木头，
为我点燃你们古老的火石、古老的灯盏，
鲜血淋漓的斧头
和千百年来将人抽得血肉模糊的皮鞭。
现在让我通过你们死去的口发言。
请穿过土地，把所有
沉默、破碎的嘴唇连成一片，
在地下对我讲吧，这整个漫长的夜晚，
如同我和你们一起抛锚，
把一切都告诉我，一链接一链，
一步挨一步，一环套一环，
磨利你们的刀剑，
放在我的手上，佩在我的胸前，
犹如一条闪烁黄色光芒的河，
犹如一条埋葬老虎的河，
让我哭泣吧，每时，每天，每年，

多少蒙昧的时代，繁星似的流年。

给我寂静，水，希望。

给我斗争，铁，火山。

将身躯如磁铁般粘到我的身上。

到我的口中和我的血管中。

倾诉吧，借我之言，以我之血。

征服者

主持正义的神啊，

你看敌人在怎样使我流血！

——图帕克·阿马鲁一世

1

他们来到岛上

（1493）[①]

剑子手将岛屿夷为平地。
在这苦难的历史中
瓜纳哈尼[②] 首当其冲。
黏土的儿女们眼睁睁地看着人们
折磨她麋鹿似的苗条身材
打破她的笑容。
他们至死也不明白为什么会那样。
他们遭绑、受伤，
他们被烧、挨烫，
他们被撕咬、被埋葬。
当时间在棕榈树上
跳舞，在华尔兹中旋转，
绿色的大厅已是空荡荡。

为了上帝和人类，
更大的光荣，只剩下
累累白骨被僵硬地摆成
十字架的形状。

在首领的陶土

---

① 哥伦布于1492年10月12日首次到达美洲，征服从巴哈马群岛开始。
② “新大陆”的第一个岛，即今天的圣萨尔瓦多岛，在巴哈马群岛中。

和索塔文托[①]的枝条
成群的珊瑚被
纳瓦埃斯[②]的利刃一点点收割。
这里有十字架，这里有念珠，
这里有绞刑架的圣母。
哥伦布的宝贝，闪着磷光的古巴，
在湿漉漉的沙地
接受了跪拜和战旗。

---

① 小安的列斯群岛中最北的一些岛屿，即今天的背风群岛。

② 潘菲洛·德纳瓦埃斯（147？—1528），西班牙征服者，曾参与对古巴、佛罗里达和密西西比河的征服活动。

2

现在是古巴

然后是鲜血和灰烬。

后来只剩下孤零零的棕榈。

古巴，我的爱，他们将你绑在刑架上，
他们划伤你的脸庞，
砍断你淡黄的双腿，
打碎你石榴似的生殖器官。
用利刃将你刺穿，
将你肢解，将你焚烧。

沿着甜蜜的山谷
毫无人性的人走下来，
你的儿女们的盔缨
消失在高山的迷雾中，
然而他们在那里被追上，
一个接一个地死亡，
在折磨中被剁成碎片，
就连花朵温馨的土地
也从他们的脚下逃离。

古巴，我的爱
不寒而栗的惊恐
如同朵朵浪花将你撼动，

直至你变得单纯、
孤独、浓重、寂静，
螃蟹们为了你的儿女们
稚嫩的骨头而激烈地拼争。

3

他们来到墨西哥海

（1493）

杀戮之风吹向韦拉克鲁斯[1]。
马匹从韦拉克鲁斯下船。
船只来自卡斯蒂利亚[2]
利爪和红胡子拥挤不堪。
他们是阿里亚斯、雷耶斯、罗哈斯和马尔多纳多斯[3]
无依无靠的卡斯蒂利亚人的子孙，
他们在客栈里是虱子的食物，
他们在严冬中忍受过饥贫。

他们趴在船舷上注视着什么？
多少事属于消逝的过去，多少事
将会发生？多少事在受摧残的祖国
那飘荡的封建之风中？

他们驶离南方的港口[4]
不是为了让人民的手
沾染掠夺和死亡：
他们憧憬碧绿的土地，
打碎的锁链，自由和建设，

① 墨西哥东南部重要的港口城市。
② 指西班牙。
③ 普通西班牙人的姓氏。
④ 指西班牙的南部港口莫格尔和加的斯。

然而从船上，他们却只看见
海浪消失在极神秘的海岸。

燃烧的土地宛似奇异的火炉
向他们吹来阵阵的热风，
他们在棕榈树的后面
是死去还是获得新生？
他们是人民，是蒙蒂耶尔头发硬挺的脑袋，
是乌卡尼亚和彼德拉伊塔[①]
坚硬干裂的手，
是铁匠的臂膀，是孩子们
注视着可怕的太阳和棕榈树的眼睛。

欧洲古老的饥饿，宛似垂死
星球的尾巴充斥着航船，
饥饿在那里，破烂不堪，
四处乱砍的冰冷斧头，人民的继母，
在航行中抛出骰子，鼓动着船帆：
“要走得更远，不然我就吃掉你，
更远，更远，否则就要重返
母亲、兄弟、法官、神父的身边，
回到宗教裁判所，回到地狱和瘟疫里面。
更远，更远，远离虱子，
远离监狱，远离封建的皮鞭
和充满粪便的苦役之船。”

---

① 蒙蒂耶尔、乌卡尼亚和彼德拉伊塔均为西班牙城镇的名字。

于是努涅斯
和贝纳莱斯[①]的眼睛
注视着无限光明中的宁静，
注视着种种生活，
注视着世上穷苦人
不计其数而又遭受苦难的家庭。

① 二者都是普通西班牙人的名字。

4

科尔特斯[①]

科尔特斯没有人民，他是寒冷的光，
死在铠甲中的心脏。
“我的主人和国王，这里是肥沃的土地，
还有印第安人用双手
塞满黄金的庙堂。”[②]

　　他挥舞着匕首前进，
　　锤打着低地，
　　践踏芳香的山峦，
　　将他的军队驻扎在
　　兰花与松树的王冠之间，
　　他们将茉莉花蹂躏，
　　直逼特拉斯卡拉的大门[③]。

　　　　(胆怯的兄弟，不要把
　　　　玫瑰色的秃鹰当作宾朋：
　　　　我在青苔上，从我们
　　　　王国的根基讲给你听。
　　　　明天鲜血将像下雨一样，

---

① 埃尔南·科尔特斯（1485—1547），西班牙征服者，于1519年攻占阿兹特克人的国都特诺奇提特兰，即如今的墨西哥城。

② 这句话引自科尔特斯写给西班牙国王卡洛斯五世的奏呈。

③ 特拉斯卡拉是墨西哥中东部的印第安民族，科尔特斯利用了它与阿兹特克人的矛盾，与它结盟，对印第安人采取“分而治之”的策略。特拉斯卡拉也是该州的州府。

泪水将化作云雾、
蒸气与河流，
直至将双眼融化。)

科尔特斯收到一只鸽子，
一只山鸡，一架
君主乐师们的齐特琴，
然而他想要盛满黄金的房间，
他要再跨一步，让一切
都落在贪婪者的箱子里面。
阳台上探出国王的面孔[①]：
“他是我的兄弟。”
人民用飞舞的石块回应他，
科尔特斯在背叛的亲吻上
磨快了自己的刀锋。

他回到特拉斯卡拉，风
带来一阵痛苦沉闷的呼声。

① 指阿兹特克人的国王莫克特苏马。

5

乔卢拉[①]

乔卢拉的年轻人
穿戴起最好的衣服、羽饰、黄金，
穿上节日的鞋袜
质问入侵者。

回答他们的是死亡。

数以千计的人死在那里。
被杀害的心灵
躺在那里跳动，
他们把丝线般的那一天
保留在挖开的潮湿的深坑中。
(他们骑着马冲进来四处乱砍，
砍断欢迎仪式上向他们
奉献鲜花和黄金的手臂，
他们包围了广场，累麻了手臂，
摧残王国的花朵，直至手肘
都浸泡在我惊恐的兄弟们的鲜血里。)

---

① 墨西哥普埃布拉州的一座城市，科尔特斯于1519年在这里与阿兹特克人遭遇，对他们进行了血腥的屠杀。

6

阿尔瓦拉多[1]

阿尔瓦拉多，用魔爪和屠刀
扑向草房，将金银匠
祖传的家业彻底扫荡，
掠走部落里新婚的玫瑰，
袭击种族、宗教、土地，
他是死神潜伏的猎鹰，
他是强盗窝里藏财宝的钱箱。
后来他带着血迹斑斑的战旗
向那条碧绿的大河，那条蝴蝶的河，
向着帕帕洛阿潘[2]冲去。

那庄严的河流看见自己的儿女
死去或幸存而沦为奴隶，
看见岸边的篝火
焚烧着年轻的头颅、种族和理性。
然而痛苦并没有结束
宛如他那顽固的步履
又向新的首领走去。

---

① 佩德罗·德阿尔瓦拉多（1485—1541），西班牙征服者，以贪婪和残暴著称，他是科尔特斯的同伙，后曾任危地马拉总督。

② 墨西哥河流，源于瓦哈卡山区，入墨西哥湾，在纳瓦特尔语中，意为“蝴蝶河”。

7

危地马拉

甜蜜的危地马拉，
你首府的每一块石板
都染着被老虎
吞噬的古老的鲜血。
阿尔瓦拉多摧毁了你的家族，
捣碎了你星星的尾光，
在你的苦难中为所欲为。
在白皮肤的老虎后面
一位主教[①]来到了尤卡坦。
他汇集了世界开创之日
人们在空中
听到的最深刻的学问，
那时第一位玛雅人
记载了河流的战栗，
花粉的奥秘，
万物之神们的愤怒，
穿越原始宇宙的迁移，
蜂巢的规律，
绿色飞禽的奥妙，
星星的语言，
在大地发展的岸边
收集到的关于
昼与夜的秘密。

---

① 指巴托洛梅·德拉斯卡萨斯（1484—1566）主教。

8

一位主教

主教举起了手臂，
以他那小小上帝的名义
在广场上焚烧了书籍，
把被昏暗时代
磨损的古老的纸片
化成青烟。

青烟升天，再不复还[①]。

① 德拉斯卡萨斯主教把收集到的玛雅人的书籍全部烧毁，于是玛雅文化近乎湮灭。

9

木杆上的头颅

巴尔博亚[1]，你把死神
和魔爪带到中部
甜蜜土地的各个角落，在猎犬中
你的那条就是你的魂灵：
嘴巴淌血的“小狮子”[2]
抓住了逃跑的奴隶，
将西班牙的利齿
咬进颤抖的喉咙，
血肉之躯挣脱了犬爪
又跌入苦难
而财宝却落入他的腰包中。

猎犬和人，原始森林中
无耻的嗥叫，利刃和匪徒
鬼鬼祟祟的脚步
多么可恶！
野生蒺藜那带刺的王冠
没有像刺猬一样跳出来
捍卫被侵犯的摇篮，
同样令人讨厌！

---

① 瓦斯科·努涅斯·德巴尔博亚（1475—1519），西班牙征服者，于1513年首先从大西洋到达太平洋。后被巴拿马达连的总督佩德拉里亚斯·达维拉所杀，头颅被插在木杆上示众。

② 巴尔博亚的猎犬的名字。

但是在嗜血的首领中
黑暗中悄悄地升起
嫉妒的酸枝，
匕首的正义。

在归途中
你冠着佩德拉里亚斯的姓氏
就像一根绞绳。

在屠杀印第安人的犬吠声中
你被判处死刑。
现在你死了，可听得见
被你唆使的猎犬
打破的纯洁的宁静？
如今你死在
愤怒统帅们的手上，可嗅得到
被摧毁的甜蜜王国
那金色的芳香？

巴尔博亚的头颅
被砍下，穿在一根枪杆上。
他死去的眼睛失去了闪光，
从枪杆上滑下来，
化作一摊垃圾
消失在泥土里。

10

纪念巴尔博亚

发现者，广阔的海洋，我的浪花，
月亮的辽阔，水的帝国，
数百年之后通过我的口向你诉说。
你在死前已经到达了巅峰[①]。
你使疲倦升到天上，
汗水把你从树木峥嵘的夜晚
引到海洋所有的岸边。
在你的目光里，无限的光明
与小小的人心结为夫妻，
一个从未举起的酒杯已被斟满，
一颗闪电的种子和你一起到来，
一声巨大的雷鸣响彻大地。
巴尔博亚，船长，你摸着头盔的手
是多么渺小，发现者神秘的盐的玩偶，
大洋甜蜜的未婚夫，
世界新的子宫的孩子。

大海被掠夺的阴暗气味
宛似橘花的驰骋
进入你的眼睛，
狂傲的曙光落入你的血液
直至将你占有，并充满你的灵魂！

---

① 指“发现”太平洋。

当你回到偏僻的土地，
海上的梦游人，碧绿的船长，
你生前一直盼望
大地将你的尸骨埋葬。

背叛正在得逞，溺死的新郎。

罪恶踏着步载入史册，
游隼捣毁自家的巢，
毒蛇聚在一起用金色的舌头
互相攻击，这一切并非徒劳。

你进入疯狂的黄昏，
身体在深处被打湿，
穿着光辉的衣服
成了最大浪花的新郎，
迷惘的脚步将你引向
另一片海洋的岸边：死亡。

11

一个士兵在睡觉

在纷乱的界限中误入歧途，
士兵来到。他疲惫不堪，
倒在藤蔓和树叶之间，
倒在伟大羽毛神的脚边：
这位神
孤孤单单与它刚刚从森林
诞生的世界为伴。
　　　　　　它注视着出生
在大洋里奇怪的士兵，
注视他沾满血迹的胡子，
注视他的眼睛，
他的剑和铠甲上黑色的光芒，
宛似烟雾一样的疲劳
笼罩这孩子似的刽子手的面孔。
为了让这羽毛神诞生，让它的躯体
在树林和玫瑰色的岩石上盘卷，
有多少黑暗的地区，
多少野蛮的夜晚
与疯狂的水的混乱，
未出生的光明在河床的泛滥，
生命愤怒的骚动，毁灭，
肥土上的面粉，然后是秩序，
植物和各种派系的秩序，
被切割的岩石的上升，

祭祀灯盏的青烟，
人们稳固的地面，
部落的建立，
大地诸神的审判。

岩石上每一片鳞片都在颤动，
它感到恐惧降临
宛似昆虫的侵犯，
它聚起全部的力量，
使雨水到达根部，
和大地上的水流交谈，
在静止的宇宙之石制成的衣服下，
黯然失色，
爪和牙齿都不能动弹，
不能搅动河流，不能颤抖，
也不能动摇在王国的穹顶上
呼啸的气象万千。

不动的岩石，无声无息，待在那里，

而贝尔特兰·德科尔多瓦①睡梦正酣。

---

① 普通西班牙人的名字。

12

希梅内斯·德克萨达[1]

（1536）

已经起航，已经起航，已经来到，
我的心啊，看那些船只
沿着马格达莱纳[2]行驶，
贡萨洛·希梅内斯的航船
已到眼前，已到眼前，已到眼前，
河流啊，拦住他们，
封锁你那吞噬一切的河岸，
让他们沉没在你的波涛中间，
剥夺他们的贪婪，
用你的鼻子向他们喷出火焰，
向他们放出你那血腥的脊椎动物，
放出那些食人眼睛的河鳗，
将泥色牙齿的沉重的鳄鱼
和它那原始的铠甲
横在你多沙的水面上
使它宛似一座桥梁延伸，
在种子长成的树木里
将豹子的火焰喷放，
母亲河啊，
向他们抛撒吸血的苍蝇，

---

① 贡萨洛·希梅内斯·德克萨达（约1509—1579），西班牙征服者，1536年到达哥伦比亚，建立波哥大城。

② 哥伦比亚的河流。

用黑色的粪便迷瞎他们的眼睛，
使他们沉没在你的领地，
在你床铺上的黑暗里
将他们缠绕在根须之中，
使他们的血全部烂掉，
让你的螃蟹
将他们的肺叶和嘴唇，
吞食一空。

他们已经进入美丽的树林：
开始抢掠、撕咬、屠杀。
啊，哥伦比亚！请捍卫
你神秘的红色森林的面纱。

他们的刀子已经举向
伊拉卡[①]的神坛，
现在抓住了西帕[②]
并捆起了他。
“把古老神祇的珍宝交出来”，
那些珍宝闪耀着哥伦比亚
晨露的光辉
盛开着鲜花。

现在他们折磨着王子。
他们将他的头颅砍下，

① 哥伦比亚的村镇。
② 哥伦比亚奇布查人（印第安人）的酋长。

他的双目依然在注视我，
谁也无法将它们合上，
那是我翠绿赤裸的祖国
心爱的眼睛。
现在他们将庄严的房屋点燃，
现在依然是马匹、
酷刑、利剑跟随着，
现在只剩下一堆堆焦炭，
灰烬中还有王子
那双合不上的眼。

13

乌鸦的约会 ①

魔鬼们在巴拿马聚集。

那是黄鼠狼达成的协议。
当一支蜡烛刚刚点亮，
三个家伙先后到场。
第一个是老独眼龙阿尔马格罗，
然后是牧猪首领皮萨罗
和卢克修士，愚昧的
自以为是的神父。
每个人都在同谋者的背后
暗藏着匕首，每个人
污秽的目光
都在黑暗的墙上
隐隐约约看见了鲜血，
而遥远帝国的黄金吸引着他们
宛似照耀着罪恶岩石的月亮。
当协议达成，卢克将圣饼
举在空中，三个强盗
揉搓着它，露出凶恶的笑容。
神父说："兄弟们，

① 指 1526 年 3 月 10 日，迭戈·德阿尔马格罗（1475—1538）、弗朗西斯科·皮萨罗（1471/1476—1541）和埃尔南多·德卢克（？—1532）神父在巴拿马达成的共同征服秘鲁的协议。征服后，卢克成了秘鲁的一位主教，皮萨罗杀死了阿尔马格罗，后又被死者的儿子所杀。

上帝已被我们瓜分。”
紫色牙齿的刽子手
齐声回答：“阿门。”
他们拍桌子，吐唾沫。
由于他们都是文盲
便把十字画满了桌子、
凳子、墙壁和纸张。[①]

阴暗的秘鲁，已经沉没，
已经被打上标记，而十字，
黑色的小小的十字
已经驶向南方：
带来痛苦挣扎的十字，
毛发旺盛而又锋利的十字，
带着钩子似的爬虫的十字，
脓液四溅的十字，
蜘蛛脚般的十字，
猎手阴险的十字。

---

① 不识字的人以画十字代替签字。

14

苦难

在卡哈马卡[1]，苦难开始了。

年轻的阿塔瓦尔帕[2]，蓝色的花蕊，
出类拔萃的树，听到了风
裹挟着钢铁的声音。
那是一种隐隐约约的
来自海岸的闪烁和震动，
一种铁与铁在草丛中
令人难以置信的驰骋——
剽悍有力、四蹄腾空。
统领们已经到达。
长老们簇拥着印加王
走出来，伴随着乐声。

拜访者来自另一个星球，
大汗淋漓，满脸胡须，
上前表示崇高的敬意。

巴尔维德神父[3]，

---

① 秘鲁北部城镇，周围是美丽宽阔的山谷。

② 阿塔瓦尔帕（1502—1533），西班牙人到来前最后一位印加王。当弗朗西斯科·皮萨罗 1522 年到达时，阿塔瓦尔帕刚刚战胜了他的异母兄弟瓦斯卡尔。西班牙人俘获了阿塔瓦尔帕，并以他杀死了瓦斯卡尔（实际是西班牙人所为）为借口将他处死。

③ 文森特·德巴尔维德（约 1498—1542），西班牙教士，后任库斯科主教。

背叛的心灵，腐败的豺狼，
献上一个罕见的东西。
一小块护腕，或者
是那些马匹家乡的一种水果。
阿塔瓦尔帕拿在手里。
不知这是何物：既不闪光又无声响，
便微笑着把它扔在地上。

“将他们干掉！
报复，杀呀！我才会将你们赦免！”
那杀人的十字架的豺狼在嗥叫。
雷声滚向那一伙强盗。
我们的鲜血流淌在他们的摇篮中，
在那苦难的时刻
王子们围着印加王，
像一支合唱队。

在十字架和剑下，
一万个秘鲁人死去，
鲜血染红了阿塔瓦尔帕的衣裳。
皮萨罗，这个埃斯特雷马杜拉[①]
残忍的猪，下令将印加王
纤细的双臂捆绑。
夜幕像漆黑的火炭
笼罩在秘鲁的土地上。

---

① 西班牙的一个自治区，皮萨罗原来在那里牧猪。

15

红色的线

后来印加王举起疲倦的手，
高高地举过了强盗们的额头，
触到了墙壁的边缘。
　　　　　　　强盗们在那里
划了一条红线。
　　　　　黄金和白银
要装满三个房间，
一直堆到用他的血划出的这条红线。
黄金的轮子在转动，夜复一夜，
苦难的轮子在转动，日复一日。

人们搜刮着土地，摘下
用爱情和泡沫制成的饰物，
取下新娘的手镯，
舍弃他们的神。
耕夫交出他的圣牌，
渔夫交出他镶金的酒囊，
当犁头颤抖着回答
居高临下的喊声和命令，
黄金的轮子在不停地滚动。
那时节，一只又一只的老虎
聚在一处，瓜分血滴和泪珠。

在安第斯山严酷的日子里

阿塔瓦尔帕在等待，怀着轻轻的忧伤。
门没有打开。直到秃鹰们
把珍宝全部分光：
祭祀的绿松石
溅满屠杀的鲜血；
强盗们用魔爪
量着缀满银饰的衣裳；
印加王倾听着
屠夫中神父的狂笑
心中多么悲伤。

他的心像一个杯子
充满哀愁
宛如奎宁的苦汁。
他想到自己的国土，高高的库斯科，
想到公主们，想到自己的年纪，
想到王国的恐惧。
他的内心已经成熟，
他绝望的平静正是痛苦。
他想到瓦斯卡尔①。
外国佬是从他那里来的吗？
一切都是一个谜，一切都是一把刀，
一切都是孤独，只有那条红色的线
在活生生地跳跃，
在吞噬沉默垂死的王国
那黄金的内脏。

---

① 最后一位印加王之子，在争夺王位的过程中被阿塔瓦尔帕打败。

这时巴尔维德和死神一起进来，
你将改名为“胡安”，神父对他说
并准备好篝火。
他严肃地回答：“胡安，
我改叫胡安就是为了去死”，
就连死神也感到困惑。

他们套住了他的脖颈而铁钩

钩进了秘鲁的心灵。

16

挽歌

孑然一身，在孤独中
我想啼哭，像河水流淌，
我要昏暗，我要睡眠，
就像你古老矿山的夜晚。

那些闪光的钥匙
为什么到了强盗手里？
起来吧，奥克约[1]母亲，
请把你的忠告注入我的血管，
把你的秘密
交给这夜晚漫长的喘息。
我还没有向你乞求玉潘吉[2]的太阳。
秘鲁的母亲，山脉的子宫，
我在睡梦中和你说话，
我四处呼唤着你。
雪崩似的匕首
怎么会刺入你黄沙的领地？

我在你的手中一动不动，
感到金属
在地下的矿脉里蔓延。

---

① 第一位印加王的妻子。
② 几位印加王的名字。

我由你的根构成
然而我却不懂，大地
没有把它的智慧给我，
在繁星照耀的大地下面
我只看到黑夜与黑夜相连。
是什么样毫无意义的梦，
蛇一样的梦，一直爬到那条红线？
阴暗的植物，痛苦的眼睛，
你如何抵达这狂暴的风？
在愤怒的悬岩
卡帕克[①]为什么没有举起
光彩夺目的陶土的王冠？

让我留在皇宫下面
宛似不再发光的死去的根，
深埋自己，忍受熬煎。
在严酷的难以忍受的夜晚
我将穿过大地向下
直到黄金的嘴边。

我愿带着不幸到达那里。

我愿在黑夜的岩石里面伸展。

① 在克丘亚语中是“上帝”或“国王”之意。

17

争夺

后来一股熊熊的烈火
烧到花岗岩的时钟。
阿尔马格罗们，皮萨罗们，巴尔维德们，
卡斯蒂略们，乌里亚斯们，贝尔特兰们，
他们挥动匕首，互相攻击
对方的背叛行径，
互相抢掠女人和黄金，
为抢夺王朝而纷争。
在畜栏互相绞死，
在议会互相吊打，
在广场互相拼命。
抢劫之树
倒在剑伤和树瘤中。

从皮萨罗
在亚麻地里的驰骋中
诞生了惊人的寂静。

到处都充满着死亡，
在它不幸的儿女
那垂死的挣扎中，
在被老鼠啃得
见了骨头的领土上，
在杀人与被杀之前

他们互相揪住内脏。

狂暴与绞架的刽子手
在贪婪的污泥中
倒下去的半人马兽，
被黄金的光芒
击碎的偶像，
你们用血淋淋的爪子
使自己的家族威风扫地，
在头戴王冠的高高的库斯科
石墙的旁边，面向
崇高麦穗的太阳，
在印加金色的尘土里，
你们上演了地狱王国的戏剧：
绿色尖嘴的掠抢，
浸在血中的淫荡，
金色利爪的贪婪，
邪恶牙齿的背叛，
十字架宛似贪得无厌的爬虫，
绞刑架矗立在茫茫雪原，

而精致的死神如同空气

在它的甲胄中一动不动。

18

智利的发现者们

阿尔马格罗从北方带来微弱的火光。
在夕阳与爆炸声中，他夜以继日地
俯身在这片领土，宛似在一幅地图上。
荆棘的影子，蓟草与蜂蜡的影子，
这位西班牙人紧贴着它们干枯的形象，
将这土地上阴森的战略观望。
黑夜、白雪和黄沙
造就了我的祖国瘦长的形状，
所有的浪花都从它海洋的胡须中涌出，
所有的煤炭都使它充满神秘的亲吻，
所有的寂静都在它漫长的国境线上。
黄金像一块炭火燃烧在它的指间，
白银照耀着阴森星球上坚硬的轮廓
宛似一轮绿色的月亮。
有一天这位西班牙人坐在玫瑰花旁，
身边是油、葡萄酒和古老的天空，
他无法想象这遍布愤怒岩石的地方
是在海鹰的粪便下诞生。

19

战斗的大地

大地首先进行抵抗。

阿劳科的雪
宛似白热的篝火
灼伤了入侵者的脚步。
阿尔马格罗的指头、
双手和双脚
都被冻掉，吞没
并埋葬了几个王朝的利爪
化作雪中的一点冻肉，
化作一片寂静。
他陷入山的海洋中。
智利的空气鞭打着
标记着星星，
扫荡着贪婪和骑兵。

然后饥饿活像
无形的颌骨在一张一合
对阿尔马格罗紧追不放。
在那天寒地冻的庆典上
马匹被吃光。

南方的死神粉碎了
阿尔马格罗们的驰骋，

直至他拨转马头
回到秘鲁，归途中
北方的死神正
手持斧头，坐着等候这位
被击退的发现者。

20

大地与人联合

阿劳卡尼亚[1]，激流似的橡树枝，
严酷的祖国啊，黑暗的爱人，
在你多雨的王国中茕茕孑立。
你不过是矿山的咽喉，
寒冷的手，习惯于
劈开巨石的拳头：
祖国啊，你是刚毅的平静，
而你的人民却高声呐喊，
相貌粗犷，勇猛如风。

我的阿劳科人祖先
不曾有光彩夺目的羽毛盔饰，
不曾在新婚的花朵中休息，
不曾为教士编织金线：
他们是岩石和树木，
是桀骜不驯的荆棘的根，
是长矛形状的叶片，
是金属武士的头颅。
祖先啊，你们刚听见
马匹的奔驰，
刚到达群山之巅，
天空就划过阿劳卡尼亚的闪电。

---

① 智利阿劳科人居住的地区。

岩石的祖先已化作阴影，
和树林、自然的黑暗绞成一团，
化作冰的光芒，
土地和茅刺的尖刺，
他们就这样等候在
不驯的孤独的深处：
或是一株观察情况的红树，
或是一片聆听动静的金属，
或是一阵风和钻头，
抑或染上山间小路的颜色。
祖国啊，雪的航船，
坚硬的叶丛：
你在那里出生，当你的人民
向大地索要旗帜，
当土地、空气、岩石、雨水、
叶片、根、芳香和吼声
像斗篷一样将儿子遮笼，
就是对他的保护和爱。
临战的祖国的团结
就这样诞生。

21

巴尔迪维亚
（1544）[1]

但他们又回来了。
（他名叫佩德罗）
巴尔迪维亚，入侵者的统领，
在强盗群中，用剑分割
我的土地："这属于你，
巴尔德斯，蒙特罗，
这是你的，伊内斯[2]，用这个地方
建造议会的礼堂。"
他们瓜分了我的祖国，
就像分割一头死驴一样。
"你拿走这片丛林和月亮，
你吃掉这条河流和曙光"，
而那伟大的山脉
高擎起青铜和白雪茫茫。

阿劳科出现了。沉默的房主
微笑着建起了
土坯、塔楼、街道。
他带来了黏土，

---

① 佩德罗·德巴尔迪维亚（1497—1553），西班牙征服者，在智利创建了圣地亚哥等城市，1544年他派遣部下征服南方的阿劳科人。

② 巴尔德斯、蒙特罗是普通西班牙人的名字；伊内斯·德苏亚雷斯（1507—1580）是巴尔迪维亚的情人，与巴尔迪维亚一起参加了对智利的征服，她下令处决了阿劳科人的首领们。

倒进安第斯山的水，
用沾满泥水的双手操劳：
然而他不能做奴隶。
于是刽子手巴尔迪维亚
发起了火与死的攻击。
就这样，血流了起来，
三个世纪的血，海洋般的血
大气般的血，淹没了我的土地，
淹没了漫长的时间，超过任何一次交战。
狂怒的秃鹰飞出
服丧的甲胄
啄咬普罗毛卡部族[①]。
在安第斯山的天空
撕毁在乌埃伦的寂静中
签署的协定。
阿劳科的热血和岩石
开始沸腾。
　　　　　七位酋长
前来谈判。
　　　　　都被关进牢中。
在阿劳卡尼亚面前
酋长们被斩首示众。
刽子手们兴高采烈。
伊内斯·德苏亚雷斯，
那位军中的女首领，
全身沾满血淋淋的内脏，

---

① 智利古老的印第安人部落。

号叫着，用地狱中鹰身女妖的膝盖
夹住这些帝王的脖颈。
她将他们的内脏抛上栅栏，
她沉浸在高贵的血液里，
浑身都是殷红的稀泥。
他们以为这样就能使阿劳科人屈膝。
然而在这里，树木和岩石、
长矛和面孔在黑暗中的联盟
将罪恶变成了风。
边界的树木、渔民、国王、魔术师，
极地的耕夫，
比奥比奥的母亲河水
都知道强盗的罪行。
　　　　　　　　于是保卫家乡的战争开始了。
巴尔迪维亚将滴血的长矛
刺进阿劳科遍布岩石的体内，
将手臂伸进跳动的脉搏，
用指头抓紧阿劳科人的心脏，
使耕夫们流洒
　　　　　　顽强的血液，
使牧民的黎明
　　　　　　失去光芒，
将苦难强加给森林的王国，
焚烧森林主人的住房，
砍去酋长的双手，
将俘虏放回
却割去他们的耳鼻，

将托基[①]的身躯用长矛穿透，
将那位打游击的姑娘杀害，
用沾满鲜血的手套
给祖国的岩石打上标记，
使祖国遍地是尸体，
孤独和累累创伤。

① 阿劳科部落的战时首领。

22

埃尔西利亚[①]

阿劳科的石头，被河流
放开的玫瑰，根的领地，
都与这个来自西班牙的人遭遇。
它们以巨大的苔藓侵蚀他的铠甲，
蕨类植物的影子摧毁了他的剑。
土生的藤蔓用蓝色的手
将星球的沉寂强加给新来的人。
男子汉啊，响亮的埃尔西利亚，
我在倾听
你第一个黎明中水的搏动，
倾听鸟的狂叫和叶丛中的雷声。
留下吧，留下你金色雄鹰的足迹，
在这块土地上，一切都将被吞没，
让你的面颊被野生的玉米划破。
响亮的人啊，只有你
不饮那杯中的鲜血，
响亮的人啊，秘密的时间之口
只会抵达你所发出的迅速的光耀
为了徒劳地对你说：徒劳。
徒劳，洒在晶莹枝条上的血是徒劳，
在豹子出没的夜晚士兵挑衅的脚步

① 阿隆索·德埃尔西利亚（1533—1594），西班牙士兵和诗人，参加过对阿劳科人的征服，根据亲身经历创作了长篇史诗《阿劳加纳》。

是徒劳，命令和伤员的脚步都是徒劳。
一个古老国王吞食着藤蔓，在那里
一切都化作头戴羽毛王冠的沉寂。

23

长矛被埋入地下

祖业就这样被瓜分。
鲜血瓦解了整个祖国。
(我将在其他的诗句里
讲述我人民的斗争。)
然而土地已经
被侵略者的屠刀分割。
尔后洛约拉[①]的子孙来了。
欧斯卡迪[②]的高利贷者来了，
来把他们的财源开拓。
从大海到高山，
他们用树木和躯体
分割了地球倾斜的影子。
在被打击、伤害和焚烧的土地上
委托领主制纷纷建立，
森林和水源已被瓜分，装入腰包，
埃拉苏里斯们[③]来了，带着他们的族徽：
一只草鞋和一根皮鞭。

---

① 西班牙地名，伊格纳西奥·德洛约拉（1491—1556，耶稣会创始人）的故乡。

② 西班牙巴斯克地区的古称。

③ 智利显赫的家族，几个世纪以来有多人在政界任重要职务。

24

麦哲伦的心

（1519）①

我是哪里人，我不时自问，
我来自什么鬼地方，
今日是何日，发生了什么事情，
在夜晚、树木和睡梦中，我发出鼾声，
波浪涌起，像眼皮一样，一天，
一道长着老虎嘴巴的闪电诞生其中。

① 费尔南多·麦哲伦（1480—1521），葡萄牙航海家，于 1519 年开始了环绕地球的航行。

7

夜里我突然醒来想着地球的南端

白昼来了并对我说：
“你可听见缓慢的水，
缓慢的水声
在巴塔哥尼亚上空？”
我回答：“是的，先生，我在听。”
白昼来了并对我说：
“远方的一头野绵羊，在那个地区，
舔着一块石头冰冻的颜色。
难道你没听过那咩咩的叫声，
没认出蓝色的南风，在它的手中
月亮是一个酒杯，难道你没看见那军队，
没看见风怀着怨恨的手指
用空洞的指环
触摸波涛和生命？”

7

我想起海峡的孤独

漫长的夜，松树，来到我要去的地方。
沉闷的酸，木桶的盖，疲倦，
我生活中的一切都被打乱。
一滴雪在我的门口不停地啼哭
展示它明亮的、被哭泣着
寻找我的小小彗星解开的衣服。
无人观看草原的广袤、
阵阵风雨和空气的呼啸。
我走过去说：咱们走吧。
我触到南方，汇入沙漠，
看见黑色干枯的植物，一切都是岩石和根，
岛屿被水和天空划破，
“灰烬之心”“饥饿之河”
“凄惨之海的院落”①，孤独的蛇
在那里咝咝作响，最后一只受伤的狐狸
在那里掘土并把血淋淋的珍宝藏匿，
我遇到暴风雨和它破裂的声音，
它古老书本的声音，它的百唇之口，
对我说了些空气每日吞食的东西。

① 这些都是美洲地名的旧称。

7

发现者出现了可他们什么也没留下

海水记得航船发生了什么。
坚硬奇异的土地保存着它们的遗骨
这些遗骨在南方的恐惧中发出号角般的响声
而人和牛的眼睛将它们的空洞、
圆环和绵绵不绝的声音赋予白天。
古老的天空在寻找船帆，
　　　　　　　　　　　　已经无人
幸存：毁坏的船只
同苦难水手的骨灰生活在一起，
而黄金的处所，皮革的房屋，
航行中寒冷的火焰
以及发霉的麦粒
（黑夜里多少次［船与岩石］在海底的撞击）
只剩下焚烧过而且没有尸体的领地，
几乎没被大火烧过留下的
乌黑痕迹打破的变化莫测的天气。

7

只有凄凉令人生畏

渐渐将黑夜、水和冰摧毁的领域，
被时间和界限征战的大地，
带着紫色的标记，
带着野生彩虹蓝色的结尾
我祖国的双脚浸在你的阴影里，
那破碎的玫瑰痛苦挣扎、叫声凄厉。

7

回忆老发现者

冰冻的粮食，战斗的胡须，
临时的伤员，寒冷的秋季，
重新航行在河道里。
与他，与老者，与死者，
与被狂怒的水所吞噬的人，
与苦难中的他和他的前额在一起。
信天翁和被侵蚀的皮绳
依然用没有视力的眼睛
注视着他，被吞食的老鼠
在折断的木杆中间盲目地看着狂暴的光辉，
而戒指和骨头在空虚中
落下，在海牛身上滑行。

7

麦哲伦

路过的是什么神？请看他满是蛆虫的胡须
和他的裤子，浓重的大气像一只落水狗
紧贴在上面啃咬：
他的身体和可恶的锚一样沉重，
海洋在咆哮，北风直吹到
他湿漉漉的双脚。
　　　　　　　　时间
黑暗影子的海螺，
　　　　　　　　被腐蚀的马刺，
海岸身穿丧服的老先生，
身世卑微的鹰，被污染的泉，
那海峡的粪便指挥着你，你的胸前
没有十字架，而只有大海的呼喊，
一种海洋之光、钳子、被磨秃的针
一浪接一浪的白色的呼喊。

7

到达太平洋

由于险恶的天气结束了一天，
黑夜的手一个一个地砍掉他的指头
直至不复存在，直至男子汉诞生
而船长发现自己体内的钢铁，
亚美利加涌起波涛，
海岸举起曙光中污秽
而又苍白的礁石，因新生而显浑浊，
直至航船中发出一声喊叫，被淹没，
而浪花中又诞生新的喊叫和黎明。

7

都死了

水和虱子的兄弟们，食人星球的兄弟们：
你们可终于看见被暴风雨刮弯的桅杆？
可看见岩石在暴风雪下被压成碎片？
终于，你们有了自己游荡的天堂，
终于，你们有了该被诅咒的宝座，
终于，你们被空气穿透的幽灵
在沙滩上亲吻海豹的足迹。
终于，荒原小小的太阳，死亡的日期，
在它那岩石和波浪的医院里
颤抖着到达你们没戴戒指的指间。

25

尽管愤怒

被腐蚀的头盔，死去的马掌！

在火与马掌之后，
一道光线宛似污血洗亮的泉，
带着苦难中沉没的金属
在大地上奔流：
数字，姓名，线条和结构。

水面似的篇章，
潺潺的语言那清晰的力量，
滴滴甜蜜像葡萄一样精致，
布满珍珠的纯洁的胸怀
那温情中白金的音节，
一张缀满宝石的经典之口
给领土以白雪的闪光。

远方那尊雕像在丢弃
死去的大理石，
在世界的春天，
机器迎来了晨曦。

科技将自己的统治建立，
在商人的旗帜下
时间是速度和风雨。

地理的月亮
曾发现植物和地球
在自己发展的运动中
推广几何学的美。
亚细亚献出贞洁的芳香。
智慧用一根冻结的线
在鲜血后面编织时光。
纸张分配了赤裸的蜂蜜——
它曾储藏在愚昧中。

一群鸽子
离开海外的红色和蓝色
画成的图画，在飞翔。
人类的语言在最初的愤怒中
已经融合，然后才开始歌唱。

这样，不仅是鲜血
还有小麦
和血淋淋的岩石巨人
和食肉的鹰隼一起到来。

尽管有匕首行凶，光明还是到来了。

解放者

解放者

大树来了，
暴风雨的树，人民的树。
它的英雄们拔地而起
犹如树叶充满了生机，
而风却在摇撼
喧闹人群的枝叶，
直至面包的种子
重新落入大地。

大树来了，
赤裸的死者们将它滋养，
他们被鞭笞被重伤，
面庞惨不忍睹，
在火堆中支离破碎，
在长矛上沾满血浆，
被斧头砍下头颅，
被四马分尸，
被钉在教堂的十字架上。

大树来了，
树根都活着，
它从磨难中采掘硝石，
它的根吞食血液，
它从土地中吸吮泪滴：
使它们升上枝头
流遍自己的躯体。
它们是无形的花朵

有时被埋葬，
有时像星球一样
将自己的花瓣照亮。

　　人从枝头上
　　采集坚硬的花冠，
　　将它们辗转传递
　　宛若石榴或玉兰，
　　它们突然冲破大地
　　一直生长到星星上。

这是自由者之树。
土地之树，白云之树，
面包之树，飞箭之树
拳头之树，火焰之树。
我们黑暗的时代
狂风暴雨将它掩埋
可它的桅杆，依然在
自己的王国内摇摆。

　　有时，树枝被狂怒折断，
　　再次落下
　　而一阵可怕的灰烬
　　遮盖了它古老的庄严：
　　从来都是这样，
　　这样摆脱苦难，
　　直到一只秘密的手，
　　直到无数的臂膀，
　　人民，保存了一块块碎片，

隐藏起永远不变的树干，
他们的嘴唇就是
被分散的大树的叶子，
他们带它的根上路，
将它们播撒在沿途。
这就是那棵树，
人民的树，一切自由
和斗争的人民的树。

请探身向它的头发：
请触摸它新生的光芒
将手伸进它的机房，
它跳动的果实
每天都在那里发光。
双手举起这块土地，
将这光辉分享，
拿起你的面包和苹果，
你的马和你的心
在边境上，
在它的叶子的边界站岗。

请捍卫它的花朵的目标，
分担那些怀着敌意的黑夜，
监视那黎明的时辰，
呼吸那星空的高度，

支撑那大树，
那生长在大地上的树。

1

库奥特莫克

（1520）[①]

年轻的兄弟，多少年来
你从未入睡，从未安息，
在墨西哥金属的黑暗中
震颤的年轻人，从你那里
我接受了你赤裸的祖国的才气。

　　你的微笑在她那里诞生、成长，
　　宛似一条线穿过黄金和阳光。

　　你的双唇被死神合在一起
　　这是被埋葬的最纯洁的沉寂。

　　沉没的泉
　　在大地所有的嘴巴之下。

你或许，或许听见
奔向遥远的阿纳瓦克
一股水的流动，
一阵被摧残的春风？
这或许是雪杉的语言。

---

① 库奥特莫克（1497—1525），阿兹特克帝国的武士，最后一位皇帝莫克特苏马的继承人。被西班牙征服者科尔特斯残酷折磨并杀害。他于1520年开始领导抗击西班牙征服者的斗争。

是阿卡普尔科[1]的波澜。

可是到了夜晚，
你的心便像一只麋鹿
穿过血淋淋的纪念碑
在焦虑的月光下面
慌慌张张地逃向边界线。

所有的阴影都孕育着阴影。
大地是黑暗的厨房，是岩石
和锅，是黑色的蒸气，
无名的墙，是沉重的忧虑
在祖国黑夜的金属上
呼唤着你。

然而你的旗帜上没有阴影。

指定的时刻已到，
在你的人民中
你就是面包和根，长矛和星星。
侵略者停止了前进。
不是莫克特苏马[2]，他已经
像死去的杯子一样失踪，
是闪电和它的甲胄，
格查尔的羽毛，人民的花朵，

① 墨西哥海滨旅游胜地。

② 莫克特苏马二世（1466—1520），阿兹特克帝国最后一代皇帝，被西班牙人欺骗、利用并杀害。

航船间燃烧的盔缨。

然而一只坚硬的手臂
仿佛岩石的世纪
扼住你的咽喉。
他们无法封住你的笑容，
无法使神秘的玉米脱粒，
被俘的胜利者啊，他们只是拖着你，
这永不停息的立柱，
在瀑布和山峦，
在沙漠和荆棘，
在你王国的大地上，

　　你是痛苦的证人
　　直至一根绳索
　　将你这纯洁的立柱捆绑，
　　将你的身躯
　　吊在不幸的大地上。

2

巴托洛梅·德拉斯卡萨斯教士[1]

当你一个人在五月寒冷的夜雾中
疲惫地回到家时，在工会
门口，思考着（每日琐碎的斗争，
屋檐滴水的雨季，终日
痛苦的无声的搏动）
思考着狡猾、卑鄙、
戴着面具的、锁链
和锁人者的复生，
当苦闷上升到锁头
和你一起进去的时候，
出现了一道古老的光芒，
像一种金属、一颗被埋葬的星
一样温柔而又坚硬。
巴托洛梅神父，感谢你
这件严酷的午夜时分的礼物，

感谢你，因为你的思维不可战胜：

它会被压死，
会被犬牙锋利的狗吃掉，
会留在被点燃
房屋的灰烬里，

---

① 巴托洛梅·德拉斯卡萨斯（1484—1566），西班牙传教士，随哥伦布到新大陆，他曾为美洲印第安人辩护，反对西班牙征服者的野蛮暴行。

无数谋杀者冰冷的锋刃
或用微笑掩饰的仇恨
(下一次十字军的背叛),
丢在窗台上的谎言,
会将它砍断。
这清澈的思路可以死去,
这永不磨灭的晶莹
会化作行动,变成
战士和瀑布飞泻的长虹。
人类很少献出你这样的生命,
树木很少献出你这样的荫凉,
大陆上一切充满活力的燃烧物
都聚集到你的树荫下,
一切被摧毁的品格,
使人致残的创伤,夷为平地的村庄,
都会在你的树荫下重生,
你会在痛苦的极限上建立起希望。
神父啊,你来到种植园,
啃咬罪恶的黑色谷物,
每天举起狂暴的杯子痛饮,
这真是人及其同类的幸运。
赤裸裸的人,是谁将你
置于愤怒的牙齿中间?
当你诞生时,其他的眼睛,
其他金属的眼睛,如何出现?

　　为了使你不变的颗粒
　　与世界的面包糅在一起

酵母要怎样交叉混合
到人类隐藏的面粉里？

在残暴的鬼怪中
你是现实，
在惩罚的袭击里
你是永恒的柔情。
在一场接一场的战斗中
你的希望变成了精锐武器：
孤单的斗争化作枝干，
无用的哭泣结成同盟。

怜悯没有用。当你展示
你的立柱、你的护航船、
你祝福的手和你的斗篷的时候，
敌人正在践踏眼泪，
正在将百合花的颜色摧毁。
清高空洞的怜悯毫无用处
就像一座被遗弃的教堂。
你不可战胜的决定
是积极的反抗，武装的心灵。

你巨大的原料是理性。

你的结构是排列好的花朵。

征服者们想居高临下地
（从他们的高度）观察你，

他们倚在自己的剑上
仿佛石头的影子，
他们啐出具有讽刺性的唾沫
想要压迫你奋发进取的土地，
说什么“那里去了个煽动者”，
造谣说“外国人付给他金钱”，
“他是叛徒”，“他没有祖国”，
然而你的宣讲并非脆弱的一瞬，
也不是朝圣者的向导，游客的时钟。
你的木材是久经战斗的树林，
天然的根部的铁，
鲜花盛开的土地
为它遮蔽了一切光线，
根扎得越深，越为它遮阴：
在时间的一致中，在生命的进程中，
你伸出的手是黄道的星，
是人民的象征。
今天，神父啊，请和我一起
走进这座房子。
我要叫你看看这些信件，
看看我的人民
遭受迫害之人所受的熬煎。
我要向你展示这些古老的苦难。

为了不倒下去，为了在大地上
站稳脚跟，为了继续斗争，
请将那柔情的流动的酒
和坚不可摧的面包注入我的心灵。

3

在智利的土地上前进

西班牙深入到世界的南方。
高大的汉子开拓雪山时累弯了脊梁。
比奥比奥，庄严的河流，
对西班牙说："站住！"
美登木的树林，碧绿的枝条
犹如雨丝的颤抖，对西班牙说："止步！"
落叶松，宁静边界上的巨人，
用雷声倾泻自己的申诉。
可是入侵者，拳头和匕首，
却依然直抵我的祖国的深处。
早晨的风暴正刮向
因佩里亚尔河[1]，我的心灵
在它岸旁的三叶草上醒来。
苍鹭栖息的宽宽的河床
从一个个岛屿奔向愤怒的海洋，
两岸之间举目皆是深色的水晶
像一只注不满的酒杯一样。
在它的两岸，花粉绣出
花团锦簇的地毯，
海风激发着春天的全部语言。
雨水在凝聚的纯洁上滑行
阿劳卡尼亚的榛树向着那里

---

① 智利南部的河流，意为"帝王之河"，全长 55 公里。

升起一堆堆篝火。
到处是芬芳缭绕，
沐浴着碧绿和雨水的光线
而每一丛苦涩的荆棘，都是一片
依然充满大洋露珠的海的变体
或是一枝深深的冬天。

在两岸的崖顶
耸立起飞鸟和羽毛的塔楼，
呼啸着响彻孤独的劲风，
托帕托帕[①]宛似一串带着黄色的吻的念珠，
盛开在巨大的蕨类植物
卷曲的乱发里，湿润的亲密中。

---

① 生长在智利和秘鲁的一种灌木。

4

英雄辈出

那里孕育着阿劳科人的酋长。
从黑色的潮湿中，
从火山口沸腾的雨水中，
生出了魁梧的胸膛，
植物明亮的箭，
野性岩石的牙齿，
双脚无法推倒的木桩，
水所凝聚的冰霜。

阿劳科是个寒冷的子宫，
由创伤造就，受摧残欺凌，
在粗犷的荆棘中孕育，
保护他的是蛇群，
刺伤他的是暴雪狂风。

大地就是这样造就了人。

他从侵略的血液中诞生。
像堡垒一样成长。
他的头发蓬乱
像红色的小豹一样，
坚硬岩石的眼睛
在物体上闪光

宛似扑不灭的火焰
来自狩猎的围场。

5

考波利坎酋长

考波利坎，躯干和风暴，
生长在劳利树秘密的根系中，
当他的人民将武器
指向入侵者，这棵大树，
这棵祖国坚强的大树开始行动。
侵略者在绿色的云雾里
看见树冠在摇曳，
粗大的枝条，无数叶子
与威胁构成的外衣，
大地上的树干化作人民，
树根长出了土地。
他们明白
生死关头已经到来。

其他的大树和它一起来了。

整个红色枝条的种族，
所有野生痛苦的发辫，
所有木材上的仇恨之结。
考波利坎，面对失败的侵略者，
掀起自己藤木的假面，
不是帝王彩色的羽毛，
不是芬芳植物的宝座，
不是祭司闪光的项圈，

不是手套也不是金色的王子，
而是一张树林的面孔，
一张饱经风霜的金合欢的假面，
一颗藤萝缠绕的头，
一张雨水打破的脸。

考波利坎酋长
有着深沉的大山世界的目光，
大地不屈不挠的眼睛，
而他巨人的脸颊
是光线和根攀缘的高墙。

6

卫国之战

阿劳卡尼亚扼杀了
花瓶中玫瑰的歌唱，
割断了
银色新娘织布机上的线。
尊贵的马奇[1]走下台阶，
在分散的河里，在黏土地上，
在英武的南美杉
枝干挺拔的树冠下，
埋在地下的钟
开始发出呼号的声响。
战争之母
使溪流中温柔的石子跳荡，
将它收集起来送给渔夫之家，
新婚的农民将石子亲吻
趁它们尚未飞向敌人的伤口。

在酋长森林般的面孔后面
阿劳科人在聚集力量捍卫家园：
用的是眼睛和长矛，沉默不语
而又威风密集的人群，
不会折弯的腰，
骄傲黝黑的手，

① 阿劳科人的祭司。

紧紧握起的拳。

高大酋长的背后，是大山，
无数的阿劳科人就在上面。

阿劳科是流水的吼声。

阿劳科是昏暗的寂静。

报信者受伤的手里
收集着阿劳科的血滴。

阿劳科是黑夜的烈火
阿劳科是战争的激浪。

在肃穆的酋长身后一片沸腾，
当他前进时，是黑暗，
沙砾、树林、泥土，
一堆堆篝火，一阵阵飓风，
是美洲豹磷光闪闪的幻影。

7

受刺刑者

考波利坎遭受了酷刑。

被穿在酷刑的矛尖上，
进入树木缓慢的死亡。

阿劳科撤回绿色的攻击，
黑暗中感到不寒而栗，
把头扎向土地
满怀痛苦四处藏匿。
酋长睡在死神的怀里，
营地传来铁器的声响，
还有外国佬的阵阵笑声，
在哀悼的树林周围
只有黑夜在颤动。

这不是痛苦，不是敞开的火山
在内脏里的撕咬，
这只是树林的一场梦，
只是正在流血的树。

刽子手的利器
刺进祖国的内脏，
将神圣的土地刺伤。
下方，滚烫的血

默默地滴向
种子期待着
春天的地方。

这血滴得更深。

滴向根。

滴向死者。

滴向将要诞生的人们。

8

劳塔罗 ①

(1550) ②

鲜血叩击石英的门廊。

岩石在血滴落的地方生长。

劳塔罗就这样诞生在大地上。

---

① 劳塔罗（约 1534—1557），阿劳科武士。他先当了征服者巴尔迪维亚的马夫，后将其打败并处死。他本人又被另一位征服者弗朗西斯科·德维拉格拉（1511—1563）俘虏并杀害。

② 阿劳科人开始抗击征服者的年份。

9

酋长的教育

劳塔罗是一支细长的箭。
蓝色而又坚韧，我们的祖先。
他的童年沉默不语。
他的少年施令掌权。
他的青年是被驾驭的风。
宛如一柄长矛久经锻炼。
他的头脑在荆棘中受到培训。
他的双脚惯于浸在瀑布里面。
他住在冰雪的洞里。
他像原驼一样经受考验。
他窥伺雄鹰的食物。
他刺探悬崖的秘密。
他使火的花瓣兴高采烈。
哺育他的是寒冷的春天。
他在地狱的喉咙里燃烧。
他是猛禽中的猎手。
他的双手涂着胜利的颜色。
他通晓黑夜的侵犯。
他托起硫黄的塌陷。

他速度飞快，像突如其来的光线。
他采用秋天的缓慢。
在看不见的洞穴里劳作。
在积雪的床单上睡眠。

动作像离弦的箭。
在路上饮野兽的血。
掠夺海浪中的珍宝。
威风凛凛宛若阴沉的神仙。
他懂得闪电的字母。
他吃过百家饭。
他嗅得出飘零的灰烬。
用黑色的毛皮遮住心田。

他能破译盘旋的烟缕。
他用沉默的纤维编织自己。
他像橄榄的灵魂油光闪闪。
他化作透明坚硬的水晶。
他为了成为飓风而学习。
只要血液在流就不会停止作战。

只有这样他才称得上人民的儿郎。

10

劳塔罗在侵略者中间

他走进巴尔迪维亚的家。
像阳光一样陪伴着他。
他在匕首丛中进入梦乡。
看见自己的血在流淌，
自己的眼睛被压挤，
他睡在马棚里
将自己的能量积蓄。
他的头发一动不动
审视着那些苦痛：
遥望天空，
自己的种族在遭受欺凌。

他守在巴尔迪维亚脚边彻夜不眠。

他听见刽子手的梦
在黑夜里滋长
像一支不可阻挡的部队。
他猜度着那些梦想，
他本可以撩起
酣睡统领的黄胡子，
将它斩断在喉咙上。
但是他要窥测的黑暗
掌握夜间活动的法则。

白天他一边行走
一边将湿漉漉的马匹抚摩，
它们正侵略他的祖国。
他揣摩那些马匹。
他与那些全身封闭的神一同前进。
他揣摩他们的盔甲。
当他一步一步地
向阿劳卡尼亚的烈火迈进，
他是那些战役的见证人。

11

劳塔罗与半人马兽[①]对抗
（1554）

于是，劳塔罗的进攻一浪高过一浪。
他要求阿劳科人的影子有严明的纪律：
早在卡斯蒂利亚的刀子
刺进红色肌体的胸膛之前。
今天游击战的种子已经播下
在森林所有的翅膀下面，
从岩石到岩石，从河滩到河滩，
在巨石下埋伏，
在百合藤[②]中窥探。
巴尔迪维亚想要撤回。
　　　　　　　　　　为时已晚。
　　劳塔罗赶来，身披着闪电。

征服者悲伤不已。
在南方黄昏
潮湿的丛林中开路。
　　　　　　　　　劳塔罗
　　在骏马黑色的奔驰中冲到面前。

疲劳和死神在树丛中

---

①指西班牙征服者，在他们来到新大陆之前，印第安人不知马为何物。
②指 Copihue，智利国花，属百合科。

将巴尔迪维亚的部队指引。
　　劳塔罗的长矛步步逼近。

佩德罗·德巴尔迪维亚走在尸体和树叶中
活像走在一条隧道里。

　　劳塔罗在黑暗中降临。

征服者想起崎岖的埃斯特雷马杜拉[①]，
想起金色的油，想起厨房，
想起留在大洋彼岸的素馨。

　　他听到劳塔罗尖叫的声音。

羊群，坚固的田舍，
白色的墙壁，故乡的黄昏。

　　劳塔罗之夜突然降临。

他的头目们摇摇摆摆地返回，
沉醉在鲜血、黑夜和雨水中。

　　劳塔罗的箭在纷飞。

司令部鲜血淋漓。
跌跌撞撞地撤退。

---

① 巴尔迪维亚的故乡。

已经碰到劳塔罗的胸膛。

巴尔迪维亚见到了黎明、阳光，
或许还有生命、海洋。
劳塔罗就是这样。

12

佩德罗·德巴尔迪维亚的心

我们把巴尔迪维亚带到大树下。

那是雨中的蓝色，
泄了气的太阳带着丝丝寒冷的早晨。
一切雷鸣，荣光，
乱糟糟地躺在那里
化作一堆受伤的废钢。
肉桂树抬高了自己的语言，
湿润的萤火虫的光芒
在它庞大的王国里到处闪现。

我们拿来布匹和陶罐，
粗糙的织物，宛似夫妻们的发辫，
月亮上杏仁似的珠宝，
还有遍布阿劳卡尼亚的鼓，
皮面闪闪发亮。
我们跳起舞来，击打着
昏暗的血统缔造的大地，
向罐子里注满甜蜜。

然后我们击打敌人的脸。

然后我们将那勇敢的脖颈割断。
刽子手的血多么美好，

我们像石榴一样分享
它还在活生生地燃烧。
然后，我们将矛头刺进他的胸膛，
将那颗像鸟儿一样长了翅膀的心脏
献给阿劳科之树，
鲜血的声音直冲树冠。

于是，在我们的身躯
构筑的大地上，向着崇高的火山，
诞生了战争、太阳
和收获的歌唱。
于是我们分享了滴血的心脏。
我们将牙齿咬进那颗心的花瓣
来履行这大地的庆典：

> “给我你的寒冷，可恶的外国佬。
> 给我你猛虎的勇敢。
> 给我你血液中的愤怒。
> 给我你的死亡，让它跟着我
> 把恐怖奉还你的部下。
> 给我你带来的征战。
> 给我你的坐骑和你的双眼。
> 给我扭曲的黑暗。
> 给我玉米的母亲。
> 给我马的舌头。
> 给我没有荆棘的祖国。
> 给我胜利的和平。

给我空气，
鲜花盛开的肉桂树在那里呼吸。”

13

拖长的战争

后来，大地和海洋，城市，
船只和书籍，你们了解历史，
它来自荒凉的地面
宛似一块被撼动的岩石
使时间的深处
充满蓝色的花瓣。
三个世纪以来，像栎木一样
坚硬的尚武的种族在斗争，
三百年来，阿劳科的火花
使帝国的腹地布满灰烬。
三个世纪以来，首领的衬衣
多少次伤痕累累地落在地上，
三百年来，多少犁铧和蜂房
化作一片荒凉，
三百年来，人们鞭挞了
每一个侵略者的名字，
三个世纪以来，
进犯的鹰隼遍体鳞伤，
三百年来
宛似大海之口
将屋顶和骨头、甲胄和塔楼
以及金黄的爵位统统埋葬。
一阵马匹的奔驰
和一阵灰烬的风暴

从装饰华丽的吉他琴
来到狂暴的马刺上。
船队返回坚硬的国土，
谷穗诞生，
西班牙人的眼睛
在雨水的王国里膨胀，
可阿劳科却抛下了屋瓦，
碾碎了石块，摧毁了墙壁
和葡萄藤、意志和衣裳。
请看仇恨粗鲁的子孙
如何在大地降临，
请看维拉格拉们，门多萨们，雷伊诺索斯们，
雷耶斯们，莫拉莱斯们，阿尔德雷特们，①
如何向着寒带美洲
那白色的深渊翻滚。
在庄严时刻的夜晚
帝国陷落，圣地亚哥陷落，
比亚里卡在雪中陷落，
巴尔迪维亚在河流上滚动，
直到比奥比奥河浮动的王国
在鲜血的岁月上停留
并在淌血的沙滩上
建立了自由。

① 维拉格拉是巴尔迪维亚的接班人，杀害了劳塔罗。门多萨（1535—1609）曾是智利和秘鲁总督辖区的总督。雷伊诺索斯是西班牙远征军首领。雷耶斯是一个西班牙姓氏，也是诗人自己家族的姓氏。莫拉莱斯和阿尔德雷特都是西班牙远征军中的一员。

14

间奏（1）

殖民地遍布我们的故土

当剑停止了挥舞
强硬的西班牙的孩子们
来自领地和森林，像魔鬼一样
一边尖叫一边将堆成山的纸张
呈向宝座
献给骄傲的君王：
在瓜达基维尔河①的河套
或托莱多②的街巷
整个历史从一只手传到另一只手，
幽灵般的征服者
身着褴褛的衣裳
成群结伙地出入一个个海港
新近的死者被装进棺材
伴随着宗教仪式
被抬进鲜血筑成的教堂，
在这一切之后，法律
来到河流的世界
商人也来了，带着他们的钱囊。

　　广阔的黎明变作黑暗，

① 西班牙南部的河流，流经塞维利亚。
② 西班牙历史文化名城，在 1560 年前是王宫所在地。

礼服和蜘蛛网
让黑暗、邪恶和魔鬼之火
在房间里繁衍
一支蜡烛将辽阔的亚美利加照亮，
它充满风雪与蜂房，
千百年来低声与人说话，
为追逐几枚钱币划着十字
在小巷中咳嗽奔忙。
土生白人来到这世界的街上，
瘦骨嶙峋，清洗道道溪流，
在十字架中间渴望着爱情，
在圣器室的桌下
寻觅着人生隐蔽的小径。
城市在烛泪的汁液中
发酵，在黑色的幕布下
用蜡的碎屑
加工地狱的苹果。

亚美利加，桃花心木的树冠
那时成了创伤的黄昏，
成了淹没在黑暗中的麻风病院，
在一片古老的清新中
蛆虫的敬意在蔓延。
黄金将实心的花朵，
寂静的常青藤，阴影沉没的建筑
矗立在脓包上面。

一个女人在收集脓水，

每日为了祭天
痛饮生命之泉，
而饥饿却在金色
墨西哥的矿上翩翩起舞，
秘鲁安第斯山的心
在破烂的衣襟下
冻得泣涕涟涟。

在暗无天日中
商贾建起自己的乐园
篝火几乎照不到那里，
异教徒蜷缩着身躯，
弱不禁风，承受着
耶稣那一小勺恩典。
第二天太太们
整理着裙撑，
回想着烈火怎样冲击
吞噬发疯的身躯，
而警官在检查
被烧者微不足道的污痕，
脂肪、血迹、灰烬，
被野狗舔舐。

15

间奏（2）

庄园

陌生的土地
在继承人中间辗转，
从金币到金币，
一片幻影和修道院，
直到整个的蓝色地域
都分割成委任地和庄园。①
迈斯蒂索人的创伤
游荡在死神的空间，
还有初来的西班牙人
与黑奴贩子的皮鞭。
土生白人是流血的妖魔
收集着残羹剩饭
直到凑齐后获得
一个用烫金字母
绘成的小小官衔。

在昏暗的狂欢节上
他装扮成伯爵出场，
在其他的乞丐中间趾高气扬
手持小小的银杖。

① 西班牙在拉美实行土地委托制，把大片土地委托给征服者，这就是大庄园制的起源。

16

间奏（3）

新产业主

于是时间在水池中停滞。

被制约在
交叉的空间里的人，
城堡的石块，法庭的墨汁
使一张张嘴巴
布满美洲封闭的城市。

当一切都已是和谐与安定，
医院和总督，当阿雷亚诺，
罗哈斯，塔皮亚，卡斯蒂略，
努涅斯，佩雷斯，罗萨莱斯，
洛佩斯，霍尔克拉，贝穆德斯，[①]
当卡斯蒂利亚的最后一批士兵
在法庭背后老态龙钟
在登记册下倒地身亡
带着虱子走进坟茔
在那里编织帝国酒窖的梦想，
当老鼠是这充血的土地
唯一危险的时候，
带着口袋的比斯开人出场，

① 均为普通西班牙人的姓。

埃拉苏里斯穿着草鞋，
费尔南德斯·拉腊因出售蜡烛，
阿尔杜纳特出售粗呢，
还有埃萨吉雷，袜子大王。[①]

他们都像饥民一样进来
躲避着打击和宪兵。
顿时，他们从衬衫到衬衫
驱逐了征服者，
建立了舶来品商店的地盘。
于是他们从黑市
买到了自豪感。
他们霸占了
庄园、奴隶、皮鞭，
基督教义、警察局，
酷刑、民居、妓院
以及称之为
西方神圣文化的一切。

---

① 均为智利显赫家族的姓氏及其祖先的职业。

17

索科罗公社社员

（1781）[①]

当曼努埃拉·贝尔特兰冲破
压迫者的统治，高呼“打倒暴君”的时候，
她将新的食粮
播撒在我们的土地上。
那是在新格拉纳达，在索科罗镇。
社员们在一次预兆性的日食中
将总督府撼动。

他们集合起来反对垄断，
反对肮脏的特权，
举起合乎法令的请愿书。
他们带着石块和武器，
民兵和妇女，愤怒和秩序，
和人民一起
冲向波哥大和它的官邸。

然后大主教来了。
“我以上帝的名义
保证你们会得到一切权利。”

人民在广场上聚集。

---

① 指 1781 年发生在新格拉纳达总督区（今哥伦比亚和委内瑞拉部分地区）索科罗的起义，是由一位名叫曼努埃拉·贝尔特兰的妇女发起的。

大主教举行了
一次弥撒和宣誓。

他成了正义的和平。
他宣布："请你们收起
武器，各自回家去！"

社员们交出了武器。
在波哥大，他们为大主教
庆功，庆祝他在假弥撒中
撒下的谎言，庆祝他的背信弃义，
他们拒绝了面包和权利。

他们枪毙了起义的首领，
将刚刚被砍下的头颅
分送到各个村镇示众，
同时送去大主教的祝福
和总督府的歌舞升平。

第一批沉重的种子
撒在了各地，
盲目的雕像，你们将留在那里
在充满仇恨的黑夜
孵化谷穗的起义。

18

图帕克·阿马鲁

（1781）[1]

孔多尔坎基·图帕克·阿马鲁，
英明的主公，正义的父亲，
你看到遭受蹂躏的春天
从安第斯山的阶梯
爬上你的领地，
随之而来的是不幸和折磨，
痛苦和不义。

印加主公，酋长父亲，
这一切藏在你的眼睛
就像藏在一个
被爱的痛苦燃烧的宝匣里。
印第安人请你看他的脊背
在昔日受刑的累累疤痕上
又闪烁着新的累累创伤，
一个脊背如此，另一个也是这样，
整个高原都被
泪水的瀑布激荡。

一个地方在哭泣，另一个地方也同样。

① 图帕克·阿马鲁，原名何塞·加夫列尔·孔多尔坎基（1738—1781），秘鲁著名的反对西班牙统治的起义首领，自称印加王的后代。诗人这里用的是他被西班牙人处决的年份。

直到你组织了泥土色人民的武装，
你把泪水收集在杯子里，
你使条条小路变得坚强。
人民之父来自群山，
火药使道路飞向天空，
人民之父来自战场，
走向一座座屈辱的村庄。

人民将披巾抛进灰尘，
将古老的兵器聚在一起，
海螺的号角在召唤
分散的各地加强联系。
反对血腥的岩石，
反对可悲的麻木，
反对镣铐的金属。
但他们分裂你的人民，
他们让兄弟反目成仇，
直至你堡垒上的岩石
一块块跌落在地：
他们将你疲惫的四肢
拴在四匹狂怒的马上
他们就这样
肢解了不屈不挠的曙光。

图帕克·阿马鲁，被战胜的太阳，
从你被撕破的荣誉上
升起了一道消失的光芒
宛似海上的太阳。

黏土诚挚的村落，
牺牲了的织布机，
沙砾潮湿的房舍
都在默念“图帕克”，
图帕克是一粒种子，
都在默念“图帕克”，
图帕克就在垄沟中，
都在默念“图帕克”，
图帕克正在大地上萌生。

19

起义的亚美利加

（1800）

孤独啊，我们的土地，辽阔的土地，
它曾充满声音、嘴巴、手臂。
一个沉默的音节渐渐燃起
集合起秘密的玫瑰
直至草原颤抖
万马奔腾，刀枪林立。

真理像耕犁一样坚毅。

它冲破大地，树立期盼，
播下宣传的胚芽
在秘密的春天诞生。
它的花朵沉默不语，
它的光束遭到排斥，
那集体的酵母，使隐蔽
旗帜的亲吻遭到攻击，
但它依然推开地上的监狱
冲破一堵一堵的墙壁。

黑暗的村落是它的杯子，
它接受了被排斥的营养，
在大海的岸边将它传播，
在不屈不挠的臼里将它研磨。

它带着千锤百炼的篇章出征，
带着春天跋涉。
昨天的时刻，正午的时刻，
又是今天的时刻，
在死与生之间，在谎言
毛骨悚然的时代中
期待着的时刻。

祖国，你诞生于伐木者，
诞生于木工，诞生于未受洗礼的孩子，
诞生于像怪鸟一样
献上一滴飞翔的血的人们。
今天你将艰难地重生
从叛徒和狱卒
认为你会永远沉沦的地方。

今天你将诞生于人民，像昔日一样。

今天你将离开煤炭和露水。
你将用受尽虐待的双手，
用幸存的灵魂碎片，
用死神未能扼杀的一束束目光
用褴褛的衣裳下面
残酷的武装，将一扇扇门户摇晃。

20

贝尔纳多 · 奥希金斯 · 里克尔梅[1]

(1810)

奥希金斯，为了在昏暗中
向你致敬，必须照亮大厅。
秋天的南方半暗半明
白杨树无休无止地摇动。

你就是智利，既是族长又是牧牛人，
你是一件当地的篷秋[2]，
一个不知道自己名字的儿童，
一个既顽强又腼腆的小学生，
一个来自省内的悲伤的青年。
在圣地亚哥你觉得难过，
人们盯着你那身过长的黑色衣裳。
当为你披上绶带，那面你为我们
缔造的祖国的旗帜，
在你的乡村雕像的胸膛
散发着清晨野草的芳香。

年轻人，严冬作为你的老师，
使你习惯了雨淋，
在伦敦的街头大学里

---

① 贝尔纳多 · 奥希金斯 · 里克尔梅（1778—1842），原籍爱尔兰，智利独立革命领袖，和圣马丁一起解放了智利。

② 一种套头斗篷，类似毛毯，中间有孔，既方便又实用。

浓雾与贫穷把学位授予你，
而一位高雅的穷人，
我们的自由蔓延的烈火，
给了你谨慎的雄鹰的奉劝
并让你登上了历史的航船。

“您怎么称呼？”
圣地亚哥的“绅士们”笑着。
冬夜的爱情之子，
你被抛弃的经历
用乡村的灰泥
用南方加工的木材或房屋的冷静
最终缔造了你。
时间改变了一切，
除了你的面孔。

奥希金斯，你是永不变化的时钟，
在你坦诚的钟盘上只有一个钟点：
智利的钟点，战斗的尊严
是那红色的时间表上
出现的唯一的时间。

因此无论是在番荔枝木的家具
还是在圣地亚哥的女儿们中间，你都一样，
因为在兰卡瓜[①]包围着你的都是火药和死亡。

① 智利城市，今属奥希金斯地区，1814 年奥希金斯曾在此被西班牙军队击败。

有的人没有父亲
只有祖国，没有新娘
只有炮兵为他
夺取的开遍柑橘花的地方，
你就是这种人坚毅的肖像。

我看见你正在秘鲁写信。
没有这样的驱逐，没有更坏的流放。
全省都被流放。

当你不在时，智利
宛似灯火通明的大厅。
挥霍无度，富人们的里戈冬[①]
取代了你前线吃苦的战士的条令，
而你用鲜血赢得的祖国，
没有你，被统治得像一场舞会，
饥饿的人民只能做外面的观众。

你已经不能带着兰卡瓜的汗水
鲜血和火药参加节日活动。
对于显赫的绅士们
那不会是什么美好的情调。
汗水和马匹的气味
会和你一起踏上征途，
这正是春天里祖国的味道。

---

① 一种法国巴洛克式舞蹈。

你已经不能参加这种舞会。
你的节日是爆炸的堡垒。
你热闹的舞会是战斗。
你节日的结局是失败的震动，
心怀祖国
奔向门多萨[①]的不祥的未来。

现在请看下面的地图，
请看智利狭长的腰带，
在雪地上部署士兵，
在沙地上是善于思考的青年，
还有时隐时现的工兵。

请闭上眼睛，睡吧，做一会儿梦，
你唯一的梦，唯一回归你心灵的梦：
一面南方的三色旗，下着雨，
农村的太阳照着你的土地，
起义人民的枪声
和你在关键时刻的三言两语。
你如果做梦，今天你的梦即已实现。
至少，在坟墓里梦着它吧。
你什么也不会知道，因为就像从前
在战斗胜利以后
公子哥儿们在宫廷里跳舞
而那一张张饥饿的脸

① 门多萨是阿根廷城市，在阿根廷距智利很近的边境上。

只能从街道的阴影里观看。
但我们已经继承了你的坚定，
你那不屈不挠的沉默的心灵，
你那坚不可摧的父亲的立场，
而你，在昔日轻骑兵
耀眼的冲击中，在蓝色
与金黄色敏捷的军服中，
你如今仍和我们在一起，
人民之父啊，你是我们
永垂不朽的士兵。

21

圣马丁①

（1810）

圣马丁，我走了那么远，从一个地方
到另一个地方，舍弃了你的马刺和服装，
我知道总有一天，在返回的路上，
在大山的尽头，在我们从你那里
继承来的风云变幻的纯洁中
我们会日日相聚。

在小径中指出你的脸庞，
在鸟群中辨别你的目光，
在空气中找到你的存在，
在木棉的树疖里，在你的根里
认出你，这要花多大的力气！

你就是你给予我们的土地，
你是一支香气袭人的雪松的枝条，
我们不知它在什么地方，
它那祖国的芳香又从哪里飘到草原上。
圣马丁，我们奔向你，
伴随着晨曦，我们跑遍你的身体，
我们呼吸着你影子中的万顷田野，
在你的躯干上将火燃起。

---

① 何塞·德圣马丁（1778—1850），阿根廷独立革命英雄，他也是智利与秘鲁的解放者。

在所有的英雄中，你广阔无比。

其他人只是从桌子到桌子，
从陷阱到旋风，
而你是由疆界构成，
我们开始看到你的领域，
你平原的尽头，你的土地。

当时间像永恒的水一样
把仇恨的土壤、
篝火锐利的发现散布得更广，
你就会有更多的地方，
就会有更多宁静的种子
布满山冈，并把更大的空间献给春光。

创建者后来变成
其创造物的烟云，
没有人会在
烧毁自己的火堆里再生：
他使自己缩小化为存在，
当他倒下时只有尘埃。

你在死亡中拥有更多的空间。

你的死是谷仓的沉默。
你的生命逝去，还有其他的生命，
墙壁竖起，门户开放
谷穗流向四面八方。

圣马丁，别的首领
比你更加辉煌，制服上
绣的葡萄叶子闪着晶晶的磷光，
还有的人讲起话来口若悬河，
可是没有一个像你这样
把泥土和孤独、三叶草
和白雪穿在身上。
我们从河边归来，遇到你，
我们用鲜花盛开的图库曼① 地区
农民的方式向你致敬，
我们途中相遇在马背上
风尘仆仆的父亲，
你纵马奔驰，衣带飘扬。

今天，太阳、月亮、大风
使你的家族和你朴实的构想
变得成熟：你的真理
是土地的真理，是含沙的面团，
像面包一样稳定，是纯洁的草原，
是净土与谷物清新的画卷。

至今你一如既往，驰骋和月亮，
风云变幻，士兵的模样，
沿着我们重新开战的地方

---

① 图库曼省位于阿根廷西北部，1816 年 7 月 9 日在该省首府圣米格尔－德图库曼宣告了阿根廷的独立。

在平原与村庄跋涉，
确立你土地的真理，
播种你茁壮的幼芽，
吹动那麦苗的篇章。

就是这样，在战斗结束之后
我们进入你的躯体之前，
只要我们曾采取的措施没有
安睡在你和平幼芽的辽阔里面
就不要让和平与我们为伴。

22

米纳

(1817)[①]

米纳，你像一条强劲的水流
来自山间的泉源。
光明的西班牙，晶莹的西班牙
让你在痛苦中诞生，不屈不挠，
有着山间激流光明磊落的桀骜。

长期以来，在多少世纪中、多少土地上，
黑暗与光明在你的摇篮里斗争，
野兽的爪子
扼杀了人民的光明
而古代的猎鹰手
在他们教会的雉堞上
窥视着面包，
拒不进入农民汇成的河。

但是西班牙，你总是
在残酷的塔楼上为叛逆的宝石
及其垂死而又再生的光明的血统
留下一个空洞。

---

① 弗朗西斯科·哈维尔·米纳（1789—1817），西班牙抗击法国侵略军的游击战士，后因为反对费尔南多七世的统治而移居墨西哥并参加独立革命，与西班牙皇家军队作战，失败后被处死。

卡斯蒂利亚的旗帜
不是白白地具有公社的风采，
加尔西拉索[①]蓝色的光芒
不是白白地在你花岗岩的山谷间流淌，
贡戈拉[②]也没有白白地
将布满冰冻珍宝的托盘
留在科尔多瓦教堂的枝形灯盏之间。

西班牙，在你古代残酷的爪子中间，
纯洁的人民使痛苦的根震颤，
流淌着不可战胜的鲜血
与封建的畜生们周旋。
在你身上，光明如同黑暗，已经衰老，
被贪婪的伤疤吞食消耗。
与被橡树的呼吸
吹拂的泥瓦匠的和平一起，
在闪烁着飘带和音节
缀满繁星的泉水旁，
在你的时代，雄鹰宛似一种
昏暗的颤抖，生活在它的石阶上。

　　饥饿与痛苦
　　是你祖传沙土的硅石，
　　寂静的骚动，
　　缠绕着你的人民的根，

① 加尔西拉索·德拉维加（1501—1536），西班牙诗人。
② 路易斯·德贡戈拉（1561—1627），西班牙黄金世纪诗人，开创了贡戈拉风格，生于科尔多瓦。

给世界的自由
一种闪电、歌声
和游击战士的永恒。

纳瓦拉[1]的谷地
保留了新生的光芒。
米纳从悬崖峭壁之间
拉出了自己的游击队：
从被侵占的乡村里，
从夜晚的城镇中
取出火种，使它
化作反抗的烈焰，
他越过积雪的泉水，
迅速地迂回作战，
从险关隘口冒出，
在面包店里涌现。

他们将他埋葬在狱中，
他那不屈不挠的泉
雄浑、响亮，又回到
山岭高空的风中。

西班牙自由的风
将他吹到亚美利加，
他那颗永不枯竭的心
又穿越森林

---

① 纳瓦拉是西班牙北部的省份，是米纳的故乡。

使草原丰茂。

在我们的斗争中，
在我们的土地上，
为了不可分割
而又被流放的自由
他晶莹的鲜血在流淌。

在墨西哥，
西班牙源泉的水被捆住。
他汹涌的透明
停止了流动，默默无声。

23

米兰达死在雾中

（1816）①

如果你们头戴礼帽很晚
才走进欧罗巴获得勋章的花园
不止一个秋天
在喷泉的大理石旁边
彼时破烂的金叶落在帝国上面
如果在圣彼得堡的夜晚
大门剪出一个形象的轮廓
雪橇的铃声在抖颤
而有人在白色的孤独里
同样的脚步同样的问题
如果你走出欧罗巴鲜花盛开的大门
一位深色服装的骑士
黄金的肩章智慧的标志
他的前额在轰鸣的炮兵中间
将自由平等注视
如果岛屿上的地毯认识他
接待海洋的地毯说您请进我信任您
多少船只啊还有迷雾
步步紧随他的行程

---

① 弗朗西斯科·德米兰达（1750—1816），委内瑞拉独立运动的先驱，曾在西班牙军队中服役，1780 年参加北美独立战争，1791 年参加法国革命，获元帅军衔，后在欧美寻求对拉美独立的支持。1806 年回委内瑞拉领导起义，1812 年战败被俘，四年后死于西班牙加的斯狱中。这首诗无标点，句式也不规范，宛如诗人语无伦次的叹息。

如果在共济会书店的内部
有人戴着手套佩着剑拿着地图
拿着充满了居民船只和空气
发了芽的文件夹
如果在特立尼达向着海岸
一场又一场战斗的硝烟
在大海重新弥漫海湾街的阶梯
接受他无法穿透的气氛
宛似苹果密实的内部
而这只名士的手又一次
这只武士的蓝色手套在前厅
漫长的道路战争和花园
他双唇上的失败另一种盐
另一种盐另一种滚烫的醋
如果在加的斯他的思想
被笨重的铁链锁在墙壁上
剑那阴森恐怖的时间牢房
如果你们在老鼠中间深入地下
而那麻风病院的石屋又一道门闩
在受绞刑者的棺材里
衰老的面孔有一个词因窒息而死去
一个词我们的名字和土地
向着他的脚步要去的地方
自由是为了他流浪的烈火
他们却用绳索使他下到
敌人潮湿的土地无人致敬天气寒冷
欧罗巴坟墓的寒冷

24

何塞·米格尔·卡雷拉[①]

（1810）

< 插曲 >

你说出自由一词比谁都早，
当屈辱的私语
在石块间传播，隐藏在庭院里。

你说出自由一词比谁都早。
你使奴隶之子获得解放。
商贩们出售海外的血
他们就像黑影一样。
你使奴隶之子获得解放。

你建起第一座印刷所。
字母在无知的人民中落户，
秘密的消息将嘴唇冲破。
你建起第一座印刷所。
你在修道院里将学校开设。
令人窒息的什一税的角落
和粗大的蜘蛛网都已退缩。

---

① 何塞·米格尔·卡雷拉（1785—1821），智利独立战争领袖，1811 年领导起义。他曾开办学校，创建图书馆，执政至 1813 年。他的专制引起贵族的反对，其中包括奥希金斯。他在兰卡瓜战败（1814）后，到阿根廷组织反对奥希金斯的游击战争，后在门多萨被处决。

你在修道院里将学校开设。

{合唱}

愿人们了解你崇高的品性，
身经百战、神采奕奕的先生。
愿人们了解你的神速
光辉地落入祖国的一切。
勇猛的飞翔，鲜红的心灵。

愿人们了解你那些带缺口的钥匙
它们打开了黑夜的门闩。
绿色的骑士，风暴的闪电。
愿人们了解你用充实的双手
所表达的爱，认识你耀眼的灯盏。
一束根系四处盘桓。
愿人们认识你光辉的瞬间，
流浪的心啊，白昼的火焰。

愤怒的钢铁，高贵的花瓣。
愿人们认识你威风的闪电
使怯懦的圆顶化为碎片。
风暴的塔楼，金合欢的枝蔓。
愿人们认识你警惕的剑，
认识你用力量和风云铸就的筋骨。
认识你迅速的丰功伟业，
认识你不可战胜的风范。

<插曲>

他漂洋过海，在语言、
服装、异国的禽鸟之间，
带来解放的舰只，
用火书写，将云呼唤，
理解太阳和士兵，
穿越巴尔的摩[①]的云雾，
挨门挨户地消耗自己，
信任和人群簇拥着他，
所有的波浪都陪伴着他。
在蒙得维的亚的海岸，
在他放逐的房间，
开办印刷所，印刷子弹。
他那表明起义方向的箭
指向智利，
引燃他晶莹的怒火，
指挥拯救的马队
骑在从悬崖上跌落下来的痛苦
那飓风般的鬃毛上面。
他那些被消灭的弟兄
从复仇的刑场上将他呼喊。
他的血染红了门多萨的土坯，
他那空空的宝座，
宛似熊熊的火焰。
就像地狱中萤火虫的飞行

① 美国的地名，卡雷拉曾在那里流亡。

惊动草原星星般的平静。
他用土著部落的号叫
鞭挞一座座要塞。
将俘虏的头颅
穿在狂飙的长矛上。
他的篷秋在云雾
和马匹的死亡中飞舞
像一道道闪电。

年轻的普埃伦东[①]，不要讲
他的结局那可怕的冷战，
不要用遗弃的夜晚
将我熬煎，
当人们把他带到门多萨
他那象牙的面罩
已显露出痛苦的孤单。

{合唱}

祖国啊，拾起这朝圣者的爱，
将它在披风中珍藏：
别让它滚到黑暗
不幸的深渊；
让这闪光，这难忘的灯盏
上升到你的前额，

---

① 胡安·马丁·德普埃伦东（1777—1850），阿根廷将军、政治家，1816 年至 1819 年任拉普拉塔联合省最高执政官。

把疯狂的缰绳勒紧，
把星星般的眼睑呼唤，
保存这血的线团，
编织你自豪的情感。
祖国啊，请收下这征程，
这光芒，这重伤的血滴，
这挣扎的晶体，
这火山的指环。
祖国啊，奔驰吧，保护他，
奔驰吧，跑吧，跑吧，跑吧。

> 转移 <

他被押到门多萨的墙壁，
残酷的树前，开始
淌血的喷泉，孤独的磨难，
被押到星星寒冷的终点。
他走在未建成的路上，
满目荆棘和遍布豁口的土墙，
杨树向他抛下死去的黄金，
面对死神扬起的灰尘
无用的骄傲包围着他
宛如褴褛的长袍。

他想着自己流血的王朝，
想着童年的时光
断裂的橡树梢头初升的月亮，
想着卡斯蒂利亚的学校

和英武西班牙军队的红色盾牌，
想着自己惨遭屠杀的部落，
想着橘花丛中婚姻的甜蜜，
想着世上的斗争和流亡。
想着奥希金斯这难以捉摸的旗手，
想着哈维尔[①]，在圣地亚哥
遥远的花园里音讯渺茫。
门多萨侮辱他黑色的门第，
打击他被推翻的政权，
他在投来的石块中
走向死亡。
　　　　没有人拥有
比这更加确切的下场。
在狂风与野兽中
从残酷的阻击到这条所有人
淌血的小巷。
　　　　　行刑台的每一级台阶
都与他的命运吻合。
谁也不能将这愤怒继承和发扬。
仇与爱一起把门关上。
道路束缚住了流浪者。
当人们向他开枪，鲜血
浸透他人民王子的衣料，
这是无耻的土地熟悉的鲜血，
它流到应该流的地方

① 哈维尔·卡雷拉（1781—1862），与其弟路易斯·卡雷拉（1791—1818）、何塞·米格尔·卡雷拉同为智利独立战争的重要领导人。

流到干渴的压榨机旁
它们正等待着从他的死亡上
落下来的葡萄。

他曾察看祖国的白雪。
耸立的高原上云雾茫茫。

他看见一条条步枪，
枪口使他崩溃的爱情重新生长，
他感到自己失去了根，在孤独的战斗里
成了硝烟似的匆匆过客，
倒在灰尘与血泊中
宛似倒进旗帜伸出的两只臂膀。

{合唱}

不幸的骑兵，炽热的珍宝，
积雪的祖国上燃烧的黑莓。

女人们，哭吧，为他哭泣，
直至泪水浸湿大地，
这是他热爱并无限崇拜的大地，
智利粗犷的战士啊，为他哭泣，
你们对山峰和波涛习以为常，
这空虚如同一场山间的暴风雪，
这死亡就是拍打我们的海洋。
不要问为什么，无人会讲
被火药摧毁的真情实况。

不要问是谁，
无人杀死兄弟的玫瑰，
无人掠夺春天的生长。
让我们把愤怒、痛苦和眼泪珍藏，
让我们将这悲凉的空虚填满，
让夜间的篝火不要忘记
逝去的星辰的光芒。
姊妹啊，请保留神圣的仇恨。
人民的胜利需要你
温柔细腻的声音。
他去了，请铺上你们的披巾
让他在寒冷的地下用自己的沉默
支撑我们的祖国。

他的生命不止是一个生命。

他曾探求完整，宛似一团火。
死神一直陪伴着他
直到他永远完整而又永远沉没。

[合声]

让可怜的月桂保留它那冬天最宝贵的精华。
让我们把闪光的沙子带给他芒刺的王冠，
让阿劳科的子孙护卫死去的月亮，
让芳香的波尔多的叶子驱散他坟墓的宁静，
在智利辽阔而又黑暗的水中滋养的白雪，
他爱过的植物，泥盆里的蜜蜂花，

黄色半人马兽热爱的粗犷的花草，
大地上充满瑟瑟秋天的一串串黑色葡萄，
阴郁的眼睛在他泥土的亲吻下燃烧。
让祖国放飞鸟儿，睁开血红的眼睑，抬起不义的翅膀，
水中凤头麦鸡的啼声飞向受伤的骑兵，
长尾草地鹨将血红芳香的斑点献给他，
他的飞翔展开祖国的新婚之夜，
悬在宁静高空的神鹰用血淋淋的羽毛
为沉睡的胸膛加冕，那是篝火躺在山峦上，
那士兵将压在颓垣断壁下狂暴的玫瑰蹂躏，
那同胞跳到黑色鞍鞯满嘴泡沫的马上，
他把根的平静和戴孝的盾牌还给奴隶，
那机械师建起自己用夜色的锡织成的苍白的塔：
在英雄的双手用藤条编成的摇篮中诞生的人民，
从矿井黑色的土坯和硫黄的口中站起来的人民，
举起殉难者和骨灰盒并用铁路的宏伟
和岩石与创伤永久的平衡掩盖坦诚的记忆
直至芬芳的土地将湿润的金钟花和打开的书本
颁发给不可战胜的儿童，非凡的狂风，
温柔、可怕而又冷酷的士兵。
请在斗争中的人民的艰苦领域保留他的名字，
就像在海上作战的舰只的名字：
祖国将它铭写在舰首，闪电将它亲吻，
因为他自由、敏锐和燃烧着的物质就是这样。

25

曼努埃尔·罗德里格斯[①]

奎卡[②]

夫人，都说在什么地方，
我的母亲啊，都说，人人都说
见过那位游击战士，
风和雨都这么说。

生活

他能当个主教，
能却又不能，
他只能是
白雪上的疾风：
白雪上，是的，
母亲啊，不用看，
那位游击英雄
罗德里格斯
正从小河边
向这里驰骋。

---

① 曼努埃尔·罗德里格斯（1785—1818），智利传奇式的革命领袖，曾创建并指挥“骑兵敢死队”。

② 一种流行于秘鲁、智利、哥伦比亚、玻利维亚、阿根廷等地的民间歌舞。诗人在本诗中尽量还原了奎卡舞曲的结构。

奎卡

激情

离开梅利皮亚，
跑过塔拉甘特，
穿越圣费尔南多，
天亮时出现在波麦伊勒。

经过兰卡瓜，
经过圣罗森多，
经过考克内斯和切纳，
经过纳西缅托：
是的，是从那里经过，
从奇尼古埃，
罗德里格斯
从四面八方而来。
送他一朵石竹花，
咱们跟着他。

奎卡

死亡

让吉他不要出声，
祖国多么悲痛。
大地一片昏暗。
他们杀害了英雄。

在蒂尔蒂尔
他们将他杀害，
他的脊背鲜血流淌
他躺在路上，
是的，躺在路上。

是谁在说，
那是我们的鲜血，
我们的快乐。
大地正在哭泣。
我们默默地离去。

26

阿蒂加斯[1]

（1822）

（1）

阿蒂加斯在荆棘中长大，而他的脚步
犹如疾风，因为草原上岩石和钟声的驰骋
增长着，终于能像飞迸的火星将荒原的严酷震动，
终于散布开响亮的马蹄，积累了天空的颜色
直至一面浸润着乌拉圭雨露的旗帜诞生。[2]

（2）

乌拉圭，乌拉圭，乌拉圭河乌拉乌拉地歌唱，
黄鹂似的鸟群，惨叫的斑鸠，乌拉圭的雷鸣之塔
宣告乌拉圭在风中发出的冲天的呐喊，
如果瀑布使在边境收集虽败犹胜的最后谷粒的痛苦
骑士们的驰骋重复翻倍，
纯洁鸟儿的同音的名字便传向四面八方，
那便是为动荡的祖国洗礼的提琴的光芒。

（3）

啊，阿蒂加斯，不断扩大的战场的斗士，
当你映着熟悉星星的篷秋足以将全军庇护
就连鲜血也在侵蚀并解放黎明，你的士兵

---

① 何塞·赫瓦西奥·阿蒂加斯（1764—1850），乌拉圭独立革命将领。这首诗是聂鲁达于 1968 年才收入《漫歌》的。

② 乌拉圭的国旗为蓝白条状，左上角有金色的太阳。

醒来，沿着白昼充满灰尘的枝干精疲力竭地前进。
啊，永恒征程的父亲，指引方向的首领，风尘仆仆的半人马兽！

（4）

一个世纪的岁月逝去而时光紧随着你的流亡：
紧随被成千上万铁的蛛网缠绕的森林，
紧随只有腐烂果实坠落沼泽的寂静，
树叶，冲破枷锁的雨水，林鸱鸟的吟唱，
巴拉圭人赤脚出入的昏暗和太阳，
鞭穗，酷刑，被蜣螂啃噬的躯体：
一把沉重的锁落下将森林的色彩隔开，
青紫色的黄昏用腰带蒙蔽阿蒂加斯的双眼
它们在不幸中寻找乌拉圭的光芒。

（5）

我灵魂的兄长写下了《痛苦的生涯——流放》[①]，
阿蒂加斯在一个暴君玻璃般目不转睛的视线中
在一个空旷的王国中受着压迫，
而亚美利加的状况宛如阴郁的眼睑
落在这不寒而栗的骑士的目光上。

（6）

你的亚美利加怀着赎罪的痛苦战栗：

---

① 可能指《东部人民的转移》（1826），文中叙述阿蒂加斯率16000人脱离阿根廷将军尤迪欧撤退到拉普拉塔东侧的举动，他们从那里抗击葡萄牙人并赢得乌拉圭的独立。

奥里维、阿尔韦阿尔[①]、卡雷拉们，赤身向着牺牲奔去：
死亡，诞生，倒下：盲人的眼睛在屠杀：
哑者的声音在说话。死者们，终于找到了政党，
那些流血者终于懂得他们属于同一个行列：
无人能与大地对抗。

（7）

乌拉圭是鸟的话语或水的语言，
是瀑布的音节，玻璃杯的磨难，
是水果在芳香的春天里的声音，
是树林流动的亲吻与大西洋蓝色的面具。
是在起风的日子的金黄里舒展的服装，
是面包，是在亚美利加的餐桌上纯洁的面包。

（8）

乌拉圭，如果巴勃罗·聂鲁达，万物之史的作者
欠你这首歌，这个故事，这穗果实，这首阿蒂加斯之歌，
我从不欠账，也不接受苛求者的种种疑惑：
我等待一个宁静的时刻，窥视一个不安的时刻，
搜集河中的植物，将头沉入你的沙滩和鱼类的白银中，
沉入你子孙清澈的友谊和混乱嘈杂的市井，
磨炼自己直至感到有愧于你的芳香和爱情。
或许在这些阴郁的话语中，已写下你的芬芳
和爱情赋予我的心声，以此来纪念你那光辉照人的英雄。

---

① 曼努埃尔·奥里维（1792—1857），1816 年与阿蒂加斯共同参与抵抗巴西入侵的战斗，1835 年至 1838 年曾任乌拉圭总统；卡洛斯·玛丽亚·德阿尔韦阿尔（1789—1852），阿根廷将军，曾于 1826 年率军抵抗巴西的入侵。

27

瓜亚基尔[①]

（1822）

当圣马丁进来时，一种
无形征途的黑夜之物，皮鞭，阴影
走进了大厅。
　　　　　玻利瓦尔在等待。
玻利瓦尔嗅了嗅到来之物。
他空灵、敏捷、掷地有声。
真正的超前，飞行的科学，
内涵的本性在那里颤动，
在历史黑暗停滞的房间中。

　　他来自难以描述的高原，
　　来自布满繁星的天地，
　　他的军队在前进，
　　冲破黑夜和距离，
　　他是神出鬼没的群体的统帅，
　　白雪也跟随着他的足迹。
　　灯在颤动，圣马丁身后的门
　　支撑着黑夜，犬吠，街头
　　细微的声息。
　　对话开辟了一条小路——

① 厄瓜多尔港口城市。1822 年 7 月 26 日，玻利瓦尔和圣马丁在此进行了历史性的会晤，后者从此退出了拉丁美洲的独立战争。史学家们对此有各种各样的猜测，这次会晤成为拉丁美洲历史上一个难解之谜。

在他们之间来去往返。
两个人互相交谈，
互相反驳，互相躲闪，
互相逃避，互相隔绝。

圣马丁从南方带来
一袋灰色的数目，
不知疲倦的马背上的孤独，
马匹踏着土地
使他沙土的堡垒更加坚固。
和他一起进来
智利粗犷的脚夫。
一支缓慢的铁军，
还有留好的回旋余地，
一面面绣着草原上
衰老姓氏的战旗。

他们多少话语从肌体到肌体
落入寂静，落入深深的缝隙。
那不是话语，是对立的土地上
深刻的气味，来自人类的岩石
与另一种难以融合的金属的撞击。
语言又返回原地。

每个人，只看到
自己眼前的战旗。
一个，看到绚丽花朵的时代，
另一个，看到被侵蚀的过去，

军队的解体。

玻利瓦尔身边有一只白皙的手
在等待着他再次与他别离，
铺开亚麻布的床单，
聚积炽热的刺激。
圣马丁忠于他的草原。
他的梦想是纵马驰骋，
是一系列的腰带和周旋。
他的自由是草原的统一。
他的胜利是谷物的秩序。

玻利瓦尔也在构筑一种梦境，[①]
一种他根本不懂的恢宏，
一种经久不熄的烈火，
如此地不可通融
使他完全被囚进自己的理想中。

语言和沉默都已跌落。
门又一次打开，整个美洲之夜，
多少嘴唇汇集的大河
一瞬间再次颤抖了起来。

圣马丁从那个夜晚
回到了孤独，回到了麦田。
玻利瓦尔继续孤军奋战。

---

① 他的梦想是建立一个南美洲的联邦共和国。

28

苏克雷[①]

苏克雷在高地，翻越
黄色轮廓的山冈，
伊达尔戈倒下，莫雷洛斯[②]
收集声响，那是一口大钟的颤抖
散落在鲜血和土地上。
派斯[③]在旅途上奔波
分发征服的空气，
露水落在昆迪纳马卡[④]
伤痕累累的兄弟情谊，
人民从各个角落到秘密的细胞
纷纷揭竿而起，
一个世界出现
充满驰骋和别离，
宛似早开的花朵
每分钟诞生一面旗：
血染的围巾做成的旗，
自由的书本做成的旗，

---

① 安东尼奥·何塞·德苏克雷（1795—1830），委内瑞拉独立战争将领，1826 年至 1828 年任玻利维亚总统。

② 米格尔·伊达尔戈（1753—1811），墨西哥爱国神父，于 1810 年 9 月 16 日敲响多洛雷斯教堂的钟声，开始墨西哥独立运动；1811 年伊达尔戈被处决，何塞·玛丽亚·莫雷洛斯继承了他的事业，失败后也被处死。

③ 何塞·安东尼奥·派斯（1790—1873），曾协助玻利瓦尔进行委内瑞拉独立运动，后与他对抗。曾三次任委内瑞拉总统。

④ 哥伦比亚的一个省，首都波哥大位于该省境内。

在道路的尘埃中拖曳的旗，
被骑兵踏破的旗，
被爆炸声和闪电撕开的旗。

旗帜

在那芬芳的时代
我们的旗帜刚刚绣成，
刚刚诞生，宛似一种
深深的爱，突然
在可爱的火药
那蓝色的风中翻腾。

亚美利加，广阔的摇篮，
星宿的空间，成熟的石榴，
你的大地突然充满了蜜蜂，
充满了嗡嗡的声响，
在土坯和岩石中间
从一只手到另一只手上，
街道上人来人往，
宛似热闹的蜂房。

在枪声震荡的晚上，
舞蹈在眼睛里闪光，
橘花插到衬衣上
宛如一只橘子，
告别的亲吻，面粉的亲吻，
爱情系住了亲吻，
而战争弹着吉他
一路不停地歌唱。

29

巴西的卡斯特罗·阿尔维斯①

巴西的卡斯特罗·阿尔维斯
你为谁歌唱，可是为了鲜花?
是为了用美丽与岩石对话的水，
为了眼睛，为了你当年
爱慕过的人的剪影，还是为了春光?

是的，那些花瓣没有雨露，
那些黑色的水没有语言，
那些眼睛看到了死亡，
苦难甚至在爱情后面燃烧，
鲜血溅满了春天。

我为奴隶们歌唱，他们就像
一串阴暗的愤怒之树的果实，在船上
旅行，航船在港口鲜血流淌
给我们留下一种掠夺来的鲜血的分量。

我在那年月歌唱是为了反抗地狱，
为了反抗贪婪锋利的舌头，
为了反抗浸透苦难的黄金，
为了反抗那握着皮鞭的手，

① 卡斯特罗·阿尔维斯（1847—1871），巴西浪漫主义诗人，由于他对废除奴隶制的关注，被称为“奴隶的诗人”。该诗于1973年收入《漫歌》。

为了反抗那些黑暗的头领。

每株玫瑰的根部都有一个亡灵。
光明，黑夜，天空无不充满哭声，
眼睛避开受伤的双手，
只有我的声音充满寂静。

愿我们能从那个人手中逃离，
我相信航线会经过他那里，
而命运就该从那里离去。
我为那些没有声音的人们歌唱。
我的歌声撞击一直紧闭的门
为了让自由之神战斗着走进。

巴西的卡斯特罗·阿尔维斯，今天
你纯粹的书为了自由的土地重获新生，
我们可怜的亚美利加的诗人，
请让我为你戴上人民的桂冠。
你的声音与人类永恒的高亢的声音汇合。
你唱得好啊！人民就该像你这样高歌。

30

图森·洛维杜尔[①]

海地，从缠绵的甜蜜里
抽出动人的花瓣，
宏伟的建筑，规整的花园，
大海宛似一位黝黑的老爷爷
喃喃地讲述自己的辽阔
和皮肤上古老的尊严。

图森·洛维杜尔
将植物的主权
镣铐中的威风和
战鼓震耳欲聋的声音集结在一起，
进攻，阻击，登攀，
命令，驱赶，挑战，
宛如一位天生的君主，
直至落入黑暗的罗网
惨遭蹂躏和践踏，
被押往大洋的彼岸，
被抛向阴沟和地牢
那秘密的死亡线
就像他种族的苦难又死灰复燃。
然而岩石在岛上燃烧，
隐蔽的枝条在说话，

---

① 图森·洛维杜尔（1743—1803），海地独立革命领袖，被俘后死于法国狱中。

希望在传递，
堡垒的墙壁在显现。
自由是你的森林，
黑皮肤的兄弟，
请把苦难留在心间，
让昔日的英雄们
守卫你神奇的波澜。

31

莫拉桑[1]

（1842）

夜已深，莫拉桑在站岗。
是今天，昨天，明天？只有你知道。

中部的腰带，狭长的亚美利加
两个大洋的蓝色冲击
将翠绿的山峦和羽毛缔造并托起：
领土，统一，苗条的女神
诞生在浪花的激战里。

儿女和蛆虫使你崩溃，
野兽遍布你的身体，
一把钳子夺去你的梦想，
一把匕首使你鲜血淋漓，
肢解了你的旗帜。

夜已深，莫拉桑还在站岗。

老虎举着斧头来了。
来瓜分那颗星星。
来吞噬你的内脏。
　　　　　　他们来了，

---

① 弗朗西斯科·莫拉桑（1792—1842），洪都拉斯独立革命领袖，1830年至1839年任中美洲联邦共和国总统。后在哥斯达黎加被杀害。

小小的芬芳的亚美利加，
要把你钉在十字架上，
要推倒你金属的旗杆，
要将你的皮剥光。

夜已深，莫拉桑还在站岗。

侵略者挤满你的住所。
把你像落下的果实一样瓜分，
还有人在你的脊背上
留下他们祖传的血腥的牙印，
也有的在港口将你洗劫
在你的痛苦上留下重重的血痕。

是今天，昨天，明天？只有你知道。

兄弟们，曙光已出现。（莫拉桑还在站岗。）

32

华雷斯[①]的夜间旅行

华雷斯，如果我收集起
内在的核心，深层的物质，
如果我们挖掘到
共和国深处的金属，这个单元
就是你的结构，
你冷漠的慈祥，你顽强的手臂。

谁看着你的服装，
你有节制的礼仪，你的沉寂，
你那张亚美利加的泥土造就的脸，
如果他不是本地人，如果他不是
出生在这平原上，不是在我们
孤独的山里，就不会了解你。
他们和你说话，就像看见一座采石场，
他们走过你身旁，就像一条河在流淌。
他们会把手伸向一棵树，
伸向一条葡萄藤，
伸向大地上一条昏暗的路。
对我们来说，你是面包和岩石，
是黑暗世家的火炉和产物。
你的脸庞诞生在我们的泥土里，
你的威严是我们积雪的高地，

① 贝尼托·华雷斯（1806—1872），墨西哥民族英雄，印第安人，领导人民进行抗击法国入侵的战争，后任墨西哥总统。

你的眼睛是被埋没的陶器。

别人有原子和点点滴滴的电火花，
有不安的炭火：而你
是我们的鲜血铸成的墙壁，
你不可渗透的正义
出自我们峥嵘的土地。

你对空气，对来自远方
那金色的风保持沉默，
让沉思的大地、石灰、
矿物、酵母去诉说！

我参观了克雷塔罗[①]的墙壁，
曾在山坡上抚摩每一块岩石，
远方、伤痕和火山口，
枝干多刺的仙人掌：
无人待在那里，幽灵已离去，
无人睡在那严酷之中：
只剩下阳光，荆棘的芒刺
和一个纯洁的环境：
华雷斯，正义，永恒，坚定，
星宿满天之夜的和平。

① 墨西哥城市。1867 年 6 月 19 日，华雷斯领导的人民在此枪毙了法国占领军的傀儡皇帝马克西米利安。

33

风从林肯[①]身上吹过

有时南方的风
在林肯的墓上滑行
带来树木和城市的碎屑和声音
什么也没从墓上经过字母没有移动
岁月的缓慢使大理石软化
年迈的绅士已丧失生命
他古老的衬衣上的洞已不复存在
时间的纤维与人类的尘埃混淆不清
一位弗尼吉亚颤抖的夫人说道
这是多么完美的人生
一所不止歌唱学校的学校
歌唱着思考其他的事情
然而南方的风来自土地和道路
有时在那坟墓上停一停
它的透明是一张现代的报纸
传来像先前一样无声的仇恨和怨声
胜利者的梦躺在脚下一动不动
脚步走过时唱着歌
拖着疲惫和鲜血沾满泥泞
因为这天早上南方的白人
对长眠老者的仇恨又回到大理石上

① 亚伯拉罕·林肯（1809—1865），美国第16任总统，他于1862年9月22日颁布《解放黑人奴隶宣言》，战胜了南方奴隶主的反抗，后在剧院遇刺身亡。

黑人们和上帝在教堂里独处
像他们相信的那样与上帝同在
在广场上在火车的车厢中
世界有一些指示牌
将天空水空气三者分开
娇弱的小姐说这是多么完美的人生
在佐治亚每个星期
棍棒都会夺去一个年轻黑人的生命
与此同时保尔·罗伯逊[①]像大地
像生命与海洋的起始一样歌唱
歌唱可口可乐的广告与暴行
为了世界各地处在苦难中的弟兄
为了新生的孩子
为了让人们听到并放下手中的鞭子
林肯曾把这残酷的手打倒
它又像白色的毒蛇一样再生
风吹过墓地上的风
带来对话带来残留的誓言
带来在大理石上哭泣的东西
宛如被忘却的不可埋葬的痛苦那古老的细雨
三K党追逐着杀死一个野蛮人
在富有的扶轮社成员的风斗的掩护下
把那个号叫的可怜黑人吊起来活活烧死
用枪弹在他身上钻孔
人们不知道因此认为他们只是纯粹的刽子手
金钱的碎屑怯懦的屠夫

① 保尔·罗伯逊（1898—1976），美国黑人歌唱家。

他们举着该隐[1]的十字架回来
洗手后去做星期天祈祷
他们给参议院打电话汇报战果
伊利诺伊[2]的死者对此全然不知
因为今天的风只会说
戴着狂暴镣铐的奴隶制的语言
大石板后面的那个人已不复存在
只是胜利被碾碎的粉末
成功死后烟消云散的胜利
不仅是消耗了人的衬衣
不仅是死亡的洞穴将我们杀害
还有循环往复的春天用胆怯的歌声
侵蚀胜利者时间的过程
昔日的勇气已死
恶棍狂暴的旗帜又重新飘动
有人在墓碑旁唱歌
是学校的女孩子们在尖声合唱
歌声升起没有触及外面的尘埃
歌声飘过没有落向长眠的伐木者
飞向死去的胜利满怀崇敬之情
这时飘动嘲弄的南方之风露出了笑容

---

①《圣经》中亚当与夏娃的长子，杀死其弟亚伯。
② 林肯的故乡。

34

马蒂 [①]

（1890）

古巴，泡沫涌起的花朵，
茉莉，翻腾的红百合，
在鲜花之网下
很难找到你久经磨难的
黑色煤炭，
死神留下的古老皱纹，
浪花掩盖着的伤痕。

然而在你的身体里，它宛似
晶莹白雪萌芽的形状，
你最深处的壳打开了，
马蒂躺在那里，像纯净的杏仁。

他在空气循环的底层
他在国土蓝色的中心，
像水珠一样闪光
他那长眠的种子的纯净。

水晶笼罩他的黑夜。
突然，痛苦与哭泣，
残酷的血滴穿过大地

① 何塞·马蒂（1853—1895），古巴独立革命领袖。

直落到那长眠的无限晶莹的领域。
人民有时使自己的根
穿过黑夜直至触到
他藏起的斗篷中安静的水滴。
狂暴的仇恨有时践踏着穿过播种的土地
一个死者便落入人民的杯里。

有时被埋葬的皮鞭
又在拱顶上空发出呼啸的声音
一滴血宛如一片花瓣
落在地上，向着寂静下沉。
一切都会到达纯贞的火焰。
细微的颤抖敲击着
隐蔽者那水晶的门。

泪水都要触及他的流域。

火都在将他的结构震动。
于是岛屿的斗士们
从躺着的堡垒中，
从隐蔽而茁壮的胚胎中诞生。

他们来自一个坚定的泉源。

他们从一个晶莹的泉源里诞生。

35

智利的巴尔马塞达[1]

（1891）

诺尔斯先生[2]从伦敦来了。

他是个硝石大王。
从前在草原上工作，
当过一段时间短工，
有所收获后便消失了踪迹。

　　现在他回来了，浑身都是英镑。
　　他带来两匹阿拉伯小马
　　和一个纯金的小火车头。
　　这是送给总统的礼物，总统名叫
　　何塞·曼努埃尔·巴尔马塞达。

“诺尔斯先生，你真狡猾。”[3]

鲁文·达里奥[4]走进总统府，
在这里随意进出。

---

① 何塞·曼努埃尔·巴尔马塞达（1840—1891），智利政治家，1886 年任总统，提出保护国家资源，反对外国资本入侵的政策。1891 年智利内战后开枪自杀。

② 英国资本家的名字。

③ 此句原文为英文。

④ 鲁文·达里奥（1867—1916），尼加拉瓜诗人，现代主义诗歌巨匠，是巴尔马塞达总统之子的好友。

一瓶白兰地恭候着他。
年轻的弥诺陶罗斯[①]身披河流的云雾
穿过嘈杂的声响，
走上这宽大的阶梯，而对诺尔斯先生
来说，它将是多么难登上。
总统刚刚回来，
从盛产硝石的北方。
他在那里说："这片土地，
这份财富属于智利，
我要让这洁白的物质
变成我们人民的学校，
变成我们的公路和面包。"
此刻在文件堆里，在总统府中，
他那纤细的体形，
他那强烈的目光
注视着出产硝石的沙漠。

他那高贵的脸上没有笑容。

那头部，苍白的面孔，
具有死者古老的品质
先贤的遗风。

他的整个生命在考验中。

他的思考，他的平静，

① 希腊神话中的半人半牛怪，此处指达里奥。

如同一阵寒风，动荡不宁。

他拒绝了诺尔斯先生的马匹
和那黄金制成的机械。
不屑一顾，推向其主人——
那有权有势的外国佬身边。
那轻蔑的手几乎没有动弹。
“现在，诺尔斯先生，我不能
把这些土地租借给你，
我不能把自己的祖国
与大都会的神秘绑在一起。”

诺尔斯先生搬进俱乐部。
百瓶威士忌摆上他的餐桌，
百道菜肴献给律师们，
献给议会，香槟酒
献给那些传统主义者。
一个个经纪人奔向北方，
一条条线路来来往往。
柔软的英镑像金色的蜘蛛
织出一张英国的蛛网，
为我国人民裁成一件
鲜血、火药和贫困的衣裳。

“诺尔斯先生，你真狡猾。”

阴影笼罩着巴尔马塞达。
日子一到，贵族们

就在议会中向他狂吠，
将他侮辱、谩骂、
斥责、污蔑。
他们发动攻击，他们取得了胜利。
然而这还不够：还要把历史歪曲。
美好的葡萄做出了“牺牲”
而苦难的黑夜中充斥着酒精。

衣着华丽的年轻人
在门上做了记号，而一伙歹徒
洗劫那些人家，将一架架
钢琴从阳台抛下。
贵族的野餐
是沟渠里的一具具尸首
和俱乐部中的法国香槟酒。

“你真狡猾，诺尔斯先生。”

阿根廷使馆为总统
打开了一道道门。
那天下午他用纤细的手
书写着，以同样的坚定，
阴影像一只黑色的蝴蝶
进入了他那双疲惫
深邃的大大的眼睛。

他宽阔的前额
离开了孤独的世界，

离开了狭小的住房，
将黑夜照亮。
他写下自己清白的名字，
自己被出卖的学识
那一个个字母长长的形状。
他手里握着左轮手枪。

他透过窗户
注视祖国最后的一块土地，
想着智利整个狭长的身躯，
黑沉沉一片，如同夜的篇章。
他在漫游，
他的双眼仿佛在火车的玻璃窗前
虽未看见却穿过了
飞快掠过的田野、村落、塔楼，
贫穷、痛苦、破布，
被淹没的河岸。
他做了一场清晰的梦，
他要改变破碎的景色、
人民枯萎的身躯，
保卫它不受侵犯。
但是为时已晚，他听到
零零落落的枪声，胜利者的喊声，
“贵族”的号叫，野蛮的进攻，
他听到最后的声音，伟大的寂静，
和他一道，侧着身，进入冥府之中。

36

用塔塔·纳乔[①]的音乐献给埃米利亚诺·萨帕塔[②]

当大地上的痛苦愈演愈烈，
当荒凉的荆棘成了农民的遗产，
那时就像从前一样
抢掠者威严的大胡子和皮鞭，
花朵和奔腾的火焰再次出现……

波拉奇塔
我往首都而去

被刀子撼动的土地
在短暂的黎明中跃起，
苦难洞穴中的雇工
就像脱了粒的玉米
落入令人眩晕的孤独里。

去向老板请求
是他叫我前去。

那时萨帕塔是土地和黎明。

①塔塔·纳乔（1894—1968），原名伊格纳西奥·费尔南德斯·埃斯佩龙，墨西哥作曲家，《波拉奇塔》就是其代表作之一，聂鲁达在墨西哥时（1941—1943）与他相识。

②埃米利亚诺·萨帕塔（1879—1919），墨西哥革命中的农民起义军领袖，提出“土地和自由”的口号，后被暗杀。

整个地平线上出现了
他武装的种子的群众。
在一次海域与边境的进攻中，
科阿韦拉的铁的源泉，
索诺拉宛似星星的石头，
一切都跟随他前进的步伐
都加入他的铁骑卷起的土改的风暴。

　　如果他离开茅屋
　　很快会踏上归途

分面包，分田地：
　　　　　　　我要跟你去。
我抛下我天空的眼睑。
萨帕塔，我要和清晨
骑兵的露珠一起去，
冒着从仙人掌丛
到红色房屋的枪声。

　　用飘带将头发挽起
　　别为你的潘乔哭泣

月亮睡在马背上。
聚集又分散的死神
和萨帕塔的士兵们躺在一起。
梦把自己的命运
把孵卵的阴暗床单
藏在沉重夜晚的堡垒里。
篝火集结了没有睡意的空气：

汗水、黑夜的火药和油脂。

波拉奇塔，我走了
为了将你忘记

我们为受屈辱的人索求祖国。
你的刀子将祖产分割，
枪声和骏马使
惩罚和刽子手的胡须担惊受怕。
用一支来复枪分配土地。
满身灰尘的农民啊，不要等，
在你的汗水之后是一片光明，
在你的膝盖上是小块的天空。
起来吧，跟着萨帕塔去驰骋。

我要带她来
可她却说不行

墨西哥，孤僻的农业，
在黑暗中平分的可爱的土地：
你一个个汗水淋漓的队长
从玉米的剑丛中出来直奔太阳。
我从南方的雪原为你歌唱。
让我在你的命运中驰骋，
让我充满火药和犁杖。

既然她注定哭泣
又何必回来团聚……

37

桑迪诺

（1926）[1]

那时在我们的家乡
十字架正被埋葬，
它们被专业人员
毫无意义地耗光。
这时长着尖牙的美元
来啃咬我们的领土
在亚美利加牧人的喉咙上。
它用坚硬的犬牙叼住巴拿马
将利齿咬进清新的土地，
在泥浆、威士忌、血液中肆意吮吸，
一位穿燕尾服的总统[2]发誓：
“让每一天都有礼金
送到我们这里。”
　　　　　　　然后武器来了，
运河分开了住地，[3]
这里是主人，那里是奴隶。

　　他们奔向尼加拉瓜。

---

① 奥古斯托·塞萨尔·桑迪诺（1895—1934），尼加拉瓜革命领袖，反抗美国的军事干涉，后被暗杀。1926 年美国应保守派政府之邀派 2000 人的海军陆战队对尼加拉瓜内政进行干预。

② 指巴拿马第一任总统曼努埃尔·阿马多尔·格雷罗（1833—1909），1904 年至 1908 年在任。

③ 美国制造了巴拿马的独立，获土地租借权，开凿运河，运河成了“国中之国”。

他们穿着白色制服下船，
抛撒着美元和枪弹。
但那里出现了一位首领，
他说："这里没有你
租借和放酒瓶的地方。"
他们向他许诺一张
戴着手套，斜披绶带，
穿着刚刚购得的漆黑
皮鞋的总统照片。
桑迪诺脱掉了鞋子，
沉入颤抖的沼泽，
将浸润着自由的绶带
挂在森林中，
一枪一枪地对"文明者"做出回答。

美国人的愤怒
无法形容：官方的
大使们曾说服世界
尼加拉瓜
是他们的所爱，
但有时秩序也要
抵达它昏睡的内脏。

桑迪诺对入侵者处以绞刑。

华尔街的英雄们
被沼泽吞没，

闪电将他们杀戮，
不止一把砍刀将他们追逐，
绳索像黑夜里的蛇
将他们惊醒，
他们被吊在一棵树上
蓝色的甲虫
和贪吃的藤蔓
将他们慢慢地移动。

桑迪诺在寂静中，
在人民广场，
在四面八方，
将侵略者判刑
让美国佬丧命。
当飞机到来
当装甲舰队反攻，
当压倒一切的势力切入，
桑迪诺，和他的游击队一起，
宛如森林中的幽灵，
他是一棵盘曲的大树，
或是一只休眠的乌龟，
或一条河流在滑行。
然而树木、乌龟、河流，
都是复仇的死神，
都是森林的系统，
都是蜘蛛致命的象征。

(在 1948 年

一位希腊游击队员[1]，
斯巴达的骨干，
成了被美元的雇佣军
袭击的光明的骨灰坛。

他从一座座山上
向芝加哥的章鱼喷射火焰，
就像桑迪诺，尼加拉瓜的勇士，
被冠以“山中大盗”的头衔。）

但是当烈火、鲜血和美元
无法摧毁桑迪诺矗立的塔，
华尔街的武士们
只好邀请那游击队员
来进行和谈。

一位新收买的叛徒

向他射出卡宾枪的子弹。

他叫索摩查[2]。直至今日
仍在统治尼加拉瓜：
那三十美元在他的肚子里

---

①指希腊共产党领导人马科斯·瓦菲阿迪斯（1906—1992）。聂鲁达将希腊共产党人的斗争与桑迪诺的斗争联系起来。

②安纳斯塔西奥·索摩查（1896—1956），尼加拉瓜军人，暗杀桑迪诺后，于1937年任总统。他的家族一直统治尼加拉瓜，直至1979年被桑迪诺解放阵线推翻。

不断地生长和增加。

这是尼加拉瓜的领袖
桑迪诺的故事，
他是被我们遭受背叛的沙子
撕碎的象征，
他被分割，被袭击，
受折磨，受欺凌。

38

关于雷卡瓦伦[1]

土地，土地里的金属，
扎实的美，铁质的和平
会变成长矛、明灯
或指环，纯洁的物质，
时间的行动，裸露土地的致敬。

　　矿藏就像星星
　　沉没并被埋葬。
　　行星的撞击，使它
　　一克一克地隐藏起光芒。
　　粗犷的外壳、黏土、沙砾
　　将你的半球遮蔽。

然而我爱过你的盐，你的表层。
你的雨滴，你的眼睑，你的体形。

我的手在坚硬晶莹的黄金上
高歌：在碧玉婚礼的牧歌中吟唱。
有一天我在铁的空洞里放进自己的脸庞
直至它化作深渊、抵抗和增长。

---

① 路易斯·埃米略·雷卡瓦伦（1876—1924），智利工会领袖，社会主义工人党（即后来的共产党）创始人。

但是我什么也不知道。
铁、铜、盐却全然知晓。

每一瓣黄金都是用鲜血开出的。
每一种金属都有一位士兵守护。

铜

我来到铜的产地，丘基卡马塔。
群山中已是傍晚。
天空，宛似一只寒冷的杯子，
干燥透明。
从前我在许多船上生活过。
然而在沙漠的夜里，辽阔的铜矿
像一艘耀眼的船闪烁着高原夜晚
令人眩晕的露珠的光芒。

我闭上眼睛：梦和阴影
像巨大的飞禽
将厚重的羽毛铺在我的身上。
当汽车勉强地、颠簸地
跳舞的时候，那斜落的星星，
那具有穿透力的星球，
宛似一柄长矛，向我投来
一道带着威胁的、寒冷的火那冰冻的光。

丘基卡马塔之夜

夜已深，夜已沉，
宛如钟空空的内心。
眼前是严酷的高墙，
金字塔中被采掘的铜。
染血的土地绿茫茫。

黑夜和绿色的庞然大物
直冲湿润的繁星。
一滴一滴绿松石的乳汁，岩石的曙光，
被人类建造并燃烧
在无限的空旷，
在整个沙漠之夜
布满繁星的开阔土地上。

那时，阴影拉着我的手
一步一步地
向工会走去。
那是智利的七月，
正值寒冷的冬季。

伴着我的脚步，多少日子
（或多少世纪）（或仅仅是铜、
岩石、岩石、岩石的月份，
即时光的地狱：

一只硫黄的手臂
支撑着的无边无际)，
走着只有铜
才认识的另一种步履。

这是满身油污的人群，
在坑道中掘进，
饥饿，孤独，衣不遮身。
那个夜晚，我未能看见
他们伤残无数
列队行进在矿山残酷的边缘。

然而我受过这样的苦难。

铜的一块块椎骨是潮湿的，
在安第斯山的天空无限的光明中
在汗水的冲击下显露原形。
为了挖掘被岁月
掩埋的雕像的矿物骨骼，
人们营建了一座座空空的剧场的长廊。
然而那坚硬的本质，
它身上的岩石，铜的胜利
却已逃掉，只留下整齐的火山口，
那绿色的星球，那座雕像
仿佛取自一位铁神的胸膛
把掘出的苍白洞穴留在高原上。

7

智利人

这一切都是你的手。

你的手是矿山同胞的指甲，
挣扎的“贱民”的指甲，
被蹂躏的人类物质的指甲，
衣衫褴褛之辈的指甲。
你的手如同地理：
挖出这暗绿的火山口，
建起一个大洋般的岩石星球。

他走在机械中间，
挥舞着破旧的铁铲，
在各处安放炸药，
像震耳欲聋的母鸡在下蛋。

这是个深深的火山口：
就是从圆圆的月亮上
也能看出它的深度，
由罗德里格斯，卡拉斯科，
迪亚斯·伊图里耶塔，
阿尔瓦卡，古梅辛多，
米尔这些智利人共同挖出。

一天又一天，一冬又一冬，

智利人共同用脉搏
坚持不懈地，迅速地
在高原缓慢的气流里，
在各个地区之间
收集泥土堆起这无边无际。

7

英雄

不仅是许多手指
纷乱的坚定，不仅是铁铲，
不仅是手臂、胯骨，
不仅是人的全部体重和能量：
是痛苦、疑虑和愤怒
在一厘米一厘米地
挖掘石灰岩的高山，
寻找星星那绿色的血管，
那些被埋葬的彗星
磷光闪闪的尾端。

从深渊里筋疲力尽之人的身上
诞生了鲜血淋漓的盐。

因为是好斗的雷纳尔多，
在寻找矿石，是巨人塞普尔维达，
你的儿子，你的姨妈
埃杜维赫斯·罗哈斯的侄子，
燃烧着的英雄，是他瓦解了矿山。

众所周知，
我进入大地和生命
宛若进入内脏，
子宫的本原，我终于想通：

我甚至淹没在人群中，
在钟乳石般的泪水中，
在奔腾的可怜的血流中，
在落入尘埃的汗水中。

7

工作

还有几回我与拉斐尔特[1]一起，
我们走得更远，进入塔拉帕卡[2]，
从蓝色的受苦受难的伊基克
直到沙漠的边缘。

埃利亚斯将碎石工的镐头
拿给我看，他的
每一根手指，
都深深陷入木柄：
它们已被矿工磨损。

那些手的压力
将坚硬的镐头熔化，
就这样挖开泥土
与岩石、金属与酸类的巷道。
这些痛苦的指甲，
这些发黑的皮带，
抓住它们的双手打破了星球，
并把盐类堆向云端，
就像在传奇里所讲，

---

① 埃利亚斯·拉斐尔特·加维诺（1886—1961），智利矿工领袖，聂鲁达的朋友。

② 塔拉帕卡是智利北部省份，首府是伊基克，聂鲁达曾是该地区的参议员。

在天上的故事中所言：
“这是大地上的第一天。”

那从前无人见过的人
（在起始的日子之前），
镐头的原型
站在地狱的外壳上：
他用粗糙灼热的双手
将地狱的外壳统统掌握，
将大地的层面一一打破，
于是出现了身穿蓝色衬衣
牙齿洁白的首领，
硝石的征服者。

7

沙漠

浩瀚沙漠的严酷中午
已经来临：世界袒露着，
直至黄沙最后的边界，
辽阔，荒芜，不生寸草：
请听盐场上孤独
而有生命的盐颤抖的声音：
太阳在空旷中将它的晶体打破，
并用呻吟着的盐那干燥
而又窒息的声音将大地煎熬。

「夜曲」

空间与星辰，请降临沙漠之地，
降临草原高高的夜空，
降临这夜晚的穹隆，
这生长牧豆树林的地区
在收集时间中消失的全部寂静。

寂静的千年岁月
在一个石灰蓝、距离和月亮的杯中
将黑夜赤裸的大地耕种。

我爱你，纯洁的土地，如同
爱许许多多与你矛盾的事情：

花朵、街道、繁盛、典礼。

我爱你，大洋纯洁的姊妹。
这座空洞的学校对我来说多么艰难
其中没有人、没有墙，
也没有植物将我支撑。

我孤身只影。
平原与孤独就是生命。

这就是世上男子汉的心胸。

我爱你空旷的辽阔的准确，

我爱你笔直的形体的系统。

荒原

人生活在荒原里
啃啮着土地，被毁灭。
我直奔洞穴，
将手伸进虱子中，
沿着铁轨行走
直至孤寂的黎明，
睡在坚硬的木板上
傍晚劳动归来
忍受水汽和碘的熏蒸，
我在门里与男子握手，
和女人交谈，
周围是成群的母鸡，
破烂的衣物，
在燃烧着的贫穷气味中。
当我聚集了那么多的痛苦，
当我将那么多的鲜血
注入灵魂的大碗，
我看见一个人从无边无际的草原
纯洁的空间走来，
他自己就是沙砾的结晶，
一身衣服裹着粗壮的身躯，
一副宽阔的不露声色的面孔，

一双半睁半闭的眼睛

宛若两盏不可征服的明灯。

雷卡瓦伦就是他的姓名。

39

雷卡瓦伦

（1921）

他的名字叫雷卡瓦伦。

善良，粗壮，魁梧，
目光清澈，额头坚定，
宽阔的体魄
仿佛无数的沙粒，
覆盖着力量的矿层。

在亚美利加的草原上
（白雪皑皑，河流纵横，
一座座铁矿的断层）
请看智利和它破碎的生物，
宛若一根折下的树枝，
宛若一只胳膊
通过手指分散痛苦。

在金属和硝石
肌肉丰满的区域，
在刚刚挖掘的铜
健壮的身躯，
小小的居民点
靠一纸匆匆签订的合同
在杂乱无章中聚集，

到处是衣衫褴褛的孩子，
散布在表面盐化的沙漠里。

这是个被失业和死神
中断了生活的智利人。

这是个极坚强的智利人
施工中的幸存者
几乎被盐分装敛。

这位人民的首领
带着小册子来到这里。
一个无依无靠受尽欺凌的人
忍受着残酷的冤屈，
用破烂不堪的毯子
裹着饥肠辘辘的儿女，
这位首领对他说：
“把你的声音与别人的声音合在一起”，
“把你的手和别人的手握在一起”。
他走遍硝石和不幸的角落
使他那慈父般的神态充满草原，
在整个矿区最隐蔽的地方
都能见到他那张脸。

每个受打击的“好汉”都前来，
每个抱怨的人都到来：
有气无力，时续时停，
在与他接触之后离去，

新的尊严油然而生。
他在整个草原上无人不晓。
他为了祖国缔造人民，
扶植起一颗颗破碎的心灵。
他刚刚印好的报纸，
走进煤矿的巷道，爬上铜的山峰，
人民亲吻着一行行铅字
它们第一次传达着
受压迫者的呼声。

他将孤独者组织起来。
将书籍和歌声
直送到恐惧的墙壁，
联合起一声声怨恨
遍布各地的痛苦以及
既无声音又无嘴巴的奴隶，
起名“人民”
“工会”“无产阶级”，
既有人格又有灵气。

这个在战斗中形成
并发生了转变的居民，
这可贵的组织，
这不屈不挠的意志，
这宁折不弯的金属，
这受尽苦难的集体，
这人类的堡垒，
这通向明天的道路，

这无边无际的山脉，
这万物萌生的春天，
这穷人的武器，
来自那些苦难，
来自祖国最深的地方，
来自最坚硬最千锤百炼的地方，
来自最高的最永久的地方，
它叫作党。
　　　　它叫
共产党。
　　　　那就是它的名字。
斗争是伟大的。黄金的主人
猛扑下来，像一群秃鹰。
他们向诬蔑发动进攻。
“这个共产党
是秘鲁，是玻利维亚，
是外国人所雇佣。”
他们扑向印刷厂，
这是战士们一滴滴汗水的结晶，
他们向人民的印刷厂进攻，
将它捣毁，将它焚烧，
使它变得无影无踪。
他们追捕雷卡瓦伦。
不准他通行，不准他入境。
然而他在废弃的坑道里
将自己的种子聚拢，
堡垒岿然不动。

于是美国和英国的老板，
他们的律师，
议会的议员，
他们的总统，
让鲜血流遍沙滩，
捆绑、杀害、驱赶
智利深沉的力量
我们民族的中坚，
被枪杀的工人的十字架
丢在黄色的茫茫草原上
条条小路的两边，
在沙漠的褶皱里
尸骨堆积如山。

一次在伊基克，在海岸
他们把要求面包
和学校的人召集在一起。
人们被关在院子里，
挤作一团，被遣送到
死神身边。
　　　　　他们用
呼啸的机关枪，
用事先布置好的步枪，
向熟睡的挤在一起的工人扫射。
鲜血像河流一样
流遍伊基克惨白的沙滩，
洒下的鲜血至今仍在那里，
在岁月里燃烧

宛如永不凋谢的花冠。

抵抗依然存在。
雷卡瓦伦用双手
编织的光芒，
那一面面红旗
插遍了矿山、村庄，
插遍了城市、田垄，
和火车的轮子一起滚动，
打下了牢固的基础，
赢得了农舍、广场、街巷，
尘土飞扬的工厂，
春天覆盖着的创伤：
为了黎明时一致的胜利
大家都在斗争和歌唱。

从那时起，发生了多少事情。
鲜血上有多少鲜血，
大地上有多少斗争，
辉煌进取的胜利，
一点一滴地得来的胜利，
被摧毁的苦难的街巷，
像隧道一样黑暗的地区，
一次次叛变，如同
用刀锋割断了生命，
仇恨的武力镇压
总是由军人完成。

大地好像在沉没。

斗争却依然在进行。

寄语

（1949）

在这遭受迫害的日子，
在因叛徒的袭击
而被流放的兄弟们的苦闷中，
被独裁政权伤害的祖国
又笼罩在仇恨里，
雷卡瓦伦，
我想到你在狱中的可怕斗争，
想到你最初的步履，
你不屈不挠的塔楼一样的孤独，
那时，一个又一个的人
离开荒原来找你，
和正义人民的团结
所捍卫的
朴实面包的面团揉在一起。

7

智利之父

雷卡瓦伦，智利的儿子，
智利的父亲，我们的父亲，
从你的建设中，从你的土地
和苦难中冶炼出的路线上，
产生了未来与胜利岁月的力量。

你就是祖国，草原和人民，
就是沙子，黏土，学校，住房，
就是复活，拳头，反击，小麦，
命令，游行，进攻，
就是伟大，抵抗，斗争。

雷卡瓦伦，我们在你的目光中
宣誓，一定要清除
祖国受到的致命创伤。

我们发誓一定要让
祖国袒露的花朵
在遭受凌辱的沙地上崛起。

我们一定要沿着你的道路前进
直至人民的胜利来临。

40

巴西的普雷斯特斯①

（1949）

庄严的巴西，我愿用多少爱
让我在你的怀里伸展，
让你巨大的叶子将我遮蔽，
置身于植物的生长，
沐浴翡翠般鲜艳的微粒：
巴西，从哺育你的神圣河流
我窥视着你
在月光波动下的平台上起舞
把我自己分散在
你那些无人居住的地区，
注视着从泥土里
诞生出粗大的野兽
被金属的白鸟包围着。

你使我经受多少波折。
重新走进市场，
走向各个街区，
嗅着你奇异的典礼，
深入你环形的中央，

① 路易斯·卡洛斯·普雷斯特斯（1898—1990），巴西共产党领袖，1935 年至 1945 年被捕入狱。1943 年 7 月，聂鲁达公开要求让他出狱，赴墨西哥参加母亲的葬礼。后来由于巴西驻墨大使的抗议，聂鲁达不得不辞去驻墨总领事职务。

你慷慨的心里。

然而我不能。

有一次，在巴伊亚，
痛苦城区的女人们
送给我几朵花和一封信，
一些温柔的话和几朵花，
这里是古老的奴隶市场
（今天，在同一块土地上
新的奴隶制度，饥饿，
褴褛和痛苦的情况，
和从前一模一样）。

我无法使自己的声音摆脱所受的苦难。
我知道你宽阔自然的海岸
会给我多少看不见的真理。

我知道那秘密的花朵，
那游荡的蝶群，
生命和森林
一切富有活力的催化剂
都在等待着我，以它们
那永不枯干的理论，

然而我只能，我只能

只能再一次从你的寂静中

抽出人民之声，
使它像森林中
最耀眼的羽毛一样飘荡
在我的身旁，我爱它
直至它通过我的双唇歌唱。

因此我看见普雷斯特斯
走向自由，巴西啊，走向你
一道道关闭着
钉在痛苦上的无法进入的门。
我看见普雷斯特斯，
看见他饥饿的胜利之师
穿越森林，向玻利维亚挺进，
后面紧跟着双眼苍白的暴君。
当他回到自己的故乡
将战斗的钟声敲响，
人们把他关进牢房
并把他的爱侣交给德国
阴险的杀人魔王。
（诗人啊，你在自己的书里
寻找希腊古老的痛苦，
寻找被古老的诅咒
桎梏的星宿，
你仇恨的眼睛
扫视发明出的酷刑
却看不见在自己家门口
海洋在拍打
人民乌黑的胸膛。）

他的女儿诞生在苦难里，
却被盖世太保
杀人的泥沼吞没，消失在
斧头下、毒气中。
　　　　　　　　啊，囚徒的苦难！
啊，我们受伤的领袖
分离的痛苦无法形容！
（诗人啊，将你书中的
普罗米修斯和他的锁链抹掉吧，
古老的神话
没有如此骇人的悲剧，
没有如此伟大的结晶。）

整整十一年，普雷斯特斯
被关在铁窗后面，
在死的寂静中
无人敢谋害他的性命。

人民得不到一点消息。
独裁政权在自己黑暗的世界中
抹去了普雷斯特斯的姓名。

他的名字沉默了十一年。
他的名字像一棵大树
活在全体人民之中
受到期待和尊敬。

直到自由之神到监狱

将他寻觅，
他重新见到光明，
爱戴、胜利、慈祥，
而他头上的仇恨
统统被扫光。
记得 1945 年
我和他一起在圣保罗。
(他的身材纤细而又坚定，
像出水的象牙一样苍白，
像寂寥中纯洁的空气
一样精明，
像痛苦蕴含的伟大
一样纯净。)
在帕卡恩布，我第一次
向他的人民讲话。①
巨大的体育场人如潮涌，
十万颗炽热的心
在等着看到并触摸他。
他来了，伴随着歌声和柔情
无法形容的波浪，
十万块手帕在挥动，
宛似森林一样表示欢迎。
当我讲话时
他一直在我身旁注视，目光炯炯。

---

① 聂鲁达于 1945 年 7 月在圣保罗的帕卡恩布体育场，出席了为刚刚获释的普雷斯特斯举行的欢迎仪式，并写下《在帕卡恩布的讲话》。

41

在帕卡恩布的讲话

（巴西，1945）

巴西人，今天我有多少事情要说，
多少往事，斗争，教训，胜利，
思想和敬意，
多年来我一直藏在心底想要说出。
安第斯雪峰的敬意，太平洋的敬意，
当工人、矿工、泥瓦匠
以及我遥远祖国的所有居民
走过时嘱咐我的话语。
白雪、云彩和旗帜对我说了什么？
给了我几根麦穗的小姑娘对我说了什么？
海员告诉了我什么秘密？

他们要捎一个口信：向普雷斯特斯致意。
他们对我说：去找他，到河流上或森林里。
找他的牢房，呼唤他，打开他的监狱。
如果不准你和他讲话，就注视着他
直至疲劳，明天再将看到的情况向我们传达。

今天我感到骄傲，看见他
沐浴在胜利的心灵的海洋中。
我要去对智利说：我在
他的人民自由的旗帜的气氛中向他致敬。

我记得，几年前在巴黎，一天夜里
我对人群讲话，为共和国的西班牙
为斗争中的人民请求援助。
西班牙遍地是废墟和光荣。
法国人听到了我无声的呼吁。
我以一切生存者的名义
向他们请求援助，我说：新的英雄们，
莫德斯托，利斯特尔，热情之花，洛尔卡，[①]
他们是美洲英雄们的儿女，
是玻利瓦尔、奥希金斯、圣马丁、普雷斯特斯的兄弟。
当我说到普雷斯特斯的名字时，在法国的天空
仿佛喧声四起：巴黎在向他致意。
老工人以湿润的眼睛
注视着西班牙和巴西的根基。

我再给你们讲述一个小小的故事。

在智利深入到海下的巨大煤矿旁边，
在寒冷的港口塔尔卡瓦诺
很久以前来了一艘苏联的货船。
(当时智利尚未与
苏维埃社会主义共和国联盟建立关系。
因此，愚蠢的警察
禁止俄罗斯海员下船踏上智利的土地。)

---

① 胡安·莫德斯托（1906—1969），西班牙内战中工农民兵的军事首领。恩里克·利斯特尔（1907—1994），西班牙共产党领袖。“热情之花”，即西班牙共产党领袖多洛雷斯·伊巴露丽（1895—1989）。加西亚·洛尔卡（1898—1936），西班牙著名诗人，被长枪党人杀害，他是聂鲁达的好友。

当黑夜降临，成千上万的矿工，
男人、女人、孩子，手持小小的矿灯，
离开巨大的煤矿和小小的山峰
整个夜晚都打着一闪一闪的信号
向那艘来自苏联港口的货船致敬。

那个漆黑的夜里有星星：
人类的星星，人民的灯。

同样，今天从我们亚美利加的各个角落，
从自由的墨西哥，从干旱的秘鲁，
从古巴，从人口稠密的阿根廷，
从乌拉圭，流亡弟兄们的栖身之地，
普雷斯特斯，人民用小小的灯向你致敬，
灯上闪烁着人类崇高的希望。
因此人们从亚美利加的空中
把我送来，为了将你注视，然后再告诉他们
你的情况，他们的领袖在孤独
与黑暗的岁月中沉默了这么久之后所说的事情。

　　我要告诉他们，你不记得仇恨。
　　你只愿自己的祖国存活。

　　只愿自由在巴西的深处生长
　　宛如一株永恒的大树。

　　巴西，我想对你讲述这些年中
　　悄悄发生在皮肤与灵魂之间的许多事情，

血液、痛苦、胜利，诗人和人民
应该诉说的事情：下一次吧，改天再进行。

今天我要求火山与河流都保持安静。

我要求大地与男子汉都保持安静。
我要求亚美利加的积雪和草原都保持安静。

安静：请人民的领袖讲话。

安静：他将倾吐巴西之声。

42

暴君归来

今天的巴西
又到处是狩猎，
奴隶贩子冷酷的贪婪
正在把它搜寻：
在华尔街向走狗们发号施令
将獠牙咬进人民的伤痕，
于是狩猎开始
在智利，在巴西，
我们整个亚美利加，
都在遭受奸商和屠夫的蹂躏。

我的人民隐蔽了我的道路，
用双手将我的诗篇保护，
使我能从死神那里逃脱，
在巴西，人民的大门
堵住了所有的道路
普雷斯特斯在那里
又一次击退了歹徒。

巴西啊，愿你痛苦的领袖
得到你的拯救，
巴西啊，愿你在明天
不必一点一点地
从他的记忆里

将他的肖像收集
让他在朴实的岩石上耸立，
只愿让他在你的心底
享受你尚能争取到的自由，
啊，巴西！

43

那一天终将到来

解放者们，在亚美利加的黎明，
在这清晨荒凉的昏暗之中，
我向你们献上
我的人民无穷无尽的叶子，
每时每刻斗争的欢乐。

蓝色的轻骑兵，跌落在
深深的时间中，
士兵们，在他们刚刚
升起的旗帜上升起了黎明，
今天的士兵们，共产主义者，
继承冶金洪流的英雄，
请听我的声音，
它诞生在冰川中，
只是为了爱的义务，便升到
每日的篝火中：
我们是同一块土地，
同一个受迫害的民族，
系住我们亚美利加
腰部的是同样的斗争：
你们可曾看见
傍晚时兄弟
那漆黑的窑洞？
可曾与他那
暗无天日的生活相逢？

这正是

被遗弃被淹没的人民破碎的心灵!

有人从英雄那里接受了和平
却把它藏在自己的地窖中,
有人偷窃了染血的收成的果实
瓜分了土地,
建立起敌对区,荒凉阴暗的失去光明的地区。

请你们从大地上收集痛苦
混乱的脉搏,收集孤独,
收集破碎地面上的麦苗:
有什么东西在旗帜下面萌生:
古老的声音在重新将我们召唤。
请你们下到矿山的根部,
到金属荒凉的高原,
触碰人在大地上的斗争——
通过对伸向光明的手
肆意施虐的苦难。

请不要拒绝斗争的死难者
献给你们的那一天。
每一根麦穗都在
献给土地的麦粒中诞生,
无数的人民宛如小麦
将根集结,将穗聚拢,
在冲破枷锁的暴风雨中
升向宇宙的光明。

被背叛的沙子

或许，或许遗忘宛如大地上的一个杯子
能够滋养生命并促进生长
（可能），就像森林中黑色的腐殖质一样。

或许，或许人就像一个铁匠
只利用炉火，利用铁与铁的撞击，
没有进入一座座黑暗的煤城，
没有闭上眼睛，向下跳去，
深深地落入水、矿石和灾祸里。
或许如此，然而我却有不同的食物，不同的菜肴：
我的眼睛并非生来就为了将忘却啃咬，
我的嘴唇要向一切时代，向一切时代张开，
而不只是一部分时间将我的双手消耗。

因此我要将这些本想摆脱的煎熬向你诉说，
迫使你再一次体验这样的烧灼，
不是为了让我们一出发就像到站而停下，
也不是为了用前额将大地敲打，
更不是为了让咸涩的水充满我们的心房，
而是为了胸有成竹地走路，为了以具有无限意义的决心
将正义高举，为了使严肃成为快乐的条件之一，
为了我们能因此而天下无敌。

1

刽子手

爬行动物的王国，长鳞的亚美利加，
盘绕着生长的植物
和竖立在沼泽中的茎干，
你以蛇的有毒的乳汁
哺育了可怕的子女，
炎热的摇篮
孵化出凶残的家族
并用黄色的泥将它遮掩。
在遍布森林的祖国
公猫与母蝎通奸。

光明从一个树枝逃到另一个树枝，
并没有把沉睡者惊醒。

毛毯散发着甘蔗的气味，
砍刀曾经
在午睡中最偏僻的地方滚动，
在酒馆稀疏的羽饰中
赤脚的短工
吹嘘着自己的独立。

7

弗朗西亚博士[1]

在潮湿的纵横错落的地区
许多奔腾的河流织成了水网，
亚贝比里，阿卡赖，伊古雷伊，[2]
这些染着“破斧树”[3]颜色的孪生珍宝，
笼罩着柯巴树浓密的树冠，
巴拉那[4]流向大西洋的海床，
夹杂着沙砾的梦幻
培育出的古鲁帕伊树的根须
和紫色的拿撒勒花的狂言。

从炎热的淤泥，
从贪婪的鳄鱼的领地，
在野蛮的瘟疫中，
罗德里格斯·德弗朗西亚博士
从法国走向巴拉圭的第一把交椅。
他生活在玫瑰色石头建筑
花朵的装饰里，
宛似一尊坚固的恺撒雕像，
覆盖着黑色蜘蛛的纱网。

---

① 何塞·加斯帕尔·罗德里格斯·德弗朗西亚（1766—1840），巴拉圭独裁者，从 1813 年起统治巴拉圭，直至去世。

② 均为南美洲的河流。

③ 美洲几种豆科树木的俗名，坚硬，呈不同颜色。

④ 即巴拉那河，巴西、巴拉圭和阿根廷的界河。

孤家寡人的伟大
在布满镜子的大厅，
红丝绒上黑色的稻草人
夜间惊恐的老鼠。
虚假的立柱，邪恶的学院，
患麻风病国王的不可知论，
周围是一片杂草
在被处决者的绞刑架上
将柏拉图的数字畅饮，
一块手表在
窗口被毙者的挣扎中，
一只手在
被捆住的傍晚的门闩上，
数着天空的密码，
量着星宿的三角，
窥视着巴拉圭橘红色的黄昏。

研究在桌子上进行，
眼睛注视着苍穹的马刺，
注视着几何图形
被打翻的晶体，
这时候，被枪托击毙的人
内脏的血液
流下一级一级的阶梯
被一群一群
闪光的绿头苍蝇吮吸。

他封闭了巴拉圭，就好像
关闭了他老人家的蜂房，
将酷刑与耻辱捆在边界上。
当他的身影在大街上闪现
印第安人都背过脸站在墙边：
他的影子滑过之后
两边的墙壁都是冷汗。

当死神来将弗朗西亚博士看望，
他一动不动，不声不响，
自己把自己捆绑，
孤零零地在他的洞中，
被瘫痪的绳索固定，
孤零零地死去，无人敢走进
他的卧室：无人
敢敲主人的房门。

他被自己的毒蛇缠住，
满嘴胡话，骨髓沸腾，
痛苦挣扎，死在宫殿的孤独中。
已经降临的夜晚
宛似一座讲坛
在吞食溅满苦难的
可怜的塔尖。

罗萨斯

(1829—1849)[①]

要透过大地观看是多么艰难
(不是透过时间，时间高擎透明的杯子
照亮露珠在高处的凝聚)
但由于面粉和仇恨而变厚的大地，
由于死尸和金属而变硬的储藏室，
不让我向下看，底层
交织的孤独将我排斥。

但我将与他们，与我的伙伴说话，
他们有一天会逃到我的旗下，那时纯净
是他们衣服上清澈的星星。

　　萨米恩托，阿尔维迪，奥罗，德尔卡里尔：[②]
　　我纯洁的祖国，在被玷污之后
　　为你们保留了狭长金属的光，
　　在穷苦农民的土坯墙内

---

① 胡安·曼努埃尔·德罗萨斯(1793—1877)，阿根廷独裁者，1829 年自称国家元首，1852 年被推翻。

② 多明戈·福斯蒂诺·萨米恩托(1811—1888)，阿根廷作家、教育家、政治家，1868 年至 1874 年任总统。胡安·包蒂斯塔·阿尔维迪(1810—1884)，阿根廷作家、政治哲学家。多明戈·德奥罗(1800—1879)，阿根廷政治家、军事家、记者。萨尔瓦多·玛丽亚·德尔卡里尔(1798—1883)，阿根廷政治家，曾任阿根廷副总统。在罗萨斯专政期间，他们都曾在智利流亡。

流亡者们用坚硬的矿石
和甜蜜葡萄的针
编织他们的思想。

智利将这些思想播撒在自己的堡垒，
给它们加上海边的盐，
使流放的种子四处分散。
这时骏马在平原上驰骋。
禁锢打开，在苍天的发缕，
草原啃咬狂奔
而湿漉漉的畜生的铁蹄。

匕首，苦难上的玉米棒[①]的哈哈大笑。
月亮从一条河到另一条河，在一片
白色上，用无法形容的阴暗羽毛
给自己戴上王冠！

阿根廷，黎明时迷雾茫茫，
遭到枪托打击下的掠抢，
被折磨得鲜血淋漓，发痴发狂，
被残酷的工头肆意践踏，只落得空空荡荡！

你变成红色葡萄的游行，
你是一个面具，一阵打上烙印的战栗，
在空气中，人们用一只

---

①玉米棒（mazorca）是罗萨斯联邦党的象征，这个词也可读为más horca（更多的绞架）。

蜡制的悲惨之手代替了你。
黑夜，暗道，发黑的大石板，
声音沉没之处的阶梯，
狂欢节的街口、死人和小丑
以及落在黑夜所有眼睛
之上的眼睑的沉寂，
这一切都离开了你。

你泡沫般的小麦逃向哪里？
你水果的形态，广阔的嘴巴，
因你歌唱的琴弦所活动的一切，
你的大鼓
和无法衡量的星星震颤的皮，
都在封闭的拱顶
严酷的孤独中沉默不语。

星球，纬度，强烈的光辉，
在你的边界，在雪线上
跨越令人眩晕的大海而来的
夜间的寂静畏缩了，
赤裸的水在叙说，一浪接着一浪，
灰色的风颤抖着吹散沙子，
黑夜用草原的哭声将我们刺伤。

然而人民和小麦糅合在一起：
于是大地的头部变得平整，
光明被埋没的发缕已然梳通，
痛苦尝试了被路上的灰尘和风

摧毁的自由的门，一扇又一扇，
沉沦的尊严，学校，智慧，面孔，
在灰土中上升，直至自己变成
光明的雕像，纯洁的草原，
繁星的联盟。

7

厄瓜多尔

通古拉瓦①喷射红色的油，
桑盖②在雪地上
流淌燃烧的蜜，
因巴布拉③从你
一座座积雪的教堂的顶端
抛下草木和鱼以及
触不可及的无限那坚强的树枝，
而铜色的月亮，噼啪作响的建筑
使你的创伤宛似血脉
向着荒野，落在安蒂萨纳④山峰上，
在普马恰卡⑤长满皱纹的孤独中，
在潘巴马卡⑥饱含硫黄的肃穆中，
火山与月亮，寒冷和石英，
冰川的火焰，灾难的运动，
古老的遗产，化作了蒸气与飓风。

厄瓜多尔，厄瓜多尔，死去的星球
紫色的尾巴，水果店无限的果皮
覆盖着你村落中彩虹般的人群，
死神带着它的圈套在那里巡视，
热病在贫穷的居民中燃烧，
饥饿是一张在泥土中

①②③④⑤⑥ 均为厄瓜多尔境内火山。“桑盖”也是厄瓜多尔的一个省。

长满粗糙的尖刺的犁，
慈善用粗呢和修道院
撞击你的心胸，
宛如一种在泪水中
酿成的潮湿的疾病。

7

加西亚・莫雷诺[1]

暴君从那里出生。
加西亚・莫雷诺是他的姓名。
戴手套的豺狼，
圣器室中耐心的蝙蝠，
他用丝绸的礼帽
收集骨灰和苦痛，
将他的爪子伸进
赤道[2]河流的血液中。

瘦小的双脚
穿着上漆的皮鞋，
在祭坛的地毯上
边画十字边涂圣油，
衣服的下襟
沉浸在宗教游行的浪潮里，
在罪恶中舞蹈
拖着刚刚被枪毙的尸体，
撕开死者的胸膛，
将他们的遗骨
抛掷在棺材盖上，
身上穿着不祥羽毛的服装。

---

①加西亚・莫雷诺（1821—1875），厄瓜多尔独裁者，1861年至1865年，以及1869年至1875年两次任总统。

②赤道（ecuador）即指代厄瓜多尔（Ecuador）。

在印第安人的村庄
鲜血四处流淌，
在所有的街道和阴影里
恐慌无处不在
（钟的下面就有，
走向黑夜，发出声响），
修道院的厚墙
压在基多城上，
一动不动，四四方方
宛如封好的印章。
一切都与飞檐上
镀金的花饰一起入睡，
天使们也已入睡
挂在神圣的架子上，
一切都已入睡，
宛似神父的布匹，
一切都在黏膜似的夜里
受罪遭殃。

然而残暴并没有入睡。
白色八字胡的残暴
戴着手套和爪子散步
并将黑色的心脏
钉在领地的栏杆上。
直至有一天，
光明像匕首一样刺进宫殿
打开背心让一道光芒

射入洁白的胸衣。

就这样，加西亚·莫雷诺
又一次离开了宫殿，
飞着去视察坟墓，
执意非死不可，
这一次他滚到了屠杀的底层，
停留在腐烂物的潮湿里，
无名的牺牲者中。

7

亚美利加的巫师们

中美洲被猫头鹰凌辱，
遍体是发酸的臭汗，
在进入你烧焦的素馨之前
请把我看作你航船的纤维，
看作你木制的翅膀——
孪生的浪花将它冲撞，
用你杯中的羽毛和花粉填满我，
还有你水域中萌芽的海岸，
你巢房的曲线，
你迷人的芳香。
可巫师们正杀死复活的金属，
封闭大门，使光彩夺目的鸟类的居所
变得暗淡无光。

7

埃斯特拉达[1]

或许埃斯特拉达来了，
小个子，穿着古老侏儒的外套，
在一声声咳嗽中
由于泪水和尿液
不停地灌浇，
危地马拉的墙壁开始发酵。

① 曼努埃尔·埃斯特拉达·卡夫雷拉（1857—1924），危地马拉独裁者，1898 年至 1920 年任总统。

7

乌维科[①]

要么是乌维科来了，
沿着一条条小路，
穿过一座座监狱，
骑着摩托车，
冷酷得像一块岩石，
一副达官贵人恐怖的面具。

① 豪尔赫·乌维科（1878—1946），危地马拉独裁者，1931 年任总统，直至 1944 年被推翻。

7

戈麦斯[①]

戈麦斯，委内瑞拉颤抖的沼泽
将面孔和智慧慢慢地
沉入它的巨口。
人在夜间跳下去，
挥动双臂，捂住脸
抵御残酷的打击，
泥泞将他吞下，
沉入地窖里，
他又在公路上出现
扛着铁器挖掘，
直至裂成碎片死去，
渺无踪迹。

① 胡安·维森特·戈麦斯（1857—1935），委内瑞拉独裁者，1908 年至 1935 年间三次任总统。

7

马查多①

马查多在古巴，用机器
折磨他的岛屿，
进口美国造的刑具
机关枪呼啸而过
摧毁古巴海上的美酒，
盛开的花朵，
学生刚刚负伤
就被丢进海洋，
鲨鱼在那里完成的工作
竟然受到赞赏。
暗杀者的手
甚至伸到了墨西哥
梅里亚②像一个
鲜血淋漓的铁饼投掷手
滚动在罪恶的街上，
这时蓝色的岛屿在燃烧，
到处都糊满彩票的纸张，
而抵押品是蔗糖。

---

① 赫拉尔多·马查多（1871—1939），古巴独裁者，1925 年至 1933 年任总统。

② 胡里奥·安东尼奥·梅里亚（1903—1929），古巴革命者，在墨西哥遇害。

7

梅尔加雷霍[1]

玻利维亚像一朵罕见的花
在它的墙壁间死去：
战败的将军
爬上他们的坐骑
并用手枪击碎了天空。
梅尔加雷霍的面具，
喝醉的野兽，
被贩卖的矿石的泡沫，
无耻的胡子，
仇恨的山岭上骇人的胡子，
想入非非中拖曳的胡子，
沾满血块的胡子，
在毒瘤的噩梦中找到的胡子，
在牧场上奔驰游荡的胡子，
在一个个大厅中姘居的胡子，
这时候，印第安人身背重负
穿过最后一层氧气
奔波在条条小路上
那里的血液已被贫穷耗光。

① 马里亚诺·梅尔加雷霍（1820—1871），玻利维亚独裁者，1864 年至 1871 年任总统。

7

玻利维亚

(1865 年 3 月 22 日)[①]

贝尔苏取得了胜利。那是在夜里。拉巴斯
还响着最后的枪声。干燥的烟尘,
悲伤的舞蹈掺着每月的酒精
和新染上的可怕的鲜血向着高处上升。
梅尔加雷霍垮台了,他的脑袋
撞击血淋淋的山头的矿石锋刃,
金黄的肩章,金丝织成的礼服,
浸透臭汗的破旧衬衣,和马粪以及
刚刚被枪毙者的脑浆混在一起。
贝尔苏在宫殿里,
在手套和礼服中间接受微笑,
在浸透酒精的上层
瓜分着深色皮肤的人民的土地。
新的宠儿们在打蜡的大厅
滑行,灯光和泪光
落在被火星烧坏的天鹅绒上。

梅尔加雷霍,这个
怒不可遏的狂暴的幽灵

① 曼努埃尔·伊西多罗·贝尔苏(1808—1865),玻利维亚独裁者,1848 年至 1853 年任总统。1864 年梅尔加雷霍上台后,他发动政变,推翻梅尔加雷霍,但后者在 1865 年 3 月 23 日将他杀害并取而代之。诗中描述的是这两个军事独裁者之间的斗争。

走在人群中。他在倾听
本该属于他的领地，
吵闹的群众，破碎的喊声，
山顶上高高的篝火，
新的胜利者的窗棂。
　　　　　　　　他的生命，
（盲目力量的碎块，狂放的歌剧
在火山口和高原上，
军团的梦中，制服
在不设防的土地上流溢，
佩戴的是硬纸板做的马刀，
然而却有砍伤的痕迹，
却有真正的死亡和被砍下头颅的尸体，
乡村的广场，在戴面具的合唱
和至高无上者的演讲之后
留下了马粪、丝绸、鲜血
和一批批的死者，他们被快枪手
呼啸的子弹穿透，已经破碎、发僵）
倒在最深刻的尘埃、轻蔑和空虚中，
倒在最深刻的或许是一种
被凌辱淹没的死亡中，
但他宛若一头皇帝的公牛
从失败中拨出利齿，
这玻利维亚的牛头怪，
拱着金属的沙砾，
将畜生摇晃的脚步催动
走向金碧辉煌的大厅。
他穿过人群，砍着

无名的百姓，沉重地攀登
空出的宝座，扑向那获胜的首领。
贝尔苏滚下，脑浆迸裂，
胸口有一个永远无法弥合的洞，
宛似一盏倾泻
流水似的光辉的玻璃灯，
这时，那独自一人的袭击者，
那烈火中鲜血淋漓的公牛，
倚在阳台上高声叫喊：
“贝尔苏死了”，“谁活着”
“快回答”。广场上
响起一阵惊天动地的声音，
一阵令人恐怖的黑色的声音，
回答道：“万岁，万岁！
梅尔加雷霍万岁！”
在宫殿的楼梯上
向那血淋淋的尸体欢呼的人群
正是死者手下的人。
“万岁！”那傀儡般的巨人喊道，
阳台上充满撕破的衣襟，
营房的泥土和污秽的血痕。

马丁内斯

(1932)[①]

马丁内斯，这个萨尔瓦多的庸医
分发五颜六色的药瓶，
使部长们感激涕零，
三跪九叩，弯腰鞠躬。
这位素食的巫师
住在宫殿里开着药方
而残暴的饥饿
却在甘蔗田里四处横行。
于是马丁内斯颁发命令，
几天之中被杀的农民
多达两万余名，
腐烂在马丁内斯
下令焚烧的村中，
焚烧的借口是卫生。
他重新回到宫殿
炮制他的糖浆，
旋即受到美国大使的祝贺：
“西方的文明
西方的基督教，
还有良好的贸易，

---

① 马克西米利亚诺·埃尔南德斯·马丁内斯（1882—1966），萨尔瓦多独裁者，1931 年任总统，1932 年镇压农民起义，1944 年由于工人罢工而被迫辞职。

香蕉的特许
以及海关的调控
统统有了保证。”

他们共同畅饮
高脚杯里的香槟，
炎热的雨水正在
腐烂的尸骨堆上淋个不停。

7

沙特拉比亚们[①]

特鲁希略，索摩查，卡里亚斯，
还有巴拉圭的莫里尼戈
(或纳塔利西奥)，[②]
直至今日，一九四八年
九月，这个痛苦的月份，
这群我们历史上贪婪的恶犬，
我们用那么多的血与火
赢得的旗帜的蛀虫，
在他们的庄园里饱食终日，
这群从地狱里跑出来的强盗，
被千百次地卖出
又变成商贩的沙特拉比亚们
受着纽约豺狼们的唆使和怂恿。
他们是美元饥饿的机器，
沾满苦难人民的牺牲，
他们是出卖亚美利加
空气和面包的荒淫的商人，
是污秽的刽子手，
妓院魁首的畜生，

① 古代波斯的总督的称号，他们拥有无限的权力。

② 拉斐尔·特鲁希略（1891—1961），多米尼加独裁统治者，1930 年任总统，直至 1961 年被害身亡。蒂武西奥·卡里亚斯（1876—1969），洪都拉斯独裁统治者，1932 年至 1949 年任总统，在革命中被推翻。伊希尼奥·莫里尼戈（1897—1983），巴拉圭独裁统治者，1940 年至 1948 年任总统，他下台后由他的同党胡安·纳塔利西奥继任。

他们没有别的法律
只有折磨人民的饥饿和酷刑。

他们是美国
哥伦比亚大学的“名誉博士”，
礼袍掩盖着刀子和犬齿，
华尔道夫·阿斯托里亚①
和那些可恶房间的残暴畜生，
那里腐烂着被囚禁者永恒的年龄。

这些受到杜鲁门先生②
接待的小小兀鹰，
身上挂满了钟表，
“忠诚”勋章的获得者，
祖国的吸血鬼，只有一个人
比你们更坏，此人③
出现在我的祖国，
给我的人民带来了不幸。

① 纽约一家古老豪华的酒店。
② 哈里·S. 杜鲁门（1884—1972），1945 年至 1953 年任美国总统。
③ 指智利当时的总统加夫列尔·冈萨雷斯·魏地拉（1898—1980）。

2

寡头政治

不，旗帜上的血迹还没有干，
士兵们还没有入睡，
而自由已换了外衣，
变成了财产和庄园：
从刚刚播种的土地
长出了一个阶级，
一伙新生的富豪，拥有
族徽、警察和监狱。

他们划了一道黑线：
“我们在这里，墨西哥
波菲里奥派[①]，智利的‘绅士’，
布宜诺斯艾利斯赛马俱乐部的宠儿，
乌拉圭穿戴华丽的海盗，
厄瓜多尔衣着考究的先生小姐，
各处教会的老爷。”

“你们在那里，穷鬼，杂种，
墨西哥的无赖，高乔人，
挤在猪圈里，无依无靠，
浑身是虱子，衣不蔽体，
痞子，疯子，可怜虫，

① 波菲里奥·迪亚斯（1830—1915），墨西哥独裁统治者。这里指他的党羽和追随者。

脏鬼，懒鬼，老百姓。”

一切都建筑在这条线上。
大主教为这堵墙洗礼，
对于胆敢不承认
等级之墙的叛逆
制定了焚烧的戒律。

刽子手烧掉了比尔瓦奥[①]
著述的书籍。
　　　　　　　警察守卫着
那道墙，对靠近神圣大理石的饿汉
不是当头一棒
就是用脚踢着他去充军，
要么就把他锁在农具做成的枷上。

他们感到踏实而又牢靠，
人民却流落在街头和荒郊，
成堆地挤在一起，没有窗户，
没有土地，没有学校，
没有衬衣，没有面包。

一个幽灵在我们的美洲游荡，[②]
靠垃圾过活，大字不识，漂泊流浪，
在我们的版图也一样，

---

① 弗朗西斯科·比尔瓦奥（1823—1865），智利作家、社会学家，提倡自由，反对宗教，其著作于1845年被智利政府焚烧。
② 诗人在模仿《共产党宣言》的第一句话。

他从泥泞的监狱里出来，
在荒郊野岭四处逃亡，
全身制服、勋章、领结的可怕同胞
对他穷追不放。

在墨西哥，人们为他
生产龙舌兰酒，在智利
为他生产一升升
廉价的紫色的酒，
使他中毒，把他的灵魂
一块一块地剥掉，
不给他书籍和光明，
直至他倒在灰尘中，
沉沦在块状的阁楼上，
那时也无人将他安葬：
他的葬礼就是
被赤裸裸地抛在无名的腐尸旁。

7

漏斗法律[1]的颁布

他们宣称自己是爱国者。
在俱乐部里互相授勋
并着手撰写历史。
议会里满目奢华
然后他们就瓜分土地，
瓜分最好的街区，
瓜分大学和皮鞋，
空气和法律。

议会非凡的创举
就是以这种方式
以不折不扣的欺骗
将国家建立。
他们对此进行辩论，
一如既往，
既有庄重又有宴席，
首先在农业领域，
然后是军人和律师。
最后把它拿到国会，一致通过
这至高无上又臭名昭著
不可触犯的
　　　　　漏斗法律。

---

① 即不公正的法律：一头宽，一头严。

给富人满桌酒席。

给穷人遍地垃圾。

给富人以金钱。

叫穷人卖苦力。

给富人高楼大厦。

叫穷人草棚安家。

给大盗以特殊权利。

偷一块面包的人要进监狱。

先生小姐们去巴黎，巴黎。

穷苦人去矿山，去荒地。

罗德里格斯·德拉克罗塔[1]先生
用甜蜜动听的语言
在参议院里讲话。
　　　　　“这部法律，
终于建立起必要的等级，

---

① 聂鲁达在影射保守党参议员埃克托尔·罗德里格斯·德拉索托。

尤其是基督教原则的确立。
　　　　　　　　　　　　　它是
如此必要，就像水一样。
众所周知，只有共产党人，
这些从地狱里出来的人
才会对这部既明智
又严肃的漏斗法律议论纷纷。
不过这种亚洲式的反对
来自不够格的人，
抑制它容易得很：将他们
统统送进监狱，送到集中营，
这样，我们就只剩下
激进党杰出的绅士
与温顺的仆役们。”

从贵族老爷们的座位
爆发出阵阵掌声：
多么雄辩，多么精辟，
多么富有哲理，多么睿智聪明！
每个人都迫不及待
在交易中装满口袋：
这一个囤积牛奶，
那一个把铜丝倒卖，
另一个在食糖中行骗
而大家都声嘶力竭地扬言
自己是爱国者，已将爱国主义垄断，
还查阅过“漏斗法律”。

7

钦巴龙戈的选举[1]

（1947）

前些时候，在智利的钦巴龙戈
我参加了一次参议员的选举
亲眼看见了这些祖国的栋梁
是如何选出来的。
上午十一点钟
大车从乡下来了
上面坐满了佃农。

正是冬季，潮湿，
赤脚，肮脏，饥饿，
钦巴龙戈的农奴们
爬下了大车。
满脸怒色，浑身黝黑，衣不遮体，
手中拿着选票，拥挤在一起，
在监视和带领下，
去将报酬领取，
他们再次回到车上，
人们像驾驭马匹一样
将他们驾驭。
　　　　　　然后

① 钦巴龙戈，智利城市，在科尔查瓜省内。诗人指的是激进党人阿尔弗雷多·杜阿尔德竞选参议员的选举。

人们将肉和酒
向他们丢去，
直至他们又像畜生般地
被人鄙视和忘记。

后来我听到过
这样选出的参议员的演说：
“我们，圣灵的子女，
我们，信仰基督的爱国者，
我们，秩序的捍卫者。”

他的大肚皮在颤动，
母牛般嘶哑的叫嚷
活像猛犸的长鼻子
碰在呼啸的史前时期
黑暗的墓顶上。

7

奶油

我们亚美利加
怪诞的假贵族，
刚刚粉饰过的哺乳动物，
不能生育的青年，
博学多才的驴，
居心叵测的庄园主，
俱乐部中的英雄酒鬼，
抢劫银行和交易所的强盗，
“俗气”“苗条”“花里胡哨”，[1]
大使馆里衣着考究的老虎，
脸色苍白引人注目的姑娘，
吃人的花朵，
芳香洞穴的产物，
鲜血、粪便和汗水
吸血的枝蔓，
绞死人的藤萝，
封建的巨蟒似的枷锁。

当玻利瓦尔和奥希金斯
(贫穷的士兵，受苦的人民，
赤脚的英雄) 以骏马的驰骋
使草原颤动，

① 这是智利、巴西、阿根廷对“公子哥儿”的称呼。

你们组成的队伍
却背叛祖国的旗帜
为国王和教会的陷阱尽忠，
然而当人民的风暴
挥舞着长矛
将祖国投入我们的怀里，
你们却冒了出来，圈占土地，
丈量围栏，搜刮人口和土地，
瓜分警察和专卖品。

人民从战场归来，
下到矿井，走进畜栏
深深的黑暗，
跌入布满岩石的垄沟，
让沾满油污的工厂开工，
和其他不幸的人们一同
繁衍后代，在杂居的大院里
在拥挤不堪的宿舍中。

他在酒中沉沦，直至垮掉，
无人理睬，被虱子
和吸血鬼的军队侵扰，
被墙壁和警察包围，
没有音乐，没有面包，
跌入茫然的寂寥，
俄耳甫斯[①]为他的灵魂

---

① 古希腊神话中的先知，诗人和音乐家，善弹竖琴。

留下一把吉他，
一把裂纹纵横的吉他
在村镇上空歌唱
宛似一只贫乏的鸟。

天上的诗人

纪德[①]的门徒，里尔克[②]的弟子，
理智主义者，
存在主义虚伪的巫师，
坟墓中燃烧的超现实主义的虞美人，
神秘主义的文人墨客，
时髦的欧洲化的尸体，
资本主义奶酪的苍白蛔虫，
你们都做了什么？
面对痛苦的王国，
面对黑暗中的人类，
面对惨遭蹂躏的情景，
面对沉沦在粪土中的头脑，
面对备受凌辱的苦难生活，
你们都做了些什么？

你们的作为只是逃避：
你们兜售成堆的垃圾，
寻求天上的头发、怯懦的脚底，
破裂的指甲、“纯粹的美”、“巫术的魅力”，
可怜的惊恐之徒的作品
只为逃避视线，
使人眼花缭乱，

---

①安德烈·纪德（1869—1951），法国作家，1947年诺贝尔文学奖得主，对苏联发表过强烈的批评。

②赖纳·马里亚·里尔克（1875—1926），奥地利哲理诗人，对聂鲁达一代的知识分子有深刻的影响。

为了达官贵人
丢给你们一些肮脏的残羹剩饭，
你们看不见挣扎中的岩石，
不去捍卫，不去征战，
当雨水落在坟墓上腐烂不动的花朵，
你们的盲目
胜过墓地的花圈。

剥削者

年轻的亚美利加，你的生命
就是这样被吞噬，被折磨，
被蹂躏，被掠夺。

愤怒的悬崖上，
首领在那里
践踏刚刚埋葬的骨灰和微笑，
到翘着八字胡的老爷们
祖传的面具——
他们坐在主宾席
向在座的人们祝福
却将阴暗的贪婪、邪恶的淫欲
和垂涎欲滴的真实面孔隐藏：
城市里冷酷的咬人的野兽，
可怕的老虎，食人肉的东西，
他们是捕杀人民的专家，
而人民沉沦在黑暗中，无靠无依，
在角落里，在大地的洞穴里。

附庸风雅者

在畜群、纸张
或鸡尾酒会的乌烟瘴气间
曾有蓝色的产物生存，
那是一瓣高高在上的脓疮。

他就是智利的“附庸风雅者”，
那劳尔·阿尔杜纳蒂略①
(用他人之手，用屠杀印第安人的凶手
征服杂志的人)，
矫揉造作的中尉，做大买卖的老板，
他购买文章，便以文人自居，
他购买军刀，便以军人自视，
然而他无法购买纯洁
便像蛇一样喷吐毒汁。

可怜的亚美利加，
在血的市场上被卖来卖去，
贩卖者是被埋葬的藤蔓，
它们在圣地亚哥和米纳斯吉拉斯
大厅里重又出现，
他们附庸风雅，披着“闺房”里
卷毛狗似的长发，
穿着毫无用处的胸衣，
手持坟墓里的高尔夫球棍。

---

① 智利新闻记者，*Zig-Zag* 杂志主编，聂鲁达的政敌。

可怜的亚美利加，
被风雅一时的人戴上了面具，
他们制造各种各样假的脸庞，
与此同时，在下层，黑暗的风
会伤害衰弱的心房，
煤炭的英雄滚向
穷人的尸骨堆旁，
被黑暗笼罩
被瘟疫扫荡，
抛下七个饥饿的儿女
流落到大街上。

受宠者

在专制政权
这块厚厚的褐色奶酪上
还出现了另一种蛆虫：受宠者。

他是俯首帖耳的胆小鬼，
专门吹捧肮脏的手。
他是演说家，是记者。
在宫殿里，他突然睡醒，
起劲儿地咀嚼主子的粪便，
长时间地琢磨他的表情，
在充满脓汁的湖中
先将水搅浑，再将鱼捕捞。
我们叫他达里奥·波夫莱特，
或者“可口可乐”豪尔赫·德拉诺
(反正一样，也可以叫作别的什么，
他存在于马查多暗杀梅利亚
然后进行污蔑的时刻)。

　　波夫莱特在那里先写下了
　　“哈瓦那的伯里克利”[①]
　　“卑鄙的敌人”。
　　然后就去亲吻
　　特鲁希略的铁蹄，
　　莫里尼戈的马具，

① 指古巴独裁者赫拉尔多·马查多，伯里克利是古希腊政治家。

加夫列尔·冈萨雷斯[①]的肛门。

昨天他刚刚
离开起义的骑兵，
就被雇来撒谎，
掩盖枪杀和掠夺，
今天也一样，举起
怯懦的笔，掩饰
皮萨瓜[②]的酷刑，
掩盖千万个男人和女人，
遭受苦难的实情。

暴君在我们黑色
受难的土地上，
总能找到一位污浊的学士
散布谎言并称其为
“尊贵者，建设者，统治
我们的伟大爱国者”，
而自己却把强盗的黑爪
悄悄地伸进淫荡的墨汁。
当那块奶酪已被耗光，
暴君跌进地狱，
波夫莱特便不见身影，
“可口可乐”德拉诺也踪迹渺茫，
蛆虫返回粪便，

① 指当时的智利总统加夫列尔·冈萨雷斯·魏地拉。
② 智利港口。皮萨瓜是聂鲁达在参议院中代表的地区，魏地拉政府在那里建立了一个很大的政治犯集中营。

等候那无耻的轮子
远去并载来新的专制，
他好微笑着出场
将一篇新起草的演说词
给新的暴君献上。

因此，人民，首先是人民，
要找到那蛆虫，打碎它的灵魂，
让它那被挤出的汁液，
它那黏糊糊的黑色物质
成为最后的文章，
成为与墨水的永别，
我们将把这墨水从大地上消除。

美元的辩护人

亚美利加的地狱，我们
浸透毒汁的面包，在你
背信弃义的火堆中，
还有另一条火舌：这就是
外国公司的本地律师。

就是他，钉牢了祖国
奴隶制的枷锁，
得意扬扬地散步，
跟随那一帮经理，
以目空一切的神气
看着我们破烂不堪的国旗。

当帝国的先遣人员，
工程师，会计师，
测量人员，专业人员
从纽约到来的时候，
当他们测量征得的土地、
锡、石油、香蕉、硝石、
铜、锰、铁、橡胶、泥土
和食糖的时候，
有个黑脸的矮子上前
面带黄色的微笑
低声下气地向刚来的侵略者
献上自己的忠告：

"给这些土著付那么多钱
根本没有必要,
先生们,只有傻瓜
才会把他们的工资提高。
那样做不合适。
这些懒鬼,这些杂种,
除了用这些钱去酗酒,
别的什么也不知道。
看在上帝的分上,千万不要。
他们是野人,比畜牛
强不了多少,
我对他们很了解,
别付给他们那么多钞票。"

他的意见被采纳了。他们
发给他奴仆的制服。
他穿得像美国佬,
像美国佬一样骂人,
像美国佬一样舞蹈,
他步步高升。
他有汽车、威士忌、报刊,
他们选他做法官和议员,
他们为他授勋,他当了部长,
他在政府中有权发言。
他知道向谁行贿,
也知道谁已经受贿。
他奉承、贪污、颁奖,
他微笑、威胁、赞扬。

就这样，共和国的鲜血
渐渐从各个港口流光。

你们会问，这种病毒，
这种律师，这垃圾的催化剂，
这靠吸我们的血而将自己
养肥的血腥的硬壳虱子，
他居住在哪里？
他居住在赤道的低平地区，
住在巴西，但亚美利加的腰部
也是他的住地。

你们会在丘基卡马塔
崎岖的高地上遇到他。
他爬上富饶的高山，越过深谷，
拿着他的法律的配方
将我们的土地掠抢。
你们会在利蒙港，
在特鲁希略城，伊基克，
加拉加斯，马拉开波，
安托法加斯塔，洪都拉斯
见到他把我们的兄弟关进监狱，
起诉他的同胞，
剥夺雇工，打开法官
和庄园主的大门，
收买记者，指挥警察，
用棍棒和来复枪
对付他已经忘掉的家。

在招待会上，
他身穿礼服，洋洋自得，
为纪念碑揭幕并说：
“诸位先生，祖国重于生命，
她是我们的母亲，我们的土地，
我们要捍卫秩序，要建立
新的集中营和更多的监狱。”

他死得荣耀，“爱国者”，
参议员，显赫的名流，
教皇曾为他授勋，
他高贵，富有，令人生畏，
而我们死者的悲惨种族，
把手伸入铜矿的人们，
抓挠严酷的深深的土地的人们，
遭受打击且被遗忘而死去，
匆匆忙忙地被塞进
安葬他们的匣子里：
十字架上只有一个名字和一个号码，
风摇曳着它们，直至
英雄们的数字都被抹去。

外交官

（1948）

如果您在罗马尼亚生来是白痴，
您的职业就将是白痴，
如果您在阿维农生来是白痴，
您的品质就将被法国古老的岩石
被学校和庄园里
不懂礼貌的孩子们所熟知。
如果您在智利生来是白痴，
他们很快就会让您当大使。

您就叫傻瓜某某某，
傻瓜华金·费尔南德斯①，
傻瓜某某某，如果可能
请留一把纯净的胡子。
这就是为了“交涉事由”
对您的全部要求。

然后，您将自鸣得意，
汇报递交国书的动人事迹，
您会说：“等等，等等，那辆马车，
等等，阁下，等等，呵呵，
句句话语，等等，真是客气。”

您要用一种受保护的母牛的腔调，

---

① 一位智利职业外交官的名字，聂鲁达创作此诗时这位外交官任驻法大使，后来任外交部部长。

操着一种空洞的声音
与特鲁希略
派来的使者互相授勋，
您要谨慎地保留着
一套“幽会的房间”
(您知道，这类事情
会给“边界条约”带来方便)，
您要装模作样地
把权威报纸的社论
寄出，前天早饭时
您读过它：是一条“信息”。

您要结交“社会”的“精英”，
要和那个国家的傻瓜们走动，
只要能买到的金银
都要弄到手中。
您站在铜马的身旁
要在周年纪念上演讲，
说的是：“嗯哼，关系嘛
等等，嗯哼，等等，
嗯哼，后代嘛，等等，
种族嘛，嗯哼，纯净，
嗯哼，等等，神圣。”

请您放心，放心：
您是智利出色的外交家，
是一位挂满勋章
而又无与伦比的傻瓜。

妓院

妓院从私有制里
诞生，伴随着
成堆钞票的旗帜：
资本可敬的阴沟，
我们时代
航船上的储藏室。
在布宜诺斯艾利斯
长长的头发上一座座妓院
已经机械化，霉运将新鲜的肌体
从城市和偏僻的乡村输出，
金钱在那里窥视着水罐的步履
捕获了藤萝的樊篱。
乡村的龟奴老鸨，冬天趁黑夜
牵着马匹，守在村口，
惊慌失措的姑娘们
被转手倒卖
落入权贵们的手里。
在外省，妓院里慢慢腾腾，
村镇上的庄园主，
那些葡萄的独裁者，
用可怕的鼾声
将淫欲的夜色搅动。
在角落里，隐藏着
成群的妓女，游荡的幽灵，
死亡列车上的乘客，
你们已经被人占有，

已经落入污秽的网中，
已经不能返回大海，
已经落进陷阱并被捕获，
已经死在生命
最活跃的部分的空洞，
已经能使影子沿着墙壁溜过：
这墙壁不能通往任何地方
只是通向死亡的途径。

利马的迎神会

（1947）

多少人啊，将神像
抬在肩上，人群一行行，
密密麻麻，宛似从大海里
涌出，闪着紫色的磷光。

他们跳跃舞蹈，
沉重的低语在升高，与油炸食品
和凄切的鼓声混在一处。
紫色的背心，紫色的鞋，
帽子上带着紫色的痕迹，
宽宽的大街宛如一条
长满脓包的河，汇入大教堂
五颜六色的无用的玻璃。
一种无限的忧伤
宛如香烟缕缕，
脓疮大量的凝聚
伤害着眼睛，与
密集人群的河流
激发性欲的火焰融为一体。

我看见那肥胖的地主
汗水湿透了法衣，
搔着脖颈，上面
神圣的精液点点滴滴。

我见那肮脏的可怜虫
他来自山区的不毛之地，
看见那印第安人
把脸埋进陶制的器皿里，
看见那放养温顺羊驼的牧人，
看见那些小姑娘，像圣器一样锋利，
还有山村的教师们
面带菜色，食不充饥。
如醉如痴的舞蹈者
身着紫色的衬衫，
黑人们踏着
无形大鼓的鼓点。
整个秘鲁都捶着胸脯
将这矫揉造作的夫人的雕像
观看，她披着粉红和天蓝，
航行在人头的海洋上，
乘着浸在汗臭弥漫的空气中
那水果蜜饯的航船。

美孚石油公司

当钻机向着
多石的地层开动
把永远填不饱的肠子
深入地下的宝库，
死去的岁月，时代的眼睛，
被监禁的植物的根须
和长鳞片的系统
都化作水，
烈火沿着管道上升
变成冷却的液体，
当离开那黑暗
而又幽深的世界，
在高原的海关
它遇到了一位肤色苍白的工程师
和一张财产所有权的证明。

尽管石油的脉络互相纠缠，
尽管燃料默默地将位置改变
并在大地的腹中
移动它的主权界限，
在喷涌撼动它那石蜡的枝条前，
美孚石油公司已经来到，
带着它的律师和靴子，
步枪和汇款，
政府和囚犯。

它那些大腹便便的皇帝
住在纽约，他们和蔼可亲，
面带微笑地杀人，
他们收买丝绸、尼龙、烟草，
收买独裁者和暴君。

他们收买国家、海洋、村镇，
收买警察、议员，
收买偏远的山村，
穷人在那里守着自己的玉米
宛似守财奴看着黄金：
美孚石油公司将他们唤醒，
给他们穿上制服，指给他们
谁既是兄弟同时又是敌人，
于是巴拉圭人燃起战火，[①]
玻利维亚人打着机关枪
在森林里东逃西奔。

一位总统
被一滴石油谋杀，
千百万公顷土地被当作抵押，
在一个闪着死亡之光的受惊的上午
一次迅速的枪决，一处
颠覆分子的新的集中营，
一次背叛，在巴塔哥尼亚，
一阵枪击，在沾满油污的月光下，

① 指巴拉圭与玻利维亚之间的查科战争（1932—1935）。

在首都，一次部长们微妙的变化，
一阵流言宛似石油的浪潮，
当站稳脚跟之后，你会看到
美孚公司的招牌如何在云朵、
在海洋、在你的家中闪光
将它的领地照耀。

阿纳康达矿业公司①

毒蛇盘绕成的名字
贪得无厌的咽喉，绿色的魔鬼，
在我的祖国连绵不绝的高地，
在罕见的马鞍形地区，
在寒冷的月光下，掘土机
打开了矿山圆月般的洞口，
处女铜矿的一条条巷道，
铜深嵌在它的沙石里。

在丘基卡马塔永恒的夜晚
我在高山之巅看见
牺牲的火焰在燃烧，
噼啪作响，火星飞溅，
独眼巨人在吞食智利人的手臂、腰肢
和体重，将他们卷在自己
铜的脊柱下面，将他们的温热的血吸干，
将他们的骨骼嚼碎，
吐在荒凉沙漠的山峦。

丘基卡马塔布满星光，
风在它的峰峦呼呼作响。
坑道用人们小小的手
粉碎了地球的抵抗，
咽喉中的硫黄鸟儿在颤抖，

① 美国有名的矿业公司，在智利和秘鲁获得了巨大利益。

金属那铁一样的寒冷
用残酷的伤疤在暴动，
这时候，汽笛突然惊响，
大地吞下一列渺小的人，
他们正走下矿口的牙床。
他们是小小的工长，
是我的侄子，我的儿子，
当一块块铜锭流向海洋，
他们擦干净额头
又在新的冷汗中颤抖，
那条巨蛇会把他们吃掉，
把他们缩小，把他们咀嚼，
使他们沾满有毒的唾液，
把他们丢到大路上，
让警察把他们杀死，
让他们在皮萨瓜烂掉，
对他们唾骂，让他们坐牢，
收买一位将他们侮辱
和迫害的卖国总统，
让他们饿死在
平原上茫茫无边的沙土包。

于是一个个歪歪扭扭的十字架
立在地狱般的山坡上，
就好像矿山之树
散落下来的唯一的木柴。

联合果品公司

当喇叭吹响，大地上
一切准备就绪
耶和华将世界分给
可口可乐、阿纳康达、
福特汽车和其他富豪公司：
联合果品公司
保留了汁液最多的部位，
我的大地的中部海岸，
亚美利加甜蜜的细腰。
它为自己的领土重新命名，
叫作“香蕉共和国”，
在长眠的死者身上，
在赢得了伟大、
自由和旗帜的
不安的英雄们身上
建起喜剧院：
它取消意志，
赠送恺撒的王冠，
赤裸裸地嫉妒，
吸引苍蝇们的独裁，
苍蝇特鲁希略，
苍蝇塔乔，
苍蝇卡里亚斯，
苍蝇马丁内斯，

苍蝇乌维科，[①] 沾着穷人的血
和果酱的苍蝇。
在老百姓的坟墓上嗡嗡叫
醉醺醺的苍蝇，
演杂技的苍蝇，足智多谋
而又善施暴政的苍蝇。
在这些嗜血的苍蝇中间
果品公司靠岸，
将咖啡和水果统统搜刮，
将我们沉沦土地的宝贝，
偷偷地装满
托盘似的溜走的轮船。

与此同时，葬身于
晨雾中的印第安人
跌入港口发甜的深渊：
一个躯体在滚动，一个失落的号码，
一串死去的水果，一个无名的物件，
在垃圾中泛滥。

① 诗人所列举的都是拉丁美洲独裁统治者的名字，其中的塔乔是尼加拉瓜独裁者安纳斯塔西奥·索摩查的绰号。

土地和人

宛如可怕的动物的骨骼
古老的地主深嵌在地里，
委任制领地的迷信的继承者，
黑暗领土上的皇帝，
这土地被仇恨
与带刺的铁丝网包围。

在这样的围栏里
人类的生命力窒息，
孩子被活活埋掉，
不让他识字，不给他面包，
给他打上佃户的记号，
罚他到畜栏中去操劳。
可怜的雇工多么不幸，
在黑莓丛中
被绑在无法生存之上，
被绑在野蛮荒原的阴影之上。

你没有书籍，曾是赤手空拳，
后来变成无知的骷髅，
从一种生活被买到另一种生活，
无法靠近白色的门厅。
除了吉他没有别的爱情，
它在悲伤中令人心碎，
那刚刚燃烧起的舞蹈
有如湿漉漉的火星。

然而不仅仅在乡下
有人类的创伤。
它们钉在更远、更近、更深的地方：
在城市，在宫殿旁，
麻风病的杂居大院在增加，
垃圾堆也在蔓延
带着控诉的脓疮。

我在塔尔卡瓦诺
崎岖的角落，在山丘
低洼的灰坑
见过贫穷肮脏的花瓣在沸腾，
自卑的心灵糅合在一起，
裂开的脓包在海下黄昏的阴影中，
衣衫褴褛的伤痕
以及惨遭毒打蓬头垢面的人
那衰老的生命。

我走进深深的房屋
宛如老鼠的洞，
因硝石和腐坏的盐而变得潮湿，
我见到饥饿的人们在爬行，
没有牙齿的黑暗，
他们透过污浊的空气
想对我露出笑容。
人民的痛苦穿透了
我的心胸，就像

铁丝网缠住了我的心灵：
使我的心抽搐颤动，
我跑到路上大肆号叫，
跑到烟雾中大放悲声，
我去敲门可人们却像
带刺的刀子将我伤害，
我去召唤那些冷漠的面孔，
从前我像敬重星星一样敬重他们
可他们却茫茫然无动于衷。

于是我变成了士兵：
模糊的番号，团队，
战斗的拳头就是命令，
智慧的体系，
无数时间的精力，
武装起来的树，
人在大地上不可摧毁的路。

我看见了我们有多少人，
多少人和我在一起，
他们不是任何人，是所有的人，
他们没有面孔，他们是人民，
是金属，是道路。
我迈着与世界上的春天
相同的脚步。

乞丐

在大教堂的旁边，蜷缩
在墙下，连同他们的脚，
他们的胸膛，他们黑暗的目光，
他们滴水兽般青紫色的生长，
他们盛食品的破罐头盒，
从那里，从那神圣坚硬的石墙
他们变成了街道的花朵，
合法瘟疫的花朵在流浪。

公园里也有乞丐
犹如长着饱受折磨的
枝条与根须的树木：
花园的脚下生活着奴隶
宛似人的结局化作垃圾，
他接受了这肮脏的称号，
等候死神的扫帚。
在患麻风病的土地上
怜悯将他埋葬：
他便成了我们这代人的模样。
他应学会践踏，将这类东西
踩进轻蔑的沼泽里，
双脚踏住
身穿失败者制服的人的额部
或者至少把他看成大自然的产物。
亚美利加的乞丐，一九四八年的儿子，
大教堂的孙子，我不会敬重你，

我不会给你的形象
添上古老的象牙和国王的胡子
像书籍中对你的阐明，
我将用希望把你抹掉，
你不会进入我所构筑的爱，
你不会和你的人，不会和那些
创造了你而又凌辱你人格的人
一起进入我的胸膛，
我将把你的黏土与大地分开
直到金属重新把你锻造
直到你像剑一样闪光。

印第安人

印第安人从古老大地的表皮
逃到它的深处，有一天
像岛屿似的升上来：
已经被打败，
化作看不见的空气，
在大地上渐渐敞开，让自己
秘密的信号流淌在沙地里。

他消耗了月亮，
他在为世界神秘的孤独梳妆，
如果不站立起来他就不会
消逝在空气弥漫的高高山岩上，
在树木的重力下
他的经历有如苍天之光
他顿时消瘦成了细线，
化作一条条皱纹，
瓦解了他激流般的一座座塔楼
并将破烂衣物的包裹接收。

我曾在阿马蒂特兰[①]
具有磁性的山顶上
见他正啃着水深莫测的湖岸：
那天我带着他的鸟与根的残骸
踏着玻利维亚的山峰

---

① 危地马拉的火山湖。

那令人压抑的威严。

我看见

我疯狂的诗人兄弟在哭泣，
阿尔维蒂[①]，在阿劳科人的地区，
当时他们像围着埃尔西利亚
那样围着他，
他们并非那红色的神
而是一长串的尸体。

更远的地方，在火地岛
蛮荒的水网，
我看见他们，啊，狼群，披头散发，
爬上破损的独木舟，
在大洋中将面包乞求。

在那里，在那荒凉的领域，
他们杀死每一个生灵，
印第安人狩猎者
得到几张肮脏的钱币，
因为他们带来了空中主宰的头颅，
带来了极地白雪的孤独中
那些霸主们的首级。

那些欠下累累罪行的人们
今天坐在议会里，

① 拉斐尔·阿尔维蒂（1902—1999），西班牙当代诗人，聂鲁达的好友，曾长期在拉丁美洲流亡。

在总统府将他们的婚姻登记，
他们与主教和经理们生活在一起，
在南方的主人们被割开的喉咙上
一朵朵鲜花在开放。
阿劳科人的羽饰
已经被酒弄乱，
已经被酒店拔光，
律师们已经将它们抹黑
为了对他们王国进行掠抢，
而那些枪杀大地的人，
那些到光彩夺目的勇士
所捍卫的我们自己的道路上
射击和谈判的人们，
竟被称作“和平使者”，
给他们的绶带越来越多。

印第安人就这样不知不觉地
丧失了家园，他的毁灭
谁也无法看见：不曾看见旌旗，
不曾射出血淋淋的箭，
而是一点一点地蛀蚀，
扒手，庄园主，法官，
都利用他那帝王的温情，
将他缠绕在毛毯里边，
直至他淌着血被丢进
亚美利加最后的沼泽。

从碧绿的草原，从叶丛间

纯净无垠的蓝天，
从用花岗岩沉重的花瓣
建筑的永恒的居室，
被引向破败的草棚，
引向简陋的下水道，苦不堪言。
从那闪光的裸体，
白皙的腰肢，金色的胸脯，
从那些联结所有的露珠
和他的肌肤的金属饰物，
被换成破烂的麻布，
将死人的长裤分给他，
褴褛的陛下就这样
从属于他的世界的空气中走出。

这便是犯罪的情景。

这情景无影无形
宛似叛徒的混入，摸不着的癌症，
直至我们的先辈筋疲力尽，
直至人们教他学做鬼魂，
他走进唯一向他敞开的门
其他穷苦人的门，大地上
所有受折磨的穷苦人的门。

法官

在上秘鲁，在尼加拉瓜，
在各个城市，在巴塔哥尼亚，
你没有道理，你一无所有：
贫困的杯子，亚美利加
被遗弃的儿子，
没有法律，没有法官
保护你的土地，保护你
种着玉米的小小家园。

当你的同类到来时，
当你的主子的同类到来时，
爪子和刀子的古老梦想已被忘却，
法律来将你天空中的动物灭绝，
来将你金色的土地抢掠，
来将你河中的流水审判，
来将你树木的王国霸占。

他们是你的证人，在你的衬衣上
加盖了标记，用证件的纸张
蒙住你的心灵，用冷漠的告示
将你埋葬，当你在边界上
从如坠悬崖般的不幸中醒来，
一无所有，孑然一身，四处流浪，
他们将你捆绑，送入牢房，
他们捆住你的双手，不让你
脱离苦海，

而让你挣扎着
淹死在穷人的海洋。

好心的法官向你宣读
不连贯的“四千条”第三款，
在其他像你一样已经倒下去的人
所解放的全部蓝色地区
都通行这样的法律，
他们随心所欲地强加于你，
癞皮狗，你不许吭气。

你的血说，怎么会
与富人和法律纠缠？
用的是什么硫酸铁的织物？
穷人怎么会落入了法院？

对于岩石和痛楚
顽强哺育的可怜儿女，
大地为什么变得这样苦？

事情这样发生，我便写成这样。
生活将它写在了我的前额上。

3

广场上的死者

（智利，圣地亚哥，1946 年 1 月 28 日）[①]

我来到他们倒下的地方不是为了哭泣：
我是来找你们，来找活着的人。
我找你，找我，并拍打你的胸膛。
从前曾有其他人倒下。你记得吗？
是的，你记得。他们的姓名都一样。
在圣格雷戈里奥，在多雨的龙吉梅，
在朗吉尔，他们被风吹得四处飘荡，
在伊基克，他们被黄沙埋葬，
冒着烟雾，冒着雨水，
沿着大海，沿着沙荒，
从草原到群岛，
其他的人同样被杀戮，
他们叫安东尼奥，像你一样，
像你一样，同样是渔民或铁匠：
智利的肌体，被风刺伤，
被草原折磨，被苦难签了字的脸庞。

在祖国的墙壁上，
在积雪和它的结晶旁，
在绿枝的河流后面，
在硝石和麦穗的下方，

① 是日，在智利圣地亚哥的布尔内斯广场，发生了枪杀游行群众的事件，六人当场死亡。

我找到了我的人民的血滴，
每一滴都在燃烧，像火一样。

7

屠杀

可那时候，鲜血被隐藏
在根的后面，被清洗
被否定
（是那么遥远），南方的雨水将它从地上抹掉
（是那么遥远），硝石在草原上将它吞下，
人民的死亡总是一如既往：
仿佛谁也没有死，什么也没有死，
仿佛是岩石跌落在大地，
仿佛是水跌落在水上。

从北方到南方，到那些
粉碎与焚烧死者的地方，
他们在黑暗中被埋葬，
或者在夜晚的寂静中被焚烧，
他们的遗骨堆在一起
或者被丢进海洋：
无人知道他们现在何处，
他们没有坟墓，
他们受尽折磨的指头，
他们被枪杀的心脏，
智利人的笑容，
草原上的勇士，
寂静的首领都散落在
祖国的根上。

无人知道这些躯体
被凶手们埋在哪里，
然而他们将离开大地，
在人民的复活中
将失落的鲜血索取。

在广场犯下这桩罪行。

杂草没有将人民纯洁的鲜血
隐藏，草原的黄沙也没有将它吞没。

无人掩盖这桩罪行。

这桩罪行在祖国发生。

7

硝石工人

我曾在硝石中，和无名英雄们
在一起，和在坚硬的地壳里
挖掘精细雪白的肥料的人在一起，
我骄傲地握着他泥土的双手。

他们对我说：“你瞧，
兄弟，在亨伯斯通，在马波乔，
在里卡文图拉，在帕洛玛，
在‘糖面包’，在羽虱上
我们怎样活着。”

他们给我看
每天清淡简单的口粮，
泥土地的住房，
叮人的飞虫，无限的孤独，
还有灰尘和阳光。

我看了碎石工的劳动，
他们的双手
将深深的痕迹
留在铁铲的木柄上。

我们听到人声
来自矿井狭窄的底部，

仿佛来自地狱的子宫，
然而冒上来的是个儿童，
一张由汗渍、血污和灰尘
糊成的面具，使人无法
看到他的面孔。

他对我说道："无论走到哪里，
都请你讲述这些苦难，
老哥，就讲讲你
生活在下面的地狱的兄弟。"

7

死亡

人民，你决定从这里向草原
受迫害的工人伸出自己的手，你召唤，
召唤男人、女人、孩子，让他们
到这个广场上来，至今已有一年。
                    在这里
你淌下了血。鲜血流淌在祖国，
在宫殿对面，在街道中间，
为了让大家都能看见，
让谁也无法抹掉，
让它红色的痕迹长存
像永恒的星球一般。

当智利人手挽着手
将指头伸向草原，
让整个心灵
和语言紧密相连，
人民啊，当你用眼泪、
希望和痛苦唱起
一支古老的歌：屠夫的手
伸来，广场上血迹斑斑！

7

旗帜是怎样诞生的

我们的旗帜至今依然这样，
人民用柔情将它们刺绣，
用苦难将布料缝纫。

用炙热的手钉上星星。

从衬衣或者苍穹
剪下蓝色作祖国的星星。

红色，一滴一滴地诞生。

7

我将他们呼唤

今天傍晚，我将分别与他们交谈。
今天晚上，你们一个一个地
从记忆中来到这个广场。

曼努埃尔·安东尼奥·洛佩斯[①]
同志。

利斯沃亚·卡尔德隆，
别人背叛了你，我们将继承你的事业。

亚历杭德罗·古铁雷斯，
和你一起倒下去的旗帜
又在整个大地上升起。

塞萨尔·塔皮亚，
你的心在这些旗帜上，
在今天广场的风中跳荡。

菲洛梅诺·查韦斯，
我从未与你握手，可你的手就在这里：
这是一只纯洁的手，死神不能把它夺去。

---

① 在广场上被枪杀的人的名字，以下的名字亦然。

拉莫娜·帕拉，年轻
耀眼的明星，
拉莫娜·帕拉，娇弱的英雄，
拉莫娜·帕拉，流血的花朵，
我们的朋友，勇敢的心灵，
模范的姑娘，金子般的战士：
我们以你的名字宣誓，为了你流的鲜血
再度盛开，我们将继续斗争。

7

敌人

他们将装满火药的步枪带到这里，
他们下令将一切夷为平地，
他们在这里遇到了一个歌唱的民族，
责任与爱情使这个民族团结在一起，
苗条的姑娘扛着她的旗帜倒下，
微笑的青年带着伤在她的身旁滚动，
惊讶的人民看到死者纷纷倒下，
痛苦万状，义愤填膺。
那时在遇害者牺牲的地方
旗帜倒下去，浸在鲜血中，
只为了在凶手面前重新矗立。

为了那些牺牲者，我们的牺牲者，
我要求惩处。

那些人让鲜血溅落国土，对他们
我要求惩处。

对制造死亡的刽子手，
我要求惩处。

对踩着罪行步步高升的叛徒，
我要求惩处。

对下令制造悲哀的人物，
我要求惩处。

谁为这桩罪行辩护，对他们
我要求惩处。

　　我不要那沾满我们鲜血的手
　　向我伸出。
　　我要求惩处。
　　我不愿让他们去当大使，
　　也不愿他们在家里坐享清闲，
　　我要看到他们在这里接受审判。
　　在这座广场，这个地点。

　　我要求将凶手惩办。

7

他们在这里

我要在这里呼唤，如同他们就在这里。
兄弟们，你们要知道，我们的斗争
会在大地上继续下去。

在工厂，在农村，在街道，
在硝石矿上继续下去。
在青铜和红铜的矿坑，
在煤炭及其可怕的窑洞。
我们的斗争在各处进行，
这些旗帜见证了你们的牺牲，
沐浴过你们的鲜血，
它们令无限春光中的树叶
加倍地繁荣，在我们的心中。

不朽

尽管脚步会在这个地方践踏一千年
也无法将倒下去的人们的血迹抹去。

你们倒下去的时刻不会消逝，
尽管千万个声音交错在这寂静里。
雨水会打湿广场的石板
但熄火不了你们名字的火焰。

成千的黑夜会张开黑色的翅膀降临
但摧毁不了这些死者期待的那一天。

全世界我们这么多人期待的日子
就是这苦难的终点。

斗争赢得正义的那一天，
寂静中的你们，死难的兄弟，
在这最后的斗争广阔的日子里，
在这无限的日子里，将与我们在一起。

4

1948 年纪事

（亚美利加）

坏年头，老鼠的年头，肮脏的年头！

在大洋和天空的沿岸
你高高的金属的轮廓
宛似一条紧绷着充满风暴的铜线。
然而，亚美利加，你也属于
黑夜、蓝色和泥滩：
沼泽与天空，受压抑的
一颗颗心脏的痛苦，它们宛似破损的黑色
柑橘，在你的地窖的寂静里面。

7

巴拉圭

放纵的巴拉圭！
照在金色图形上
那纯洁的月亮，用在何处？
从严肃的数字和立柱
继承下来的思想
用在何处？

用于这充满
脓血的洞穴，
用于这被死亡
剥夺的分为两半的肝脏。

用于莫里尼戈[①]，至高的统治者，
他坐在自己
那石蜡池塘的牢房，
而犹如带电的蜂鸟
那红色的翅膀
在森林中可怜的尸体上
飞翔并闪光。

坏年头，衰败玫瑰的年头，

---

① 伊希尼奥·莫里尼戈（1897—1983），巴拉圭将军，1940 年任总统，1948 年被推翻。

卡宾枪的年头，你看飞机的铝板，
它那高速的响亮而又单调的奏鸣
并没有迷住你的眼睛：
看你的面包，你的土地，
你衣不蔽体的人群，
你破败的血统！
　　　　从高高的天空
你可看见那山谷，
绿油油，灰蒙蒙？
苍白的农业，寒酸的矿井，
寂静与哭声宛似小麦，
倒下又诞生
　　　　在可恶的永恒中。

7

巴西

巴西，杜特拉[1]，热带土地
可怕的火鸡，
有毒空气的苦枝
养肥了他的躯体：
我们美洲的月亮
那乌黑沼泽里的癞蛤蟆：
金黄的纽扣，老鼠
青紫色的小眼睛：
啊，我们可怜母亲的辘辘饥肠，
光彩照人的解放者诸多的梦，
矿井淋漓的汗水，种植园
如此深刻的孤独，这一切的上帝，
亚美利加，你突然把一个杜特拉
从你爬行动物的底层，
从你史前无声的洞穴中
掏出来，高举到你星球的光明。

事情就是这样发生！
　　　　　　　　　巴西的泥瓦匠们
向边界冲吧！渔民们，
夜间在海岸线上哭吧！

---

① 欧里科·加斯帕尔·杜特拉（1883—1974），巴西军事领导人，1946年至1951年任巴西总统，执政期间对共产党人进行残酷迫害。

而杜特拉瞪着
那双野猪的小眼睛，
用斧头捣毁了印刷所，
在广场上焚烧书籍，
关押，追捕，鞭笞，
直至我们漆黑的夜晚
一片鸦雀无声。

7

古巴

古巴，在进行屠杀！

他们已经把赫苏斯·梅嫩德斯[1]
装入刚买的棺材里。
他宛如国王，走出村镇，
一面查看田园，
一面拦住行人，
拍着沉睡者的胸脯，
缔造着时代，
组装破碎的灵魂，
从食糖中
提起血淋淋的蔗园
和使岩石腐烂的汗水，
在穷苦人家的厨房里询问：
“你叫什么？有多少吃的？”
抚摩着这只臂膀，这道伤痕，
将这些沉默聚拢成同一个声音，
古巴断断续续的嘶哑的声音。

　　一个小小的上尉将他杀害，
　　在火车上：一个小小的将军

---

① 赫苏斯·梅嫩德斯（1911—1948），古巴全国糖业工人联合会秘书长，人民社会党议员，于1948年1月22日视察归来时被暗杀。

对他说："请过来"，
便在他背后开了火，
为了让甘蔗园
不再发出嘶哑的声音。

7

中美洲

坏年头，在丛林
浓密阴影的那边，你可看到
我们大陆的细腰？
　　　　　　　星星似的波涛
宛似一个蜂巢，它蓝色的蜜蜂
撞击着海岸，狭窄的土地上
飞舞着两个大洋的光耀……

像鞭子一样细长的土地，
像苦难一样炎热，
你在洪都拉斯的步履，
你在圣多明各的血迹，
夜晚，你的眼睛从尼加拉瓜
触摸我，呼唤我，要求我，
在亚美利加的大地，为了说话
我敲着一扇扇门，
我摸着一条条被捆住的舌头，
我掀起一道道窗帘，
　　　　　　　将手伸进血泊里：
啊，我土地的痛苦，
啊，伟大沉默的喘息；
啊，长期挣扎的人民，
啊，美洲抽泣的腰肢！

7

波多黎各

杜鲁门先生来到
波多黎各岛，
　　　　　到我们
纯洁海域蔚蓝色的水中
来洗刷血淋淋的手指。
他刚刚下令
将二百名希腊青年处死，
他一挺一挺的机关枪
百发百中，
　　　　每天
多立克柱头——葡萄与橄榄[①]——，
古老海洋的眼睛，
科林斯花冠的花瓣，
都会按照他的命令跌落
在希腊尘埃上面。
　　　　　　凶手们
和美国专家们一起
高举塞浦路斯甜蜜的酒杯，
爽朗的笑声不断，
胡子上带着油滴
和希腊人的血斑。

---

①“多立克柱头”和下面的“科林斯花冠”都是希腊古建筑的典型特征，此处指希腊内战。

杜鲁门到我们的水域
来洗涤沾满
远方鲜血的红色双手。
同时在大学里，用他的语言
命令，微笑，规劝，
封闭讲卡斯蒂利亚语的嘴巴，
将这些如清澈血脉之河
流淌的语言之光遮掩，
并责令："波多黎各，
废除你自己的语言。"

希腊

　　　　　　　　　　　　（希腊的鲜血

此时正流淌着。山丘上

天刚亮。

　　　　这是纯洁的小溪

在灰尘和岩石中间流淌：

放牧人践踏着

放牧人的鲜血：

　　　　　　　　这是一根

朴实的细线，从山峦伸向海洋，

伸向它熟悉并歌唱的海洋。）

……转过脸来，面向你们的土地和海洋，

看看那南方云水的明亮，

太阳将荒漠照耀，使葡萄生长，

智利的大海出现了，浪花在岸边飞扬……

洛塔①低洼的煤矿：

这是个寒冷的海港，

在南方严酷的冬天，雨水

不停地落在屋顶上，

海鸥的翅膀像云雾的颜色，

在阴暗的海洋下面

① 智利的海滨煤矿。

人们不停地挖掘那黑色的矿藏。
人们的生活
像煤炭一样黑暗：斑驳的夜晚，
可怜的面包，艰巨的白天。

我曾在世界各处奔走，
但从未在城市或大路
从未见任何人
受过比这更大的疾苦。
十二个人睡在一间屋里。
宿舍的屋顶铺着
叫不上名字的垃圾：
一张张铁皮，石块，
硬纸板，湿纸片。
在寒冷的季节，孩子们
和狗挤在潮湿的蒸气里，
直至可怜的生命得到一点火焰
而第二天又将是饥饿与黑暗。

7

苦难

又一次罢工，工资不够用，
女人们在厨房里哭泣
矿工们把一只又一只的手
和痛苦聚在一起。
　　　　　　　这一次罢工
参加者是那些在海下挖掘的人，
他们匍匐在潮湿的洞穴里
用血与力
挖出矿井里黑色的泥。

这一次来了士兵。
夜晚，冲进他们家里。
将他们带到矿上，
就像带进监狱，
抢走他们保存的可怜的面粉
和孩子们吃的稻米。

然后，捣毁墙壁，
将他们驱逐，将他们打击，
将他们圈起，像对待牲口
一样给他们打上标记，
在路上，在痛苦的流放中，
煤炭的采掘者们
眼见人们驱赶自己的儿女，

蹂躏自己的爱妻，
数以百计的矿工
被带走并关进监狱，
被带到巴塔哥尼亚，
或皮萨瓜的沙漠中，
冒着极地的寒冷。

7

叛徒

除了这些不幸
还有一个暴君面带笑容
将被出卖的矿工们的希望嘲弄。
每个民族都有自己的悲哀，
每场斗争都有自己的苦痛，
然而请你们告诉我
在嗜血成性的人中
在所有目空一切、仇恨满怀、
将绿色皮鞭作为权杖的魔王中，
有谁像智利的这位一样？

此人背叛
并践踏自己的微笑和诺言，
此人用恶心做成自己的权杖，
此人翩翩起舞，在他可怜
而又遭唾弃的人民的痛苦上。

当他那些背信弃义的法令
使监狱人满为患，
当受欺凌与受侮辱者
乌黑的眼睛聚成一团，

他正在“海上葡萄园”[①] 里跳舞，
沉浸在酒杯与珠宝饰物中间。

但是那些乌黑的眼睛
在透过乌黑的夜观看。

你做了什么？你的话语
不是为了矿井下面的兄弟吗？
不是为了被出卖的人们的痛苦吗？
那燃烧的音节投奔你
难道不是为了
大声疾呼并捍卫你的人民的利益？

---

① Viña del Mar，比尼亚德尔马，智利的海滨疗养胜地，直译为“海上葡萄园”。

7

我控诉

于是我控诉了
那个扼杀希望的人，
我向美洲的四面八方呼喊
并把他的名字
写在耻辱的洞穴里面。
　　　　　　　　　　于是
那些被收买与雇佣的鹰犬，
“政府的秘书们”，
警察们，指责我为罪犯，
他们用沥青写下对我恶毒的辱骂，
然而当叛徒们用巨大的字母
书写我的名字时，墙壁在观看，
而黑夜则用无数的手，人民的手，
黑夜的手，抹去对我歌声的诬陷，
他们的如意算盘，岂能实现？

于是他们在夜间去我家里
放火（现在那把火
已经标出幕后操纵者的姓名），
为了判决我，所有的法官聚在一起，
他们搜寻我，为了处死我的话语，
为了惩办这些真理。

他们封锁了智利的山口

为了使我无法出境
去诉说这里发生的事情，
当墨西哥敞开了大门
接受我并将我保护，
托雷斯·博德特[①]，可怜的诗人，
却下达了将我
交给狂怒狱卒的命令。

可是我的话语依然活着，
我自由的心在控诉。

将发生什么？发生什么？
在皮萨瓜的夜晚，监狱，锁链，
寂静，变得卑鄙的祖国，
在这个坏年头，瞎眼的老鼠的年头，
这愤怒和仇恨的坏年头，
你在问，在问我，将发生什么？

① 海梅·托雷斯·博德特（1902—1974），墨西哥诗人、外交官，1948年聂鲁达遭通缉时任外交部部长。据聂鲁达讲述，当他向墨西哥驻智利使馆要求避难时，博德特曾下令将他交给智利警方。

7

胜利的人民

我的心在这场斗争中。
我的人民将会获胜。
所有的人民，一个一个地
都会获胜。
　　　　　这些磨难
终究会禁受完，就像手帕一样，
总会将沙漠的矿井、坟墓
和人类之苦的阶梯上
流淌的泪水挤干。
胜利已为时不远。
愿仇恨使惩罚的手
不再抖颤，
　　　　　那时刻
会按期到来，在纯洁的瞬间，
人民将用崭新的坚定的形象
充满空荡的街巷。

这就是我献给那时的情意。
你们了解它。这是我唯一的旗帜。

5

冈萨雷斯·魏地拉，智利的叛徒

（尾声，1949）

刽子手们从古老的山脉出来，
宛似骨头，宛似亚美利加的芒刺，
在灾难家族峥嵘的峰顶；
他们居住并嵌入我们的贫穷。
鲜血每天都染红他们的衣裳。

他们像瘦骨嶙峋的野兽从山地
沿着我们的黑土繁衍滋长。
那些鳄鱼老虎，寒带的君主，
刚刚从我们的洞穴和失败中走出。
人们就是这样从我们的鲜血
浸染了五十年的大路下面
挖出了戈麦斯的颌骨。

这野兽用他的肋骨使大地变得黑暗，
他在行刑之后捻着自己的胡子
站在请他喝茶的美国大使旁边。

魔鬼使别人卑鄙，可他们却不然。
如今
在光明为纯洁保留的角落，
在阿劳卡尼亚白雪皑皑的祖国，
一个叛徒在腐朽的王位上露出笑脸。

在我的祖国，卑鄙是主宰。

冈萨雷斯·魏地拉是只老鼠，
他在那被他出卖的土地上
将他那充满血迹和粪便的浓毛抖动。
每天将抢来的钱币从口袋里掏出
盘算着第二天是出卖鲜血还是出卖领土。

他背叛了一切。
他像老鼠一样爬到人民的肩上，
从那里，咬着祖国神圣的旗帜，
将他那啮齿动物的尾巴摇晃，
并对庄园主、外国佬、智利
地下宝藏的主子说：“我是行刑队长，
请把这个民族的血喝光。”
可悲的小丑，可怜的猴子
与老鼠的杂种，有人在华尔街
用黄金的香脂将他的尾巴梳理，
可总有一天他会从树上掉下来
变成一堆刺眼的臭垃圾，
街头的行人都会绕着他走。

就是这样。智利的政府就是卖国。
一个卖国贼在我们的历史上留下了名字。
犹大张开骷髅的牙齿，
出卖了我的兄弟，
毒害了我的祖国，

创建了皮萨瓜集中营，毁掉了我们的星星，
玷污了我们纯洁的旗帜。

加夫列尔·冈萨雷斯·魏地拉，
我将他的名字留在这里，
为了当时间将耻辱抹去，
当我的祖国洗净被麦苗和白雪
照亮的面孔，然后，当那些人
在这些诗句中寻觅
我留下的绿色火炭似的遗物时
同样会发现这个卖国贼的名字，
他带来挣扎的酒杯，人民早已将其唾弃。
我的人民，亲爱的人民，高擎你的命运！
冲破牢房，冲开封锁你的围墙！
摧垮从宫殿里
发号施令的老鼠的凶狠脚步：
向黎明举起你的长矛，让你愤怒的星星
闪耀在最高处，照亮亚美利加之路。

亚美利加，

我不是徒然地呼唤你的名字

1

从上面

（1942）

经过的历程，渺茫的天空，
火山口的月亮，
干燥的光流淌在伤痕上，
破损长袍上的石灰岩洞，
冻结的脉络，
石英、麦苗、黎明的恐慌，
一把把钥匙待在秘密的山岩，
破碎的南方
令人恐惧的界线，
在狭长地域的身边
酣睡的硫酸盐，
绿松石的分布
围绕着被切断的光线，
不停开花的酸枝，
浓重空旷的夜晚。

2

凶手在睡觉

当酒店之神
践踏破碎的杯子并打乱
冲破枷锁的曙光，
腰部被葡萄酒弄脏：
在幼小妓女的抽泣中打湿的玫瑰，
从没有玻璃的窗
进来的炎热日子的风，
遭报复者睡在那里
鞋子放在手枪的苦味中，
在失神的眼睛的蓝色上。

3

在海岸

在桑托斯[①]，香蕉甜甜的气味，
宛似一条从脊背上冲出的柔软的金河
将塌下来的天堂那愚蠢的口水留在两岸，
阴影、水和机车的一声铁一般的叫喊，
一条汗水和羽毛的激流，
有什么东西从灼热叶子的深处
如同从跳动的腋窝流下：
一场飞翔的危机，一簇遥远的
浪花。

① 巴西圣保罗州的海滨城市。

4

南方的冬天，骑在马上

我上千次通过
南方的海浪冲击的地形：
我感觉到马的后脑
在南方夜晚寒冷的岩石下睡着，
在光秃秃的山中的罗盘上战栗，
在苍白的面颊上开始扬起：
我了解在雾中奔驰的结局，
熟悉可怜的跋涉者的褴褛：
对我来说，只有黑沙，没有上帝，
只有岩石与黑夜的没有尽头的背脊，
只有和破烂的衣衫、
流放的灵魂一起降临的难挨的白天。

5

罪行

或许你，在漆黑的夜晚，
经历过血上的践踏，匕首下的呼喊：
我们孤独单薄的十字架
遭受了上千次摧残，
落在沉默的门上的巨大打击，
吞食凶手们的深渊或闪电，
而狗在吠，残暴的警察
来到酣睡的人们中间
使泪珠涌出地下的眼睑
将成串的泪用力掐断。

6

青春

一股馨香宛似路边
梅子酸味的一把剑，
牙齿间糖一般的亲吻，
指头上滑下的滴滴生命之泉，
情爱的甜蜜的汁液，
打谷场，草垛，宽敞的庭院
那些激动人心的秘密地点，
昔日睡过的软垫，
从上面，从隐蔽的玻璃
看到的崎岖的绿色谷地：
所有的青春都像一盏灯
在雨中被冲倒，
湿漉漉却在燃烧。

7

气候

秋天，从白杨树上
落下高高的箭，那重现的忘却：
双脚陷进它纯洁的毛毯，
被激怒的树叶的寒冷
是一股浓浓的金泉，
而芒刺的光辉
将布满尖刺的身躯上干枯错落的枝条
置于天边，黄色的美洲豹
爪间散发着生命之水的味道。

8

古巴的巴拉德罗[1]

巴拉德罗的光辉照耀带电的海岸
当安的列斯，支离破碎，在腰部
受到萤火虫与水的最强烈的拍打，
磷火和月亮无垠的闪光，
死去的绿松石紧张的尸体：
黝黑的渔民从金属中
捞出一条海中的紫罗兰竖起的尾巴。

---

① 古巴的海滨胜地。

9

独裁者们

一种气味留在甘蔗田间：
一种血腥与身体的混合，
一种令人作呕的花瓣。
椰林中的一座座坟墓
充满尸骨的残骸和沉默的鼾声。
脆弱的暴君与黄金的杯子、
领口、肩带交谈。
小小的宫殿像钟表一样闪光
而戴着手套的笑声
有时会迅速穿过走廊
并与死去的声音，与刚刚
埋葬的蓝色嘴巴相聚一堂。
哭声隐蔽着，像植物一样，
它的种子不停地落在地上
并使它盲目的大叶子
在没有光线的情况下生长。
仇恨一个鳞片一个鳞片地
一个打击一个打击地形成，
长着充满淤泥与沉默的嘴巴，
在沼泽地可怕的水中。

10

中美洲

宛如血淋淋的枪托的月亮！
宛如鞭子的树枝！
多么刺眼的可怕的光芒！
使你无声又静止地呻吟，
打破你没有声音、没有嘴巴的忍受：
啊，中部的细腰，
啊，无法缓解的痛苦的天堂！
我夜以继日地目睹苦难，
又日以继夜地目睹戴着锁链的囚犯，
看见白人、黑人、印第安人
用屡遭打击的含磷的双手书写
在夜晚看不见尽头的墙壁上面。

11

南方的饥饿

我看见洛塔煤矿中的哭泣
和屈辱的智利人皱折的身影
在刨着大地内脏痛苦的脉络，
看见弯曲和倒下的人们
在坚硬的灰烬中死去、存活、诞生
似乎世界就这样出入
在黑色的烟尘与火焰中，
好像只有冬天的咳嗽，
马在黑水里的奔走，黑水中落下
一片蓝桉的树叶，宛如一把死去的匕首。

12

巴塔哥尼亚

海豹产崽
在冰冻的深处，
在昏暗的洞穴——
它们构成大洋最后的嘴巴，
巴塔哥尼亚的奶牛，
白天惹人注目，宛似游动的群体，
又像浓重的蒸气
在寒冷中它温暖的立柱
向着无限的孤独升起。

亚美利加，你无人理睬，宛如一口钟：
里面充满无法升起的歌声，
牧人，耕夫，渔民，
没有手，没有耳，没有琴，
也没有一个亲近的脸庞：
黑夜窥视着他们，月亮监视着他们，
辽阔使他们增长，于是古老缓慢的一天
诞生，就像往常的日子。

13

一朵玫瑰

我看到一朵水边的玫瑰，
一只红色眼睑的小小的酒杯，
空中的声响将它支撑在高处：
绿叶的光辉抚摩着泉水
用双脚透明的孤独的存在
改变着树林的面貌：
空气中充满鲜明的衣服
大树造就了它沉睡的宏伟。

14

一只蝴蝶的生死

穆索[①]的蝴蝶在风暴中飞翔：
所有定期开放的花蕊，
绿宝石的冰霜，
一切都在闪电中飞翔，
空气最后的结果在颤动，
一阵绿色花蕊的雨
使绿宝石惊恐的花粉上升：
湿润芬芳的巨大的天鹅绒
落在飓风蓝色的岸上，
与大地坠落的膨胀
会合，返回绿叶的故乡。

---

① 哥伦比亚地名。

15

葬身于草原的人

从探戈到探戈，如果我能
勾勒出草原和故土的轮廓，
如果安息的野生谷物
离开我的嘴巴，
如果我能在草原上听到
一阵马群的嘶鸣，
一阵马蹄愤怒的风暴
从我被埋葬的指头上刮过，
尽管没有嘴唇，
我也会亲吻种子
并将我残存的眼睛
与它系在一起，好看看我的激情
所钟爱的驰骋：
杀了我吧，比达利塔[1]，
杀了我，我的精华会四处流动
就像吉他金属的弦声。

① 南美民间的一种用吉他伴唱的情歌。歌中总是重复“比达利塔”。

16

海港工人

在瓦尔帕莱索[1]，海港工人们
邀请了我：他们矮小却又坚定，
他们被晒黑的面孔
就是太平洋的地貌：
他们是浩渺大洋中的一股浪潮，
一股肌肉的波涛，
风暴中大海翅膀的枝条。
看到他们像贫穷的小小的上帝
是多么美妙，他们营养不良，半裸着身躯，
他们和其他大洋彼岸的人们
和其他贫穷港口的人们一起
斗争和跳动，看着他们，听着他们，是多么美妙，
西班牙人和中国人说的是同一种语言，
巴尔的摩和喀琅斯塔得[2]的语言，
当他们唱《国际歌》时，我和他们一起唱：
一首赞歌从我的心中升起，
我想对他们说一声："兄弟"，
然而我只有化作歌声的柔情，
我的歌声和他们的歌声
一起，从我的口直抵大海。
他们认出了我，用强有力的目光

① 智利港口。
② 前者是美国的海港，后者是苏联的港口。

拥抱我，看着我，什么也没说，
只是唱着歌。

17

一条河[①]

我愿沿帕帕洛阿潘河而去
像多次沿着泥土色的明镜，
用指甲触摸强劲的水面：
我愿走向深处，走向水晶
原始枝干的构成：
去打湿我的前额，将我的
皮肤、渴望、梦境
沉浸在露水隐秘的朦胧。
鲱鱼出水
像一把银质的提琴，
岸边大气的花朵
和静止的翅膀
沐浴着空间的热度
蓝色的剑将这热度保护。

---

① 由于第一版《漫歌》是秘密出版的，因当时的政治变动，造成了这首诗在后续版本中的缺失。致力于聂鲁达研究的学者埃尔南·洛约拉发现此事，又收录了该诗。

18

亚美利加

我，被包围在
忍冬藤和荒原、驴蹄草与豺狼中，
在丁香花被桎梏的芳香中；
我，被包围在
只有我熟悉的日子、月份和水流中，
在我独自创造的爪子、鱼类和月份中；
我，被包围在
布满钟声的海岸边
战斗的细小浪花中。
火山与印第安人的鲜红衬衣，
赤脚在落叶、根的芒刺中
筑起的道路，这道路
在夜间到达我的脚下，让我前行。
昏暗的血宛似在一个秋天
流淌在大地上，
森林里死神的可怕旌旗，
入侵者杂沓的步履，
武士们的呐喊，长矛酣睡的黄昏，
士兵们突然惊醒的梦，
鳄鱼的和平溅起水花的大河，
你的临时市长们新建的城市，
桀骜难改的鸟儿的合唱，
在森林中腐烂的日子里，
萤火虫守夜的闪光，

当我存在于你的腹中，
存在于你堞形的傍晚，
存在于你的休息，
存在于你出生的子宫，
存在于地震，存在于农民的魔鬼，
存在于积雪落下的灰烬，存在于空间，
纯洁、圆满而又不可及的空间，
存在于兀鹰血淋淋的利爪，
存在于危地马拉被凌辱的和平，
存在于黑人，存在于特立尼达的港口，
存在于瓜伊拉[①]：一切都是我的黑夜，
都是我的白昼，都是我的空气，
我的生活，我的痛苦，我的奋起，我的忍受。
亚美利加，我歌唱的音节
不是光明也不是黑暗所造就。
土地拥有我胜利的面包
和光辉的原料，
我的梦不是梦而是土地。
我入睡时被广阔的黏土包围，
我醒着时，丰盛的源泉般的土地
从我的手上流去。
我饮的酒不是酒而是土地，
隐藏着的土地，我的嘴的土地，
带着露珠的农业的土地，
闪光的蔬菜的劲风，
谷物的家族，黄金的宝库。

① 委内瑞拉最大的港口（也是巴拉圭的一个省名）。

19

亚美利加，我不是
徒然地呼唤你的名字

亚美利加，我不是徒然地呼唤你的名字。
当我将利剑缚在心上，
当我的灵魂忍受着伤痛，
当你新的一天从窗口进入我的胸怀，
我完全投身于你给我的光明，
我生活在你为我确定的黑暗里，
无论是睡是醒，都置身于你本质的黎明：
我像葡萄一样甜蜜，又令人惊恐，
我同时引导着蔗糖和惩罚，
沉浸在你物种的精液里，
哺育在你遗传的鲜血中。

智利漫歌

永恒

我写诗赞美那刚刚干涸、
鲜花初绽、花粉飘舞、遍布灰浆的土地，
我作歌称颂那依傍着纯净的冰雪
张着白色圆形大口的连绵火山，
我忽而又谈及那刚从地底深渊泄漏出来
还带着铁锈味的蒸汽，
我议论那无主的原野，
那满是地衣的小花或干枯的绒草
或母马燃烧的丛莽的原野。

只有这保持着混沌初开的状态、仍然纯净的一切，
或相互交织或相互纠缠或相互倾轧，
或呼啸着飘散或茫然地流溢，
或相互攀缘而上聚结成树冠，
或沉埋地下凝合成为铜的分子，
或汇入道道江河，或化作地底煤层，
或变为光泽在碧绿的葡萄藤上闪烁，
只有这一切才是我的根基，除此之外，还会有别的吗？

每当夜幕降临，我就像江流一般入睡，
永不停息地流淌着，冲破险阻，
推动着游移的夜色，将时辰送向光明，
感触着石灰暴露出来的隐秘纹路，
顺着铜矿的脉络
爬升至刚刚生成的瀑布，
如同江河般奔涌着，我触摸到了

那片播撒从未出生的玫瑰的大陆，也就是这被窒息的半球。
大地犹如一座教堂，
迎着卷带尘沙的狂风，在墓室的盐分中，
面对被宽恕的残秋暮色，
紧紧地闭锁着苍白的眼皮。

在路上，你们未曾，从未曾体验过
裸露的石钟乳的意味
冰灯环照下举行的节庆
墨色的树叶透出的高寒，
你们未曾同我一起
潜入深藏地下的须根之中，
你们未曾在死去以后
重新踏着沙粒堆砌的台阶一点点地攀登
直至晨露的冠冕
再一次滋润玫瑰的花瓣，
不经历披着幸福的旧衣缓缓死去，
你们就不能懂得生存的意义。

然而，我是那闪耀着金属光泽的晕轮，
我是连接天空、云朵、土地的圆环，
经受默默飞泻的江河雨水的冲击，
接着又向无穷无尽的恶劣气候发起挑战。

1

赞歌与回归

(1939)

祖国啊，我的祖国，我将满腔热血奉献给你。
然而，我请求你，就像一个泪流满面的孩子
向母亲哀乞：
　　　　　　庇佑
这把盲目的吉他吧，
还有这迷失的额头。
我曾出去，在大地上为你寻找子女，
我曾出去，以你雪白的名义照顾倒下的人，
我曾出去，用你纯净的木料建造了一座房屋，
我曾出去，把你的星辰带给受伤的英雄。

如今，我想投入你的怀中沉睡。
给我你那充溢着刻骨铭心的弦音的澄澈夜晚，
你那航船的夜晚，你那繁星密布的身躯。

我的祖国：我想改变阴影。
我的祖国：我想更新玫瑰。
我想揽着你的纤腰
坐到你那被海水灼烧的岩石上，
抓起麦穗，从内里研究。

我要摘取那纤细的硝花，
我要把曼陀罗的冰蕊纺成丝线，

参照你尊贵而孤寂的泡沫，
为你的美丽编织缘岸的花束。

祖国啊，我的祖国，
你被激荡的海水环绕，
你被沉寂的冰雪遮蔽，
雄鹰和硫黄在你的怀抱中融为一体，
在你雪貂皮和蓝宝石般的极地手掌里
一星人类纯洁的光芒
闪烁着，引燃了充满敌意的天空。

守护你的光明，哦祖国！
面对令人生畏的盲目的空气，
不要放弃你那一束坚定的希望之穗。
这难得的光芒，这人类的命运，
已降落到你偏远的土地上，
赋予你在沉睡的广袤美洲
独自捍卫一朵神秘之花的使命。

2

我要回南方

（1941）

在韦拉克鲁斯我病了，想起
故乡南方的一天，银色日子
如同天空的水中倏忽而过的一尾鱼。
隆科切、隆基迈、卡拉韦，[1]
分布在高处，被沉寂和树根环绕，
坐在皮革和木材构筑的宝座上。
南方好似一匹平卧的骏马，
以迟钝的树木和晨露加冕，
当它昂起绿色的头颅，露珠就纷纷洒落，
尾巴的影子则打湿辽阔的群岛[2]
腹腔里滋生宝贵的煤炭。
永远不再，对我说，影子，永远不再，对我说，手，
永远不再，对我说，脚、门、腿、战斗，
你永远不再骚扰森林、道路、谷穗、
雾霭、严寒，和你那不断消磨的每一个脚步
留下的蓝色印迹了吧？
天空啊，请留给我一天，
让我从星辰到星辰，踏着光明和火药，耗尽我的血液，
一直走到雨的巢穴！

我要

① 均为智利中南部城镇。
② 智利南部为一大片群岛。

紧随漂流的木头，来到河边，
来到那飘香的托尔滕河[①]；我要离开锯木场，
拖着沾湿的双脚走进一家家酒馆，
循着榛树上的光亮的指引，
傍依着牛粪席地而卧，
咀嚼着麦粒死去又复生。

大海，请赐给我

南方的一天，同你的波涛紧紧相连的一天，
弥漫着潮湿树木气息的一天，
请为我那冰冷的旗帜送来一阵蓝色的极地之风！

---

① 智利的河流。

3

奥里萨巴[①]近郊的忧思

（1942）

一条河，一个夜晚，一片片被寒风
吹落并一直撒满天边的树叶，
除了这一切，对于你，南方还有什么？
是因为爱的秀发像那破碎群岛的
另一种雪或水，像烈焰的另一种地下涌动，
再一次满怀期待地在那些棚屋中驻足吗？
在那里，树叶多少次颤抖着飘落
并被那张厚重的嘴巴吞噬，
而雨的熠光使其藤蔓接拢，
从秘密谷粒的聚合
直到沾满曼陀罗和水珠的枝叶。

在那里，春天带来一种
沉睡之马耳中潮润的声响，
而后，打碎的金色麦穗落下，
再后，葡萄粒里伸出一根透明的手指。
有什么在等待着你，没有过道、没有墙壁的南方
在何处将你召唤？
就像平原上的农民，你把耳朵贴近树根，
倾听大地的杯子：
从远处吹来强劲的南半球的风，

① 墨西哥城市。

一阵士兵在晨霜间的飞奔：
细雨穿针连缀着时光，
破碎的线断裂开来，
在那张着蓝色嘴巴号叫的
野蛮的黑夜里，你有什么？

也许可能会有某个停滞的日子，
一根堕落的棘刺扎进往昔的时辰，
于是，它那古旧的婚礼旗帜就化作碎片。
谁留存住黑森林般的日子，
谁曾等待过一个又一个石头般的钟点，
谁会环绕住被时光耗损的遗产，
谁能逃进空气之中而不敛迹消踪？
某个日子，那是充满片片绝望的一天，
某个日子，那是一缕被蓝宝石般的严寒逐散的光线，
那是留存在昨天的空位上，留存在
不存在的领土底层的寂静。
我爱你那毛皮上的乱发，
你那变幻不定、灰烬似的极地美景，
你那战乱纷纷的天空中的痛苦重负，
我爱你等待我的那一天的风啸，
我知道大地的亲吻不会改变，不会改变，
我知道树叶不会飘落，不会飘落，
我知道原先的雷电依然金光闪烁
无遮无蔽的夜晚还是同样的夜晚，
不过，那是我的夜晚，那是我的草木，
那是打湿过我头发的冰泪凝聚的水珠。

但愿那是我，昨天在人类中等待我的人：
在荣誉、悲伤、金钱、希望之中
在鲜血中睁开眼睑的人，
那鲜血充溢着厨房和森林，
充溢着铁为之戴上黑色羽冠的工厂，
充溢着被散发硫黄气味的汗水凿穿的矿坑。

不只是掠过草木的狂风在等待着我：
不只是炸响在雪峰顶上的沉雷：
眼泪和饥饿就像是两个寒战
爬升到祖国的钟楼并发出轰鸣：
就这样，在那飘香的天空
就这样，当十月到来
南极的春天掠过酒的光芒，
人们发出了一声又一声、一声又一声哀号，
这哀号穿过雪原、铜矿、公路、船舶，
透过黑夜，掠过大地，
一直传到我这洇血的喉头。

我的人民啊，你又怎么说？
水手、雇工、市长、硝石工人，你可在听我述说？
我听到了你的心声，死去的兄弟、活着的兄弟，
我听到了你渴望的，你埋葬的，一切的一切，
我听到了你洒在沙漠和大海的鲜血的涌动，
我听到了你那倍受损伤的心在抵抗在恐惧。

对你来说，南方还有什么？雨落在哪里？
缝隙中，什么在鞭打死者？

我的亲人啊，南方人，孤独的英雄们，
被苦涩的愤怒散播开的面包，
连绵的丧期，饥饿，艰难和死亡，
树叶，飘落他们身上的树叶，
月光，洒落战士胸膛的月光，
还有那穷人的街巷以及各处人们的沉默，
这一切犹如坚硬的矿石，
其冰冷的脉络，早在山顶钟楼建成之前，
就将我心灵的火焰冻结。
孕育着胚芽的祖国啊，你不要把我召唤，
没有你那晶莹而昏暗的目光，我就无法成眠。
你的河海和生灵的沉郁呼号让我震颤，
我在睡梦中沿着你肃穆的波涛
一直抵达你蓝色腰肢间的最后一座小岛。
你亲切地呼唤我，就像贫穷的新娘。
你那钢铁般长长的光让我目眩，
就像是一把长满须根的宝剑，在把我追寻。
祖国啊，我敬仰的土地，炙热燃烧的光芒：
你那可怕的盐分，你那赤裸的身影，
好似火中木炭一般沉埋在我的心底。
但愿那是我，昨天等待我的人，
明天在虞美人花丛和尘埃中挺立的人。

4

海洋

如果说你的躯体碧绿，赤裸显现，
如果说你的苹果无涯无际，
如果说你在黑暗中狂舞不息，
那么，哪里是你的根基？
你是
比夜晚还要甜蜜的夜晚
　　　　　　　　　　你是
盐母、血污的盐、水的曲线的发源地，
泛着泡沫和精髓的星体，
你是星星般绵长的巨大柔情，
你是掌心化作一整个浪头的夜晚，
你是深不可测的硫酸之手下
袭击茫然不知所措的海鹰的风暴，
你是沉埋在暗夜之中的宝库，
满是侵袭和声响的冰冷花冠，
被夯入星辰深处的神殿。

有一匹伤马，在你岸上的岁月中奔走
被冰冷的火焰取代，
有一棵红色的云杉，化作羽毛
被你结晶般的残暴双手摧折，
有一朵不灭的玫瑰，在海岛上被打败，
有一个冠冕，由你的水光和月色铸造。
我的祖国啊，这一整片黑沉沉的天空

就是属于你的土地！
还有这宇宙的果子，
这整个狂诞的花冠！
献给你，这一杯泡沫：
在这酒杯中，闪电像只瞎眼的信天翁一样绝迹，
在这酒杯中，南方的太阳朝着你圣洁的品格升起。

5

皮具店

这是送给我的马鞍，
鞍座柔软、光滑而坚固，
装点得就像银器与皮革间一朵沉重的玫瑰。
每一道剪口就是一只手，
每一条缝线就是一个生命，
这马鞍上住着森林中所有生灵，
一条眼睛与马匹的链条。
燕麦使它具有了形体，
荆棘和雨露让它变得坚硬，
丰盛的收获给了它骄傲、
精心加工的金属和皮革：
就这样，这个宝座
摆脱了不幸和控制，走上漫漫草原。

陶器店

蠢头蠢脑的鸽子，陶制的存钱罐，
你乌黑脊背上的记号只不过
说明了你的用途。我的人民啊，
你仿佛已经被背负的痛苦
折磨得疲惫不堪，你是如何
承袭久已凋零的技艺的？
黑色的奇迹，神异的材料，
被盲目的手带入光明，
小小的雕像，通过你的语言
大地向我们倾诉自己的奥秘，
波迈雷[1]的水罐，在它的亲吻中
大地和肌肤结为一体，
无数的泥土制品，器皿的光泽
一只手的模型，那是我的手，
呼唤我的阴影的脚步，
你们是幽梦的总汇啊，
陶土制品，坚不可摧的鸽子！

---

① 智利城镇，以产陶器出名。

织布厂

你们知道，在那儿，白雪俯望着
山谷，或者更确切地说，
俯望着南方那阴沉的春天，黑色的鸟儿
胸口有一点颤颤抖动的血斑，
那展开双翼的
漫漫严冬的浓雾，
这片土地就是这样，它的馥郁
来自那被铜矿和山峦的沉重
压垮了的可怜花草。
可是，在那儿，织机却一根线又一根线地
探索着再造出鲜花，将笔
伸进它那猩红的王国，编织着
靛青和藏红，火团的丝线
和它黄色的力量，
紫色雷电的血脉，
蜥蜴身上那磨砂般的绿色。
我的人民那操纵着织机的手，
那穷人的手，一只又一只的手织着，
色彩暗淡的祖国啊，你的皮肤
所缺少的星辰的羽毛，
一点一点地取代天空，
让人们可以歌唱自己的爱情，
可以策马驰骋，点燃谷物！

6

水灾

穷人栖居在低洼的地方，等待着
河水趁夜猛涨将他们冲进大海。
我亲眼见过漂浮水面的摇篮、
毁坏的房屋、椅子，还有那
使天空和恐惧合二为一的紫色洪流的暴怒。
这只是为了你，穷人啊，为了你的妻子，你的庄稼，
你的狗和你的农具，为了让你学会乞讨。
洪水不会殃及绅士们的住宅，
他们那雪白的衣领从洗衣房里翩翩飞出。
它以这席卷一切的泥浆为食，
还有那与你的亲人的尸体一起，
在根朝上颠颠簸簸漂移的树木与桌子中
缓缓流向大海的废墟。

地震

当大地从我的睡床下塌陷的时候，我突然惊醒。
恰值夜深时分，一根漠然的烟柱
扶摇升起，
　　　　　我问你：我是否已经死去？
在这星球崩裂，紫色天空的疤痕
化作星辰的时刻，请把你的手伸给我。
啊，我还记得，他们在哪儿？他们在哪儿？
地球为什么会沸腾，尸横遍野？
噢，断壁残垣下的面具，尚未
化作惊恐的笑脸，夜幕遮掩着的
沉埋在梁柱间的破碎尸体。

噢，蓝天，今晨你再次显现，披着
舞会的盛装，把你金色的裙裾
铺在火红、被瓦砾填平的海面，
寻觅着未被掩埋的死者们那永远消失了的容颜。

7

阿塔卡马[1]

难以忍受的声音，
遍撒在地的盐，
被置换了的灰烬，
珍珠般的黑色枝头挂着无光的月亮，
这就是阴暗的铜矿巷道里的景象。
是什么材料，是怎样的空心天鹅
将自己垂死的赤裸身躯沉埋于沙底
并使自己水一般缓缓的光辉变得坚固？
是怎样的强劲霹雳
将混在不驯岩石中的祖母绿粉碎
以至让散失的盐凝结成粒？
大地，凌驾于
海洋、天空之上，凌驾于
佩戴珊瑚的巾帼豪杰驰驱的大地之上：
丰满的粮仓，小麦
正在颤动着的仓底酣眠。
噢，大洋的母亲！
你孕育出盲目的碧玉和闪金的硅石。
在你面包般纯洁的肌肤上，除了森林，
就只有你秘密的线条，
就只有你沙筑的额头，
就只有人类的黑夜和白天，

① 智利北部沙漠，矿藏丰富。

然而，傍依着刺蓟的干渴，
在存有一张沉埋地下、被人遗忘的纸张的地方，
一块岩石标记着宝剑和酒杯那深深的摇篮，
指明钙元素酣睡的赤足。

8

托科皮亚[①]

从托科皮亚向南、向北
到处都是黄沙，撒落的石灰、
驳船、烂木板、废钢旧铁。
是谁给地球这金色熟透的
纯净线条，还有梦、盐和火药，
增添这许多弃物、垃圾？
是谁用一捆烂纸建造
塌陷的屋顶、
透风的墙壁？
在你体内被解雇的人类的阴暗之光，
总是回到你那灰白月亮的大碗中，
回到几乎不为你死寂般的沙漠所接受的大碗中！
鲜有的劳作的海鸥、鲱鱼，
打转的海燕，各类果实，
你们这些血腥鱼钩和风暴的宠儿，
你们可曾见过智利人？
在冰雪和波涛的两线之间，
在地平线的锯齿之下，在海湾里，
你们可曾见到过人的踪影？

　　虱子，燃烧着叮咬盐的虱子，
　　虱子，海岸、村寨、矿工的虱子，

---

① 智利北部港口城市。

依靠着月亮的海岸,
从沙漠的一块疤痕到另一块疤痕,
死死地踩住不知年代的冰冷铅封,滚吧!
在远离山脚的地方,
当水、面包和幽灵都无法到达那崎岖的路段,
或是硝石展示自己的练习
或是铜雕像定义它的身形。
一切都好似埋在地下的星辰,
一切都好似苦涩的尖刺,
都好似熠熠闪烁着雪光的地狱白花
或者发出沉重光泽的墨绿树枝。
在那里,笔毫无用处,有用的只是
黝黑的智利人那粗糙的手,在那里不容置疑。
只有鲜血。只有那在矿脉里
人类探寻着发出的敲击。
在矿脉里,在巷道里,在凿出的岩穴里,
没有水也没有桂枝。

噢,卑贱的
被比死的洗礼还要酷烈的光
炙烤着的同胞,被地下盐的黎明
泯灭了的英雄们,
无家可归的孩子们,你们在哪里筑巢?
在荒漠的港口破碎纤维之中,
有谁曾经看见过你们?
　　　　　　　　　　只能
是在那饱含盐分的雾霭之下,
或者是在金属般的海岸背后

或者也许或者也许
已经是在沙漠之下，
永远封锁在
沙漠那尘土的语言之下！
智利，金属和天空，
还有你们，智利人，
种子，坚强的兄弟们，
一切都安排有序且悄无声息，
就好像岩石永恒伫立。

9

红厚壳桂[1]

我折断丛莽中的一片彩釉般的树叶，
一股甜香从折断处向我袭来，
好似从大地，从远方，从一无所有
翩翩飞来的深奥翅膀。
红厚壳桂啊，于是我看到了你的枝叶，
你卷曲的精巧枝叶，以其蓬勃的力量
覆被着你凡俗的躯干和你馥郁的辽阔。
于是我想，你就是我的整个祖国：
我的旗帜展开时应该散发红厚壳桂的芳香，
应该有一种突然汇聚于你的
吹遍整个祖国疆域的清馨。
纯洁的红厚壳桂，你是风雨中陈年的芬芳和发丝，
你散布于山脉的起伏，
你发出一直浸润到我们根基的水声，
啊，心爱的红厚壳桂，啊，生长的季节，
你的香气可以从一片叶子中产生，
然后脱逸而出并浸透我们，
直至我们在大地上流淌，一如深埋地下的古坛！

① 智利的一种树，果肉可食，叶具药性，木质坚硬耐腐。

朱丝贵竹[①]

在不会微笑的笔直叶片之间，
暗藏着你隐秘的长矛。
你未曾忘记。每当我从你的枝叶旁边走过，
都听到刚烈的絮语，伤人的词句醒来，
声音滋养棘刺。
你不会忘记。你曾经是混着血的灰浆，
曾经是民居和战争的柱梁，
曾经是旗帜，我那阿劳科母亲的屋顶，
蛮族武士的利剑，缀满
伤人、杀人的花朵的阿劳卡尼亚。
你粗暴地掩藏自制的长矛，
它熟悉蛮荒地区的风雨，
被焚毁的森林里的雄鹰，
刚刚被劫掠一空的偷生的居民。
也许，也许，你不要对任何人泄露自己的机密。
请你为我保留一支野性的长矛
或者一支箭杆。我亦没有忘记。

① 一种似竹的植物，其嫩叶可做饲料。

DRIMIS WINTEREI[①]

无名的树啊，大山的叶子与绳索，
你的枝条由绿色的风织就，
你的脉络刚刚绣好，
你的丫杈由深色的金属铸造，
你那无以计数的冠花
置身潮气、雾霭和无垠的水中。
正是在这枝杈的千姿百态之中，
正是在这迎着风雨
生长得均匀而奇妙的叶片之间，
树啊，你如雷霆一般惊醒，
而在你一片葱翠的枝头，
严冬也似小鸟般沉沉入睡。

① 拉丁文，一种产于智利的树的学名。

10

荒芜的土地

被遗弃的边境！你是疯狂的疆界，
在那里，篝火或愤怒的刺菜蓟
形成了一层层蓝色电光。
岩石都曾被
铜针敲击过，公路
由寂静的材料铺就，
草木埋没于岩石的盐分。
我就在这里，我就在这里，
人类之口如同酒杯或胯骨
交付停滞的时间那苍白的脚步，
没有溢泄口的中心水牢，
身上花朵被摧折的树木，
只剩漠然和凛冽的黄沙。
我的祖国，你凡俗而盲目，
就像沙丘上长出来的棘刺，
我要为你献上自己心灵的全部底蕴，
我要为你奉上自己血液的永恒眼睑，
在回归时为你奉上我的虞美人的菜肴。

请在夜晚给我你的旗帜上沉睡着的
尘世间花草中孤独带露的玫瑰，
请给我洒满了你可怕乌血的
月亮或地球的面包：
在你的沙石的光芒下没有陈尸，

有的只是盐的漫长周期，
神秘的、没有生命的、金属的蓝色枝杈。

11

莺鶺鸰

我多么希望你们能够打消疑虑：此刻正值夏日，
雨水将我浇灌并点燃一个树枝般的欲望，
我自己的一支歌撑着我，
恰似一株满是皱纹且带几处疤痕的大树。
小巧、可爱的鸟儿，请落在我的头顶。
请在我的肩上筑巢，
那里闪烁着蜥蜴的光辉；
请在我的思绪中筑巢，
那里积满了数不清的落叶。
啊，温柔小巧的圆，
长有谷物翅膀的粮食，披着羽毛的卵，
敏锐的目光掌握着飞翔和生命的
最为纯洁的身形，
多疑而玲珑的小鸟，请在这里
在我的耳中筑巢并相助我：
我一日比一日更想成为飞鸟。

长尾草地鹨

你就在我的身边，滴着血，却心不在焉。
你戴着凶残的面具，有着武士的眼神，
你在土块里，在全然的纯净与蛮荒之中，
从一个宝藏跳到另一个宝藏之上。
告诉我，在这一切，
在我们这被雨用哀叹
浸染的丛莽里
筑巢的所有黑色形状间，
怎么只有你的胸襟收容了人世间所有的红？
啊，你被红色的夏所染，
你曾进入飘满猩红花粉的岩洞，
你的胸口融汇了所有的火种。
比苍穹和安第斯山脉中覆雪的夜
更甚的目光，
当它展开屏障，没有什么
能阻止它：只有
你那不断燃烧却又不焚毁大地的棘刺。

智利窜鸟

从杂错而凄冷的草木丛中，
突然传出了窜鸟的啼鸣，
仿佛没有人迹存在，
只有一切孤寂汇聚而成的鸣叫，
恰似所有湿漉漉的树木一起发出的呜咽。
那啼鸣模模糊糊地颤抖着掠过我的马儿，
徐缓而深沉，胜过鸟儿的飞行：我敛辔驻足，
我在何处？处于什么样的时辰？
我在马背上经过的那些不知名的地方，
雨打窗扇的世界，
瞪着血光闪闪的眼睛在荒野上逡巡的狮子，
还有那潮湿碧绿的美丽巷道里的
河流沟渠，孤寂，
年轻时爱过的少女在榛树下的亲吻，
当窜鸟的啼鸣以其潮润的音节穿过森林的时候，
所有这一切突然再次涌现在我的眼前。

12

植物学

嗜血的漆疮树和有益的波尔多树①
通过动物绿宝石般的狂吻
或者岩石里黑水的文集
显示着自己的风格。

Chupón② 将自己雪白的牙齿
嵌在树木的梢头，
而野榛则营造
自己叶与果的城堡。
野菊和海雀稗
遮住了牛至的眼睛，
而边疆光艳的月桂
熏香了偏远地区的管理所。

　　清晨的朱丝贵竹和远志③。
　　小金钟花冷漠的语言，
　　与浪花一起高喊着智利万岁
　　途经三色的岩石。

洋地黄期待着

---

① 漆疮树，一种乔木，其枝叶可引起疱疹；波尔多树，一种灌木，用其提炼的生物碱波尔定可治肝病。

② 智利本土植物，凤梨科，果实可食用，一端为白色。

③ 远志科、远志属草本植物，有药用价值。

雪的指头，
而时间之轮在转动，
却不见火与糖的天使成婚。

　　神奇的肉桂
　　用雨水濯洗着种族的枝条，
　　并将自己的绿色结块
　　抛撒于南方那片植物之海下。

　　船形果的甜蜜枝杈
　　带着无数花朵
　　攀上红色喇叭花的端头
　　去欣赏吉他合奏的光辉。

瘦弱的野草
和来自天空的除蚤薄荷
披着托尔滕河刚刚洒下的新露
在草原上欢快舞动。

不可辨别的日中花
将自己的紫色花冠抛于沙滩
并把海蓝的三角形叶片
转向海滨干涩的月亮。

鲜艳的虞美人
如闪电和伤口，似标枪和朱唇，
将自己绯红的叶片
扬在火一般的麦田。

显眼的百合木显然是
奖赏自己死去的亲属
并用泉水和江河的勋章
组建自己的家族。

在那人迹罕至的南方环境中，
每当永不入睡的大海上
夜幕降临的时候，
土荆芥就挑起盏盏明灯。

橡树总是独眠，
笔挺、寒酸、遍体伤残，
身着受虐穷汉的衣衫，
头顶繁星点点，
傲然屹立于纯洁的草原。

13

南美杉

整个严冬，全部战斗，
所有湿铁铸成的巢穴
全都凝聚于你横立空中的刚毅，
全都凝聚于你未曾开化的城堡。

岩石间背信弃义的监牢，
荆刺间隐秘的线头
将你铁丝般的头发
变成矿物阴影的宫殿。

竖直的哭泣，流水的永恒，
披鳞的山冈，蹄铁的闪光，
你备受折磨的家园
以纯地质的花瓣修建。

暮冬亲吻你的甲胄
并使你沾满破碎的唇印：
散发着浓香的春日
在你严酷的躯体上冲破自己的罗网，
庄重的秋色徒然地期待
铺开金衣换下你的绿装。

14

托马斯·拉戈[①]

有些人躺到书页间
　　　　　　　　　　　酣睡，
仿佛是埃尔泽菲尔[②]的蠹虫，
他们曾像在足球场上费心拼抢，
争夺过某些刚刚印好的著作。
而我们却趁着春光歌唱，
就在流过安第斯山石的江河旁，
那时候我们有妻子相伴，
从不同的蜂房汲取营养，
直至吞下世上的硫黄。
何止于此，还有更多的事情：
我们和心爱的平凡朋友同甘共苦，
正是他们用酒的日期教会我们
辨认沙砾诚实的字母，教会我们
艰难中放声高歌之人的恬逸。
啊，在那些日子里，
我们一起走访窑洞和贫民窟，
我们一起挑破蜘蛛网，
还有那踏着
南方边远地区的夜色和翻起泥浆的旅行：
到处都是鲜花和转眼走过的国土，

---

① 托马斯·拉戈（1903—1975），智利作家、诗人，聂鲁达青年时代的朋友。

② 16 至 17 世纪荷兰出版商家族。

到处都是雨露和烟尘的材料。
我们走过的道路多么宽广，
时而在客栈驻足，时而又凝望
天边的晚霞，一块岩石，
一堵有炭笔字迹的墙壁，
一群突然为我们歌颂所有冬天的炉工们。
然而，并非只有那涂了纤维素，
在扮演文明角色方面越来越完美的蛆虫
才在我们的窗户上蜿蜒曲行，
还有那用两支手枪顶着我们的胸膛，
威胁着要吃掉我们的母亲
并典当我们的财物，
对我们进行勒索的强汉、暴徒、牛仔
(他们还将这一切冠以“英雄主义”之类的名称)。
我们目送着他们扬长而去；
他们未能损及我们的毫毛，挫折我们的豪气，
一个个走向他们的坟墓，
欧洲的报刊或玻利维亚的金钱。
我们的灯盏依然通明，
那光焰远远高过了纸张和逃犯。

鲁文·阿索卡尔[①]

到海岛去！我们说。那时候，
我们都信心十足，有尊贵的大树做支柱，
我们以为一切都不遥远，一切都可能
转瞬之间卷进我们点燃的光圈。
我们穿着厚皮鞋到了那里：在下雨，
岛上在下雨，大地就好像是
一只绿色的手掌，一只手套，
指头在红色的海藻中
　　　　　　　　　漂浮。
我们让整个群岛都弥漫着烟草的气味，
因为，在尼尔逊酒店，我们一直吸烟到深夜，
还把新鲜牡蛎抛向重要的地方。
城里有座教会的工厂，
在那死寂的傍晚，在那凄冷的雨中，
好似一只长长的鞘翅虫，
一支法衣组成的黑色队伍走出工厂的大门。
喝完所有勃艮第葡萄酒，
还在纸上涂满抽象的苦痛的符号。
我突然逃逸而去，一去多年，远走高飞。
在那攫取了我的激情的异国他乡，
我想起雨中的小船，和你在一起，
你留在那里，让自己浓密的眉毛
在那些海岛扎下湿漉漉的须根。

---

① 鲁文·阿索卡尔（1901—1965），智利作家、教授，聂鲁达青年时代的朋友，他当年的女友阿尔贝蒂娜·罗莎·阿索卡尔的哥哥。

胡文西奥·巴列[1]

胡文西奥，谁都不如你和我
更了解博罗亚森林[2]的秘密：
谁都不认得红土地上
被榛树的光辉唤醒的小径。
要不是听我们说起，人们并不知道
我们曾经倾听过雨打树枝和锌皮屋顶的声音，
不知道我们仍在爱着报务员，
就是那位，那位同我们一样
熟悉严冬的火车头
在乡间发出深沉轰响的姑娘。
　　　　　　　　　　　　　只有你
悄然走进被雨驱散的芬芳，
激励鲜花生长的金色，
还在素馨花萌发之前就将其采摘。
商店门前那沮丧的烂泥，
就是像备受煎熬的黑色黏土一样
被沉重的车轮碾轧过的烂泥，
在深春过后流淌，
除了你，还有谁会知道？
　　　　　　　　　　我们
还秘密珍藏着一些别的宝贝：
那如同红色的舌头一般
覆盖着大地的树叶，
还有那被流水磨圆的、江河里的石头。

---

①胡文西奥·巴列（1900—1999），智利乡村诗人希尔维托·孔查·里福的笔名，聂鲁达青年时代的朋友。

②智利南部的一处森林，聂鲁达小时候在那儿度过不少时光。

迭戈·穆尼奥斯[1]

看来，我们不仅仅自卫过，
用铺陈在风暴之纸上的发现和符号，
而且，船长们，我们还用拳头
在邪恶的街道上伸张过正义，
然后，在手风琴的伴奏下，
将心连同波涛和绳索高高举起。
水手啊，如今你已回到家乡，
告别熟悉的港口：
飘着满是尘土的水果气味的瓜亚基尔
以及整片大地上
让你挥舞无往不胜的利剑的钢铁太阳。
如今，在祖国的炭火之上
我们共同分享痛苦与爱情的时刻已降临，
那比大地还要宽广的兄弟情谊之线
从大海中涌出并盖过了你的声音。

① 迭戈·穆尼奥斯·巴伦苏埃拉（1956—　），智利作家，聂鲁达的朋友。

15

雨中骑士

到处都是水，水的墙壁，
三叶草和燕麦也都伏倒，
根根雨丝同潮湿、滴水的夜晚
野蛮交织的罗网连接在一起，
破碎的水滴连连发出哀泣，
狂风斜雨将天空撕裂。
散发着潮湿香气的骏马在奔驰，
冒着雨，蹚着水，
带着红色的鬃毛、碎石和水花冲入雨帘：
热气像翻腾的乳汁，伴随着
冷漠的雨水，鸽子从中一闪而过。
没有白昼可言，有的只是
恶劣天气、摇晃着绿色的水池，
在雨中牲口的异常气味中，
马蹄将飞速的土地与时光的流逝联结。
披风、马鞍、鞍垫
纠结成阴沉的榴弹，附着在
震撼着主宰着森林的
硫黄般灼热的脊背上。
　　　　　　　　　向前，向前，向前，向前，
向前，向前，向前，向——前，
骑士们冲碎雨帘，
骑士们从苦榛树下穿行，
雨丝将自己永恒的财富

转变成颤动的闪光。
水光熠熠，模糊的电光洒在树叶上，
从马蹄的声响中，
被大地伤害的积水涌动而不飞溅。
缰绳是湿漉漉的，树枝交织成拱顶，
蹄声不歇，夜晚的植物
布满冰块和月光般的破碎星辰，
旋风似的骏马，被雨箭驱策着，如同冰冷的幽灵，
在暴风雨中生出了新的肢体，
在恐惧及其张着可怖旗帜的伟大王国的包围里，
变成横冲直撞的苹果。

16

智利的海

在那遥远的地方，
我曾用流亡和疯狂的眼泪
浇灌过你泡沫的脚掌，你零落的海岸。

今天，我来到你的嘴边，来到你的额前。

我未曾将一丝珍贵的秘密
泄露给血色的珊瑚、烧焦的星辰
和那炽热而颓唐的波涛。
我保存着你暴怒的声音，
藏匿在家具和旧衣物中
一片被沙守护的花瓣。

一粒曼陀罗的尘埃，一朵被淋湿了的玫瑰。

在很多情况下，它就是
阿劳科的水，那坚硬的水：
但是，我保存的是我沉在水下的石块，
那里有你的影子搏动的声音。

啊，智利的海，
啊，高耸而浓重的潮汐，
就好似熊熊的篝火，蓝宝石的威势、幻梦和爪甲，
啊，盐的地震和雄狮！

地球的坡面、始源、海岸，
你的眼睑
驱散了星辰的蓝光，
为大地开启了正午的明亮！
盐和运动源自于你
并将海洋分散到人的洞穴，
直到你的分量在远离海岛的地方
冲破并伸出一根包含所有物质的枝条。

北方沙漠的海啊，你拍击着铜矿
并穿过鲣鸟，寒日与粪土结成的岩石，
被冷漠的晨曦掠过时烧焦的海岸，
把泡沫送向
那孤僻的粗鲁居民的手心！

瓦尔帕莱索的海，
你是清一色夜光的波涛，
你是大洋的窗口，
祖国的身影从你之处探出，
用尚未复明的眼睛眺望。

南方的海啊，无边无际的海，大洋，
大海，神秘的月亮，
在长满栎树的可怕的因佩里亚尔①，
在用鲜血捍卫的奇洛埃②，
从麦哲伦海峡直到国土的尽头，

①② 均为智利南方地名。

只有盐的呼啸，只有疯狂的月亮
和那被冰刺伤的星辰的马。

17

献给马波乔河[1]的冬日颂歌

啊，是的，狂飞乱舞的雪，
啊，是的，你在弥漫的雪花中战栗，
北风的眼睑，冻结的细微闪电，
是谁，是谁将你召唤到这灰蒙蒙的峡谷，
是谁，是谁将你从鹰嘴里拖到这里，
让你的清水触碰
我的祖国那可怕的破乱衣衫？
河流，你为何
将冰冷而神秘的水流，
岩石间坚硬的曙光
储存于它不可企及的教堂中的水流，
导引至我的人民受伤的脚边？
回去吧，回到你那冰冻雪封的杯子中去，苦命的河流，
回去吧，回到你那霜花遍地的杯子中去，
将你银白的根须沉埋于你神秘的发祥地
或者投身融入另一处没有眼泪的海洋！
当夜幕降临的时候，马波乔河，
它像一尊躺着的黑色雕像那样酣眠
在你的桥下，带着一长串黑色的脑袋，
它们在忍受如同两只巨鹰般的饥寒熬煎，
啊，河流，啊，由冰雪孕育的冷酷的河流，
你为何不能像一个巨大的幽灵，

---

① 智利中部河流，发源于安第斯山，流经首都圣地亚哥。

不能像星辰的新十字架，为被遗忘的人奋然崛起？
不，你汹涌的灰烬
此刻正和着那泄入黑水的啜泣，
在冷风中飒飒抖动的烂衣袖，
在铁叶之下奔流。
马波乔河啊，在你灰褐的岸边，
野花刚一萌出就会被虱子叮咬，
而你冰冷的舌头将会舐伤
我赤裸祖国的面颊，你要把
永远伤残的冰羽送向何方？
啊，别这样，
啊，请不要这样，但愿你的一滴黑色泡沫
从污泥中溅落到火焰的花朵之上
投下人类的种子！

这片土地名叫胡安

1

克里斯托瓦尔·米兰达
（托科皮亚，铁锹工人）

克里斯托瓦尔，我是在
海湾的驳船上认识你的，
那是十一月的一天，你穿着灼热的衣服，
当时正在向海上运送硝石。
我还清楚记得那迷人的情景，
金属般的山峦，恬静的海水。
只有驳船上的人，大汗淋漓，
在翻搅着白雪。
那硝酸盐的白雪，
洒落在疼痛的肩头，
倾入海船麻木的腹腔之中。
在那里，铁锹工人们，
那些被酸蚀了的，
同死亡的命运紧密相连的黎明的英雄，
坚定地接收着源源而来的硝石。
克里斯托瓦尔，这是献给你的回忆，
同时也献给那些专靠铁锹谋生的同志们：
酸和致命的挥发物
侵入他们的胸腔，
心脏像压扁的老鹰一样
肿胀，直至让人衰弱，
直至让人流落街头，
走向草原上的破烂十字架。

好了，不必多说了，克里斯托瓦尔，
如今，通过这诗篇想起你，想起大家，
想起海湾里的驳船工，
想起船上那些皮肤黝黑的人们，
我的眼睛与你们同行，
我的心变成了一把铁锹，
同你们——沙漠上的人们——一起
装上又卸下这鲜血与白雪。

2

赫苏斯・古铁雷斯

（农民卫士）

我的父亲死在了蒙特雷[①]，
他的名字叫作赫诺维沃・古铁雷斯，
他跟着萨帕塔[②]走了。
夜里，战马来到了家旁，
联邦军中升起烟雾，子弹随风呼啸，
从玉米田里刮起了风暴，
于是我穿越其中拿起了枪，
从索诺拉[③]的土地开始，奔走四方，
我们只是偶尔能够睡上一觉，
经常涉水穿林，
不时会有人倒下牺牲，
目的只是捍卫穷人的土地、豆子、
玉米饼、吉他，
我们一直辗转到边界，个个都是尘土，
庄园主们逼得我们披星戴月，
直到从每块石头背后
都伸出我们的枪口。
这里是我的家，
我的一小块土地，

① 墨西哥城市。
② 埃米利亚诺・萨帕塔（1879—1919），墨西哥农民起义领袖。
③ 墨西哥的州名。

卡德纳斯[1]将军
签署的证明，火鸡，
湖里还有几只小鸭子，
如今已经不再打仗，
我父亲永远留在了蒙特雷，
门边的墙上挂着子弹带，
有枪，也有马，
也许明天又要四处奔走，
只要将军一声召唤。

① 拉萨罗 · 卡德纳斯（1895—1970），墨西哥政治家，1934 年至 1940 年任总统。

3

路易斯·科尔特斯

（托科皮亚人）

同志，我叫路易斯·科尔特斯，
镇压开始的时候，我在托科皮亚被抓。
他们把我送到了皮萨瓜。
您知道的，同志，那是怎么一回事。
许多人病倒，还有的发了疯。
那儿是冈萨雷斯·魏地拉
最可怕的集中营。我亲眼看到安赫尔·贝亚斯
死于心脏病，在一天早晨。
他一生豪爽大度，看着他
在那铁蒺藜包围的
杀人荒漠上死去，实在令人
不寒而栗。后来我也病倒，
同样是心脏问题，他们就把我转移到
加里塔亚。您不知道，同志，
那是高原，同玻利维亚交界。
荒凉破败，海拔五千米。
喝的水是咸的，
比海水还要咸涩，而且满是蚜虫，
就像咕咕涌动的红蛆。
严寒彻骨，除了孤寂之外，
天空好像压在我们头顶，
压在我那再也无法承受的心上。
就连警察们也发了恻隐，

违背让我们死去的命令，
但绝不会送担架来，
他们把我捆到骡子背上，让我下了山：
牲口走了二十六个小时，我的身体
已经吃不消了，同志，
那可是连绵的山冈，无路可循，
而我的心脏又有毛病，就是这儿，您瞧，
这些紫疤青癜，真不知还能再活多久，
我只是对您说说，我无所可求，
您说，同志，那些该死的对人民都干了些什么，
是咱们把他捧上了高位，
可是他却对我们的苦痛发出鬣狗的笑声，
同志，请您将这一切全都讲出去，讲出去，
我不在乎是死是活，是否还要受折磨，
斗争的路长得很，不过，要让人们知道
这些磨难，要让人们知道啊，同志，千万别忘。

4

奥莱加里奥·塞普尔维达

（塔尔卡瓦诺[①]，鞋匠）

我的名字叫作奥莱加里奥·塞普尔维达。
我是鞋匠，自从
大地震以后就成了瘸子。
一块山石掩埋了杂居的大院，
整个世界压到了我的腿上。
我在那儿一连呼号了整整两天，
可是泥土灌满了我的嘴巴，
呼喊的声音越来越小，
直到昏睡过去等待死亡。
地震过后一片沉寂，
恐怖笼罩着山冈，
洗衣妇们只知哭泣，
遮天蔽日的尘埃
埋没了人们的话语。
您看我只穿着一只鞋
待在海边，这唯一干净的地方，
蓝色的波涛大概不可能
涌及我的家门。
塔尔卡瓦诺啊，你的石阶脏污，
你的街巷贫穷，
山丘上汪着臭水，

① 智利的城市。

到处都是朽木，黑漆漆的洞穴
智利人在这里杀人并死去。
(啊，穷苦那张开着的刃锋
造成的痛苦，
世界的麻风，死人的城池，
揭示罪恶并有毒的痈疽！
你们全都从阴森的大洋，
在夜间，来到了港湾？
在那脓疮之中，
你们可曾触及过孩子的手，
触及过沾了盐和尿的玫瑰？
你们可曾举目扫视过
那扭曲变形的阶梯？
你们可曾看见那女丐
如同铁丝一般在垃圾堆里
颤抖，伸直膝盖
用无泪无恨
只剩下黑洞的眼窝张望？)
我是塔尔卡瓦诺的鞋匠，
住在大堤前的塞普尔维达。
只要愿意，先生，您就请来吧，
穷人从来都不关门的。

5

阿图罗·卡里翁

（伊基克，海员）

一九四八年六月。亲爱的罗绍拉，
此刻我在伊基克的监牢里，
请给我捎些衬衣和烟叶来。
我不知道这舞会将持续到什么时候。
我在登上格伦福斯特号的瞬间
想到了你，我从加的斯[1]给你写过信，
那儿任意杀人，后来在雅典
更加悲惨[2]，那天清晨
监狱里枪杀了
二百七十三个青年人：
鲜血一直流到了大墙外，
我们看见希腊军官
陪着美国将军走出来，边走边笑：
他们喜欢人民的血，
然而，城市中仿佛有一团黑烟，
隐藏着眼泪、痛苦、死亡，
我给你买了个名片夹，
在那儿认识了一位奇洛埃同乡，
他开着一家小餐馆，他说，
事情很糟，仇恨极深，

① 西班牙港口城市。

② 指希腊共产党人和右派政府之间的内战。

后来到了匈牙利，情况不大相同，
农民有地可种，
还分发图书，
在纽约我收到你的来信，不过，
事情接连发生，桩桩件件都冲着我这个可怜虫。
你知道，我是个老海员，
只因我参加了工会，
他们刚把我弄下甲板，
问了几句蠢话，
就把我投进了牢房，
到处都是警察，
草原上也流淌着眼泪：
这种情况要持续到何年何月，
人们都在这样问，
现如今，穷人承受着一次又一次灾殃，
据说，皮萨瓜就关着两千人，
我要问，这世界是怎么了，
然而，根本就没有权利提这类问题，
这是警察说的，你别忘了烟叶，
去找罗哈斯谈谈，要是他还没有被捕，
你千万别哭，这世界上眼泪已经太多，
需要的是别的什么，
到此为止，我要对你说一声再见，
爱你的丈夫拥抱你、亲吻你，
阿图罗·卡里翁·科尔内霍，
伊基克监狱。

6

阿夫拉姆·赫苏斯·布里托

（大众诗人）

他的名字是赫苏斯·布里托、赫苏斯·帕龙或人民，
眼睛里汪着泪水，
手臂化作须根，
直至把他重新栽植到
贫瘠的石缝中间，
那早在他成为他、
早在他破土而出之前所在的地方。

他是矿山和海员之间的
一只多结的鸟，
他是可怕祖国的鞣皮的总修补匠：
天气越寒冷，空气越湛蓝，
土地越坚硬，月光越明亮，
越是挨饿，就越是要歌唱。

整个铁路的世界都会
被他的钥匙和他葡萄藤般的灵感打开，
他携带布满星辰的小小行囊
走遍了祖国的泡沫，
他，像一棵铜铸的大树，
浇灌每一根小草，
耸人听闻的罪恶，燎原的大火
以及那如同保护神的整个河网。

他的声音是发生抢劫的夜晚
无人回应的嘶喊，
他随身携带用帽子
在深夜里收集到的猛烈的钟鸣，
他破烂不堪的外套
接满了人民决堤般的泪水。
他走在沙尘飞扬的阡陌，
走在低洼的硝石矿场，
走在滨海的崎岖山冈，
一点一点地编织歌谣，
一句一句地书写诗章：
留下了手的污斑、字句的印痕。

布里托，你像一棵游移的大树，
踏遍了首都的墙壁，
在咖啡馆的喧嚣声中，
以深沉的脚步寻找着土地，
直到自己渐渐变成须根、
岩石、泥块、乌黑的矿层。

布里托，你的威严屡遭打击，
就像一面威严皮革的大鼓，
而你那树木和人民的领地，
则是风暴的王朝。

流浪的大树，现如今
你的须根在地底歌唱，默默无闻。

如今你更加深沉。
如今你有了土地，有了空闲。

7

安东尼诺·贝纳莱斯

（哥伦比亚，渔民）

马格达莱纳河如同月光一般，
缓缓地在绿叶的地球上流淌，
一只红鸟发出鸣咽，
衰老的黑色翅膀嗡嗡作响，
河岸为那滚滚的水流染上了颜色。
一切都是河，人生就是河，
安东尼诺·贝纳莱斯也是河。
渔夫、木匠、脂鲤鱼、网针、
木板钉、榔头和歌声，
当马格达莱纳河像月光一样
缓缓地运载着洪流中的生命，
这一切都是安东尼诺。
在上游的波哥大弥漫着烈焰、大火、鲜血，
听人们说，并不十分清楚，
盖坦[1]死了。劳雷亚诺[2]
用胡狼的狂笑在树丛中
为篝火助燃，人民的恐惧
如同寒战
掠过马格达莱纳河。

---

① 豪尔赫·埃列塞尔·盖坦（1903—1948），哥伦比亚自由党左派领导人，他的被害引发了著名的“波哥大暴动”，此后即开始了该国历史上所谓的“暴力时期”（1948—1958）。

② 劳雷亚诺·戈麦斯（1889—1965），哥伦比亚政治家、作家，1950年至1953年任总统。

安东尼诺·贝纳莱斯自己不好。
他没有离开自己的小茅屋。
那些日子里，他整天睡觉。
然而，律师们指示，
恩里克·桑托斯要的是鲜血。
他们穿着燕尾服纠集到一起。
安东尼诺·贝纳莱斯
惨遭报复的杀害，
张着手臂跌进河里，
他回归于河，就像回到母亲般的流水。
马格达莱纳河把他的尸体送进大海，
又从海中送入别的河里、别的水流、
别的海域、别的更小的溪涧，
使之环着大地巡游。
他再一次
走进马格达莱纳河，他深爱着的天地，
他张开红水的双臂
穿过阴影，穿过强光，
再一次继续走自己那流水的道路。
安东尼诺·贝纳莱斯啊，没有人
能够从河道中分辨出你，只有我可以，
我记得你，我在听你不会死去、
包容着整个大地的名字流传的响动，
在所有的名字中，那几乎不再是名字，而是人民。

8

玛格丽塔·纳兰霍

（安托法加斯塔，马里亚－埃伦娜[①]的硝石女工）

我已经死了。我是马里亚－埃伦娜的工人。
我在草原上生活了一辈子。
我们为美国公司流尽了血，
先是我的父母，然后是我们兄妹。
并没有罢工，他们无缘无故地包围了我们。
那是在夜里，来了许多军人，
挨门挨户将人们叫醒，
然后把他们送进集中营。
我还指望着我们能是例外。
我丈夫为公司、为总统
干了那么多事情，可以说是最卖力气的，
他在那儿获得选票，很有人缘，
没人能说他什么，
他为自己的理想奋斗，单纯、诚实，
简直少有。这时候那些大兵来到我们家门，
在乌里萨尔上校的指挥下，
他们没等他穿好衣服
就把他拖走，推推搡搡地送上连夜开走的汽车，
去了皮萨瓜，去了那暗无天日的地方。
这时候，我觉得好像喘不上气来，
好像脚下的地面在塌陷，

① 智利港口城市。

这么不讲信义，这么不公平，
一阵悲怆涌上我的喉头，
让我无法活下去。同伴们给我送来吃的东西，
我对她们说：“他不回来，我就不吃。”
第三天，同伴们去找了乌里萨尔上校，
可是他只是纵声狂笑。
同伴们拍了一封又一封电报，
圣地亚哥的暴君连理都不理。
我在昏沉中粒米不进逐渐死去，
紧闭着嘴唇拒绝接受哪怕是汤汤水水。
他没有回来，没有回来，慢慢地我就死了。
人们把我掩埋，就在这儿，在这硝石办事处的坟地，
那天下午，风卷黄沙，
老人和妇女流着眼泪，还唱着
我曾无数次同他们一起唱过的歌。
若是可能，我肯定会看看
我丈夫安托尼奥是否在场，可是他不在，
他不在，他们没让他来参加我的葬礼：
现如今，我死在了这草原上的坟场，
周围有的只是一片孤寂，我已不复存在，
没有他，我将永远都不再是我，没有他，永远都不会有我。

9

何塞·克鲁斯·阿恰恰亚

（玻利维亚，矿工）

是的，先生，我叫何塞·克鲁斯·阿恰恰亚，
奥鲁罗[①]南边格拉尼图山的人，
这么说吧，我母亲罗萨莉娅
大概至今还住在那儿：
她在给老爷们干活，
就是说，替他们洗衣服。
当年我们常常挨饿，长官啊，
老爷们还整天
棒打我的母亲。
所以，我才当了矿工。
我翻山越岭逃了出来，
嘴里嚼着古柯叶，先生，
头顶用树枝遮阴，
就这样，走啊，走啊，走。
兀鹫在天空尾随着我，
而我心里却在想：它们
要比奥鲁罗的白人老爷们强得多。
于是，我就来到了
这个矿区。
　　　　　　这已经是
四十年前的事情，当时

① 玻利维亚奥鲁罗省的省会，重要的矿业中心。

我还只是个饥肠辘辘的孩子。
矿工们收留了我。我当上了学徒，
在那黑黢黢的巷道里，
用指甲抠着泥土，
收集起藏在里面的锡。
我不知道那银白色的锡锭
运到哪儿去了，又有什么用处，
只是我们生活得很苦，
住的是破破烂烂的房子，
还得忍饥挨饿，长官，
提出增加一比索工资，
得到的却是腥风、棍棒和火，
警察对我们犯施暴力，
到头来，长官啊，
我被赶出了干活的地方，
您说吧，我可是到哪儿去呀，
奥鲁罗没有一个人认识我，
我已经老得像那些石头，
已经没有力气攀山爬坡，
一路上我可怎么活啊，
如今只好留在这里，
让人们把我埋入锡里，
只有这锡了解我的根底。
何塞·克鲁斯·阿恰恰亚，是啊，
你不应再奔走他乡，
你已经来到了这儿，来到了这儿，
阿恰恰亚，你已经来到了这儿。

10

欧弗罗希诺·拉米雷斯

（丘基卡马塔，绿房子铜厂）

我们必须用手
抓起滚烫的铜板放到机铲上。
那铜板几乎在燃烧，
而且像世界一样沉重，我们把矿石搬来搬去
累得上气不接下气，
有时落到脚上，砸断骨头，
有时落到手上，留下残疾。
外国佬走过来嘶声叫喊：
“快搬，搬完滚回家去。”
为了能够早点儿收工，
我们拼命干活。鬼子们又来了：
“现在你们干得少了，挣的就少。”
于是，绿房子闹起了罢工，
持续了整整十周，当我们回去复工的时候，
他们找了一个借口：你干活的家什呢？
于是把我轰上街头。您看看这双手，
全都是铜板磨出来的老茧，
您听听这颗心，您不觉得
它在跳吗？铜板把它敲碎了，
我几乎不能四处奔走
饿着肚子去找那根本找不到的工作：
人们看见我弓背弯腰，
就好像肩扛着那无形的要命铜板。

11

胡安·菲格罗亚

（安托法加斯塔，马里亚－埃伦娜碘厂）

您就是聂鲁达？快请进，同志。
是的，碘厂的人，已经没有谁
能够活到今天。只有我还苦撑着。
我知道自己已经不是个活人，
草原的土地正等着我。
碘厂里，每天干四个小时。
碘是通过管道输送进来的，
出来的时候是糊状，就像紫色的胶液。
我们一钵一钵地舀起，
像侍弄婴儿似的将它包裹整齐。
与此同时，酸气通过眼睛、嘴巴、
皮肤、指甲侵入我们的身体，
将我们腐蚀，把我们搞垮。
没有人会唱着歌
走出碘厂，同志。
若是我们提出增加几比索工资的要求，
就算是看在没鞋穿的子女的分上，
他们也会说“莫斯科派人来了”，同志，
于是宣布戒严，将我们包围，
就好像我们全都是畜生，而且还要殴打，
真的是这样，同志，那些婊子养的！
现在您看见我了，我是最后一个：
桑切斯在哪儿？罗德里格斯在哪儿？

就在那渣灰的煤尘下变成朽骨。
死神终于让他们得到了所祈求的东西：
他们的脸上戴起了碘做的面具。

12

韦尔塔师傅

（安托法加斯塔，拉德斯普雷西亚达矿）

您若是去北方，先生，
请到拉德斯普雷西亚达矿
打听打听韦尔塔师傅的消息。
从远处，您什么都看不见，
只有灰秃秃的流沙。
随后，您会看到井架、
缆索、乱石堆。
辛劳、苦难
是看不见的，它们在地下
运动，毁灭生灵，
或者静息，平缓舒展，
化作一片宁寂。
韦尔塔师傅是掘进工，
身高一米九五。
掘进工的职责是，
随着矿脉的走势，
朝着纵深方向开挖土层。
在五百米深的地下，
蹚着齐腰的积水，
掘进工不停地挖了又挖。
每隔四十八个小时，
直到钻机透过岩石，
透过黑暗，透过泥浆

在矿层通过的地方
留下印迹，
他才能走出那个地狱。
韦尔塔师傅是个伟大的掘进工，
就好似能够用自己的脊背
布满整个掌子面。
他总是唱着歌下井，俨然是个领班。
出来的时候却遍体鳞伤，面色蜡黄，
弓腰曲背，憔悴不堪，
那双眼睛像死人的一样观看着。
后来，他在矿区爬行。
他已经不再能够走进巷道。
锑掏食了他的脏腑。
他枯瘦如柴，样子吓人。
可是他已经不能走路。
两条腿总是
像针扎一般疼痛，
由于身材高大，
活像一个饥饿的幽灵，
状似乞讨，却未出声，您可以想象。
他还没有活满三十个年头。
我向人打听他葬身的地方。
没有人能够说得清楚，
因为风沙很快
就将十字架吹倒、掩埋。
这事发生在北方，在拉德斯普雷西亚达矿，
也就是韦尔塔师傅曾经干活的地方。

13

阿马多尔·塞亚

（智利，科罗内尔人，1949）

因为我父亲被捉走了，
因为我们选举的总统途经此地时说
我们都自由了，我就请求释放我的父亲。
他们把我带走并且拷打了整整一天。
局子里没有一个熟人。我说不清，
就连那些人的相貌也不记得。反正是警察。
每当我昏死过去，他们就
朝我身上泼水，然后再接着用刑。
到了下午，放我出来之前，
他们将我拖进卫生间，
把我的头推向满是粪便的马桶。
我差点儿被憋死。
“好了，你出去向总统要自由吧，
这就是他送给你的礼物”，他们对我说。
我遭到过毒打，这根肋骨都被打断。
可是，我的心一如从前，同志。
我们这些人，除非被杀掉，否则就不会屈服。

14

贝尼尔达·巴雷拉

（智利，康塞普西翁大学城，1949）

我给孩子们做好饭就走出了家门。
我的本意是到洛塔矿里去见我丈夫。
众所周知，这里警察说了算，
没有他们的许可，谁都不能进去。
我的面孔不讨他们喜欢。
那是冈萨雷斯·魏地拉的命令，
他在进去发表恐吓我们的演说之前
就做了吩咐。事情的经过是这样：
他们揪住了我，剥光我的衣服，把我打倒在地。
我失去了知觉。醒来的时候，躺在地上，
一丝不挂，一条湿淋淋的床单盖住我血肉模糊的身体。
我认出了一个凶手，那强盗名叫维克托·莫利纳。
没等我睁开眼睛，他们又继续拷打，
用的是橡皮鞭子。我的全身
到处都是紫红的血印，一动都不能动。
他们一共是五个人，五个打我一个，
好像我是一只麻包。就这样，持续了六个小时。
我之所以没死，只是为了告诉你们，同志们，
我们得继续斗争，直到
把刽子手们从大地上清除干净。
要让人们知道：他们在联合国
大谈“自由”，
那些强盗们却背着人

在地下室里用酷刑残杀妇女。
这儿什么事情也没有发生，他们会这样说，
恩里克·莫利纳[①]却将对我们大谈“精神”胜利。
然而，这种事情不会总是发生。
一个幽灵正在世界上游荡，他们也许会
再次在地下室里施刑，不过，很快就得为这些罪行付出代价。

① 恩里克·莫利纳（1871—1964），智利哲学家、教育家，康塞普西翁大学校长，1947年冈萨雷斯·魏地拉执政期间曾任教育部长并公开维护《捍卫民主永久法》。

15

香蕉工人卡莱罗

（哥斯达黎加，1940）

我不认识你，只是在法利亚斯的书[①]里读到过你的生平，
黝黑的巨人，挨打受气、衣衫褴褛、四处流浪的孩子。

你的笑语和歌声从那书页里
飞到香蕉园中，融进污泥、雨水和汗滴。
我们过的是什么生活啊，被断送了的快乐，
被不堪入口的饮食葬送了的力量，
被破败的房屋压抑了的歌声，
被人摧残了的人的权力！

但是，我们要改天换地。你快乐的身影
不会通过一个一个泥潭走向赤裸的死亡。
你的手拉起我的手，我们将一起
改变那用绿色的苍穹罩住你的黑夜。

（那些倒下死去的人们的手
和这些那些正在建设的人们的手
紧紧相连，就好像安第斯山和
深埋地下的铁。）

① 卡洛斯·路易斯·法利亚斯（1909—1966），哥斯达黎加作家，其作品多描绘工人的疾苦和揭露外国公司的剥削。此处提到的书指其代表作《妈妈尤奈》。

我们要改变生活，让你的子孙
能够生存并建设自己有组织的光明。

16

苏埃尔的灾难[①]

桑切斯、雷耶斯、拉米雷斯、努涅斯、阿尔瓦雷斯。[②]
这些名字仿佛是智利的基石。
人民就是祖国的基石。
若让他们死去，祖国就会逐渐衰落，
就会一点点地把血液流干。
奥坎波曾经对我们说过：
每分钟就有一人受伤，每小时就有一人死亡。
每分钟，每小时
我们的血液在流失，智利在慢慢死去。
今天是烈火的浓烟，昨天是矿井瓦斯，
前天是塌陷，明天是海啸或寒流，
机器或饥馑，意外事故或酸液泄漏。
然而，就在矿工死去的地方，
然而，就在草原人死去的地方，
然而，就在苏埃尔，人们死去的地方，
一切都受到精心照料，
机器、玻璃、铁器、纸张，
只有男人、女人和孩子除外。
在苏埃尔，致人丧命的不是瓦斯而是贪婪。
苏埃尔那紧闭的水龙头
不会给矿工们一滴水来冲泡可怜的咖啡，

---

① 指智利奥希金斯大区卡查波阿尔省美国肯尼科特公司所属的铜矿。
② 智利常见的姓氏。

这就是犯罪，火灾并没有责任。
所有的地方都对人民关紧了水龙头，
致使这生命之泉不能为大家共享。
可是，饥寒和大火吞食了我们的种族、
鲜花、智利的基石，
破衣烂衫，陋室寒窑，
却不用定量分配，总是到处都有，
足以让每分钟产生一个伤员，
每小时有一人死亡。
我们没有神佛可以依靠。
身穿黑衣的可怜母亲们，
在哭干眼泪的同时，已经做过了祷告。

我们不祈祷。
斯大林说过："人
是我们最好的财宝。"
基石就是人民。
斯大林指挥、清理、建设、巩固、
防御、观察、保护、供养，
但是，他也惩治。
这正是我要告诉你们的，同志们：
惩治必不可少。
这人类的沉沦，
这亲爱的祖国的鲜血，
这每分钟从人民的心中淌出的血流，
这每小时都有的死亡
决不能容许。
我同他们，那些死去了的人，有着同样的名字，我也是拉米雷斯、穆尼奥斯、佩雷斯、费尔南德斯。
我也是阿尔瓦雷斯、努涅斯、塔皮亚、洛佩斯、孔特雷拉斯。
我是所有死去的人们的亲属，我是人民，
我为所有这正在流淌的鲜血哀悼。
同胞们，苏埃尔死难的兄弟们，智利
死去的人们，工人们，兄弟们，同志们，
今天你们沉默不语，可是咱们还是要谈一谈。
让你们的苦难帮助我们
建设一个严肃的祖国，
既知道如何昌盛也知道怎样惩治。

17

这片土地名叫胡安[①]

在解放者们的背后，胡安正在
劳作、捕鱼和战斗，
或在木工作坊或在潮湿的矿井。
他的双手耕种过土地，
丈量过道路。
他的骨殖撒在了地北天南。
然而，他活着。他从大地归来。他出生了。
他再一次出生了，就像是一棵常青树。
整个邪恶的黑夜都企图将他掩没，
可是，今天他那不驯的嘴唇在黎明中更加坚定。
有人曾经把他捆绑，可是，他此刻却是无畏的战士。
有人曾经将他伤害，可是，他却仍像苹果一样健康。
有人曾经砍断他的双手，可是，他如今却在用这手战斗。
有人曾经将他埋葬，可是，他却唱着歌与我们并肩前进。
胡安，门和路全都属于你。
大地
属于你，人民啊，真理同你一道诞生，
源自于你的血液。
他们没有能够将你毁灭。你的根，
人类之树，
永恒之树，
在那披起甲胄抵御垂死的豺狼攻击的

---

① 胡安是西班牙语国家中最常见的男人名字。

苏维埃祖国，
如今已有钢铁来捍卫，
如今已有你自己的伟大来捍卫。

人民啊，从疾苦中诞生了秩序。

秩序孕育了你胜利的旗帜。

请你用所有倒下的人们的手举起那旗帜，
请你用今天所有拉在一起的手保卫那旗帜：
让你那些不可战胜的面孔团结一致，
朝着星星，向最后的斗争冲锋。

愿那劈木工醒来

……迦百农啊！你已经
升到天上，将来必推下
阴间……

——《路加福音》10:15

愿那劈木工①醒来

（1948）

1

科罗拉多河西边有一个我爱的地方。
我到那里去，
带着在我体内搏动着流逝的一切，
带着我的过去，我的现在，我的信仰。
那里耸立着红色的石崖，
犹如千万只手汇聚而成的狂风
将它筑成框架：
麻木的猩红色从涧底爬升，
在石崖上化作黄铜、烈焰和力量。
亚美利加就像铺展着的野牛皮，
沐浴着驰骋中的清风和澄澈的夜，
我奔向那布满星斗的山峦，
为了啜饮你杯中碧绿的露珠。

是的，从崎岖的亚利桑那到多山的威斯康星，
再到顶风傲雪的密尔沃基城，
或是在西棕榈滩那酷热的沼泽，
在塔科马松林附近，
在你树林里浓郁的钢铁气味之中，
我行走于母亲般的大地，
青翠的树叶，瀑布似的石壁，

---

① 指美国第16任总统亚伯拉罕·林肯。林肯年轻时当过工人、水手、店员、邮递员和土地测量员。1830年曾经替人劈做栅栏的木条。

像音乐一样颤动的狂飙，
犹如寺庙里祈祷的江河，
鸭群和苹果，土地和清泉，
让麦苗生长的无尽宁谧。

在那里，站在最中间的石崖上，
我得以在空中舒展眼睛、听觉、手臂，
甚至感受到书、机车、飞雪、鏖战、
工厂、坟地、草木的脚步，
还有洒在曼哈顿之船上的月光，
纺织机的高歌，
挖掘泥土的铁铲，
神鹰啄食似的钻机，以及
所有切割、挤压、奔驰、缝纫：
生命和机轮周而复始、繁衍不止。

我爱农夫[①]的小家。年轻母亲睡得正香，
散发着罗望子饮料和
刚刚熨过的衣物的芬芳。
炉火在飘有洋葱气味的千家万户燃烧。
(在河边唱歌的男人，
声音如同河底卵石一般沙哑；
肥厚的烟叶已经晒成烟草，
就像火的精灵进入了这些人家。)
请到密苏里来吧，来看这奶酪和面粉，
来看这香喷喷、红得像小提琴的餐桌，

---

① 原诗中为英文。

男人在麦海里航行，
初试鞍辔的青灰小马
身上带着面包和苜蓿的芳香。
钟鸣，罂粟花，铁匠铺，
在那辽阔无垠的乡野银幕上，
爱情在源自土地的酣梦中
张开了自己的牙齿。
我们爱的是你的和平，而不是你的伪装。
你武士般的容貌并不漂亮。
北美啊，你美丽而宽广。
你出身卑微，就像
河边一身洁白的洗衣妇。
你的魅力在于你蜂房般的宁静，
筑造在不为人知的地域。
我们爱的是
红色双手沾满俄勒冈泥土的男人，
为你带来
象牙之乡的音乐的黑孩子；
我们爱你的城市，你的实质，
你的光明，你的机制，
西部的能量、
养蜂场和乡村的恬适，
拖拉机上的健壮青年，
你从杰斐逊[①]继承来的燕麦，
轰隆隆吼叫着
滚过你广袤田野的车轮，

① 托马斯·杰斐逊（1743—1826），美国第三任总统。

工厂的烟柱和
一个新居民区里的第一千次亲吻；
我们爱的是你那勤劳的血液，
你的人民那糊满机油的双手。

在草原的夜幕下，在野牛皮上，
在庄严肃穆之中，
关于我出生前、我们出生前的
传说和颂歌已经蕴藏许久。
梅尔维尔①是一株海中冷杉，从他的枝头
长出了船底的曲线、木质臂膀和整条船。
惠特曼②像谷粒一样不可估量，
爱伦·坡③沉迷于精确的晦暝，
德莱塞④、沃尔夫⑤
成为我们自身缺失的创伤，
刚刚去世的洛克里奇⑥沉沦在渊底，
另外还有多少人被禁锢在黑暗之中：
这个半球的曙光从他们身上燃起，
而我们自己就是他们的聚合。

---

① 赫尔曼·梅尔维尔（1819—1891），美国小说家，代表作《白鲸》《水手比利·巴德》。

② 沃尔特·惠特曼（1819—1892），美国诗人，自由诗之父，代表作《草叶集》。

③ 埃德加·爱伦·坡（1809—1849），美国作家，代表作有诗歌《乌鸦》、短篇小说《黑猫》等。

④ 西奥多·德莱塞（1871—1945），美国小说家，作品有《嘉莉妹妹》《珍妮姑娘》等。

⑤ 托马斯·沃尔夫（1900—1938），美国小说家，作品有《时间与河流》《网与石》等。

⑥ 指弗兰西斯·洛克里奇（1896—1963）和理查德·洛克里奇（1898—1982）夫妇，美国侦探小说作家。

在层出的事件和连绵的丛林之中，
勇武的士兵、鲁莽的长官有时也会胆怯，
也曾有过喜悦和哀痛，
在阡陌纵横的草原上，
多少人死于人迹未曾到达的荒野：
他们是草原这张野牛皮上的
无辜受害者，刚刚涌现的预言家。

从法兰西，从冲绳岛，从莱特珊瑚礁
（诺曼·梅勒[①]对此做了记述），
从呼啸的长风，汹涌的波涛中，
几乎所有的年轻人回到了家乡。
几乎所有的……污泥混着汗水的经历，
记忆犹新，依然保有苦涩的味道：
他们还没有听够礁石唱出的赞歌，
也许还未曾触摸过光艳、芬芳的花环，
就死在了那些海岛：
鲜血和粪便，
污垢和老鼠，曾经跟他们朝夕相伴，
疲惫而破碎了的心脏在勉强地搏动。
然而，他们回来了，
　　　　　　　　你们接待了他们，
在无边土地的广阔空间里，
而他们（回归者们）却将自己幽闭，
就像是有着无数无名花瓣的花冠，

① 诺曼·梅勒（1923—2007），美国小说家、记者，代表作《裸者和死者》《刽子手之歌》。

为了重生和忘却。

2

但是，除此之外，他们还在家里
发现了一位客人：
或者是他们的眼光变了（或者从前都是瞎子），
或者是带刺的树枝划开了他们的眼睑，
或者是亚美利加的土地上出现了新的情况。
那些曾经同你一起战斗过的黑人，
顽强而微笑着的人们，你们看：
　　　　　　　　　　他们的家门前
竖起了燃烧着的十字架，
有人吊死、烧死你的骨肉兄弟：
人们曾经要他们去打仗，可是如今
却剥夺了他们讲话和表决的权利；
蒙面的刽子手们在夜幕下聚会，
手中还挥举着十字架和皮鞭。
　　　　　　　　　　（这是在海外
征战时听说的另一件事。）
　　　　　　　　　　意外的客人
就像一条肢体残损的老章鱼，
身躯庞大，环绕四周，
小战士啊，你的旧居被强占了；
报纸上渗滴着昔日在柏林焙制的毒液。

报刊（《时代》《新闻周刊》，[①]等等）也都变成了
耸人听闻的告密读物：
曾经向纳粹谄媚讨宠的赫斯特[②]
如今又露出了微笑并且削尖了魔爪，
要让你们再一次开赴礁岛或荒原
去为这位霸占了你的家园的客人征战。
他们不给你喘息的时间：
他们要继续倾销钢铁和子弹，
他们生产和抢售新的炸药，赶在
更新的炸药研制成功，而这批被别人掌握之前。
窃据了你的家园的主人
现如今到处插足伸手，
他们喜欢黑色的西班牙[③]并为你端上
一杯血酒（杀一人够百杯）：马歇尔鸡尾酒[④]。
你们要挑选年轻血液：
中国农民，
西班牙囚犯，
盛产蔗糖的古巴的血和汗，
智利铜矿和煤矿中
女工的眼泪，
然后用力搅拌，
就像挥舞警棍一样，
别忘记加上冰块，

---

① 原诗中为英文。

② 威廉·兰道夫·赫斯特（1863—1951），美国商人、报纸出版商、政治家。

③ 指弗朗西斯科·佛朗哥（1892—1975）统治下的西班牙。

④ 原诗中为英文。指第二次世界大战后的美国国务卿马歇尔（1880—1959）的援助欧洲复兴计划，即“马歇尔计划”。

还有我们来捍卫基督文化的歌声。
这种混合饮料苦吗？
小战士啊，你很快就会喝得很习惯。
在世界上的任何角落，或月光下，
或旭日前，在豪华酒店里，
你只管要这饮料，提神败火，
用以付账的当然是
印有华盛顿头像的大面额美元。
你还发现：查理·卓别林，这位世界上
最后的柔情之父，不得不逃匿，
作家（霍华德·法斯特[①] 等）、
学者和艺术家们，
在你的国家，
都得坐在被告席上为非美思想接受
发了战争财的商人组成的法庭审讯。
恐怖蔓延到世界上最为偏远的角落。
我的姑妈惊讶地读到了这类消息，
地球上所有的眼睛都注视着
这无耻的、充满报复心的法庭。
这是嗜血成性的巴比特[②] 们、
是奴隶主们、是杀害林肯的凶手们的法庭，
是新兴的宗教裁判所，
但不是为了十字架（那也是残忍而无以言表的），
而是为了那没有审判权的，

① 霍华德·法斯特（1914—2003），美国小说家，1943 年加入美国共产党，曾遭众议院非美国人活动委员会迫害，1957 年脱离共产党。

② 美国作家辛克莱·刘易斯（1885—1951）的小说《巴比特》中的大资产阶级人物。

在妓院和银行的台面上
丁零作响的金币。

莫里尼戈、特鲁希略、冈萨雷斯·魏地拉、
索摩查、杜特拉齐聚波哥大欢呼雀跃。
美国的年轻人啊，你不了解他们：
这是我们蓝天下一群阴森的吸血鬼，
牢狱、
酷刑、死亡、仇恨
是他们的翅膀投下的灾难的影子：
南方那富含石油和硝石的地方
孕育出了妖魔。
在智利，在洛塔，
刽子手的号令夜里传到了
矿工们简陋、阴湿的小屋。孩子们
啼哭着从睡梦中惊醒。
成千上万这样的人
被关进了监狱，他们想。
在巴拉圭，
浓密的林荫掩蔽着
遇害的爱国者的尸骨，
一声枪响
从磷光闪烁的夏夜里传出。
真理
就在那里死亡。

范登堡[1]先生、
阿穆尔[2]先生、马歇尔先生、赫斯特先生，
为什么不去干涉圣多明各以保卫西方？
在尼加拉瓜，总统先生为什么
会在夜里惊恐地醒来，
不得不仓皇出逃并最后客死流亡地？
(那里有香蕉要保卫，而不是自由，
索摩查足以应付。)
这些伟大的
战无不胜的思想
现如今正在希腊和中国实践，
以辅佐那脏地毯似的污迹斑斑的政府。
唉，小战士啊！

3

亚美利加，你疆域以外的地方，
我也去过、住过、飞过、游历过，
我天天歌唱，同人交谈。
在亚洲、在苏联、在乌拉尔山，我曾经逗留
并让浸透孤寂和松脂的心灵得以舒展。

我热爱大地上

---

① 阿瑟·范登堡（1884—1951），美国共和党参议员，第二次世界大战以后积极支持杜鲁门主义、马歇尔计划和北大西洋公约组织。

② 阿穆尔（1894—1951），美国出版商、保守党参议员，代表美国参加了联合国成立大会。

人类通过爱和奋斗创造的一切。
古老的松林夜色
和那如同高大石柱般的宁静
仍然笼罩着我在乌拉尔的居所。
在这里，小麦和钢铁
从人们的双手和胸膛产出。
铁锤的敲击让古老的树林欢腾，
使之焕发出新的葱茏。
从这里，我看到了属于人民的广阔天地，
孩子和妇女的乐园，爱情，
工厂和歌声，学校
都如同紫罗兰发出耀眼的光辉，
而这些地方昨天还是野狐栖居的原始森林。
从这里开始，我的手能够包揽
地图上所有碧绿的草原，
千百座工厂的烟柱，
纺织厂飘溢出来的芳香，
能量被制服的奇迹。
我在下午
顺着刚刚开辟的新路走回家，
厨房里，
滚沸的锅中煮着圆白菜，
一股新的清泉向世界涌去。

这里的青年也返回了家园，
不过，却有千百万人留在了他乡，
有的被悬吊在绞刑架上，
有的在特制炉里化成灰烬，

他们被毁灭，
只在人们的记忆中留下了名字。
他们的村庄也遭到毁坏，
整个苏维埃的土地都曾被蹂躏：
数不清的玻璃和骨殖混杂在一起，
奶牛和工厂，甚至连春天
也被战争吞噬而不见踪迹。
然而，青年人还是回来了，
对建成的祖国的爱
和那么多的鲜血在他们身上融为一体，
他们用血管呼唤祖国，
他们用热血歌颂苏维埃联盟。
为了城市
牲畜和春天的复活，
普鲁士和柏林的征服者们回来时
立下了高亢的誓言。
沃尔特·惠特曼，昂起你那草似的胡须，
跟我一起从这森林、
从这辽阔的馥郁中眺望吧。
沃尔特·惠特曼，你在那边看到了什么？
我深沉的兄弟告诉我：
在光辉的斯大林格勒[1]，
在纯洁的首府，
在死者记怀的城市，
我看到了工厂如何运作。
我看到了一台拖拉机轰鸣着

---

① 即今伏尔加格勒。

顶着晨露冲出战斗的田野,
冲出苦难和熊熊烈焰,
驶向那漫漫平川。
沃尔特·惠特曼,请把你的声音
你埋藏在地下的胸膛的力量
你脸上庄严的胡须给我,
让我为这重建家园的壮举高歌!
我们一起来赞颂从所有的悲痛中
升起的,赞颂从巨大的沉寂中
从庄严的胜利中
涌现出来的一切:
　　　　　　　　斯大林格勒啊,
发出你钢铁般的吼声吧,让希望
像集体的大厦一层一层地复苏,
于是就又有了涌动的震波
在教育
在歌唱
在建设。
斯大林格勒从血泊中崛起,
恰似流水、石子和钢铁的交响乐,
面包重又在面包房里复活,
春天重又回到了学校,
让新的脚手架、新的树木不断拔高,而
古老坚强的伏尔加翻滚波涛。
　　　　　　　　　　　　　　装在
新的松木、杉木盒子里的图书,
就堆放在
已经死去的刽子手们的坟上;

在废墟上建造起来的剧院
遮蔽了苦难和抗争；
书像纪念碑一般光辉，
每一本都记录着一位英雄，
每一本都包含着一毫米死亡，
每一本都代表着万古荣耀的一个瓣片。
苏维埃联盟，如果我们收集
你在斗争中流洒的全部鲜血，
你为使垂危的自由获得生机
而像母亲一样给予世界的鲜血，
我们就会有一片新的海洋，
无比宽阔的海洋，
无比深邃的海洋，
像所有的江河一样欢腾，
像阿劳卡尼亚的火山熔岩一般活跃。
世界各地的人们，
把你的手汇入那片海洋，
然后再举起来，
将那忘记了过去，将那为非作歹，
将那说谎行骗，将那行为不端，
将那为了投靠西方垃圾场的百来条小狗而
玷污了你的鲜血——自由的母亲——的家伙
浸入海水中淹死！

我呼吸着乌拉尔松林的清香，
凝视着
在俄罗斯心脏诞生的图书馆，
凝视着鸦雀无声地工作着的实验室，

凝视着给新的城市
送去木材和歌声的列车，
这充溢着香脂气味的平和犹如新的胸膛，
孕育出了脉搏的涌动：
姑娘和鸽子重回草原，
炫耀着自己的纯洁；
橘林披起了金装；
市场上，现如今
每天清晨
都会飘散出一种新的芳香，
那新的芳香来自高地，
来自苦难最为深重的地方；
工程师们用自己的数字
使平川的面貌发生了震颤，
蜿蜒的管道犹如长蛇
在那雾气蒸腾的初冬的大地上盘旋。

古老的克里姆林宫里有三个房间，
里面住着一位名叫约瑟夫·斯大林的人。
他房间里的灯光迟迟不灭，
世界和他的祖国不容许他休息。
其他的英雄们缔造了一个祖国，
而他，不仅参与了祖国的孕育，
还要建设，
还要守卫。
于是，那辽阔的祖国也就成了他的一部分，
他不能休息，因为祖国并不休息。
从前，冰雪和火药

使他面对老一代的匪徒，
这些人妄想（如今又来了）恢复
皮鞭[①]，并让奴隶们再陷水深火热之中，
让千百万穷人重温业已淡忘了的痛楚。
他曾经同弗兰格尔[②]和邓尼金[③]等
西方派来“捍卫文化”的家伙们作战。
那些刽子手们的卫士被打得丢盔卸甲，
在苏维埃社会主义联盟的广阔国土上，
斯大林夜以继日地操劳。
可是后来，被张伯伦[④]喂肥了的德国人
又混在枪林弹雨中前来进犯。
斯大林在整个漫长的边境线上
展开了全面的堵截和全面的进攻，
直至他的子弟们像人民的旋风飞抵柏林城
并带去了俄罗斯宽厚的和平。

莫洛托夫和伏罗希洛夫
就在那里，我看见了他们，
还有其他的高级将领，
不屈不挠的斗士。
坚定如雪中的橡树。
他们之中，谁都没有宫殿。
他们之中，谁都没有成群的农奴。

---

① 原诗中为西班牙语中的俄语外来词 knut，是沙皇时代的刑具。
② 彼得·弗兰格尔（1878—1928），俄国内战最后阶段的白军将领。
③ 安东·邓尼金（1872—1947），俄国将军，1918 年出任南俄白军司令。
④ 内维尔·张伯伦（1869—1940），英国首相，1938 年同希特勒签订了《慕尼黑协定》，为纳粹侵犯欧洲开了方便之门。

他们之中，谁都没有在战争中
靠出卖鲜血而变成富翁。
他们之中，谁都没有像火鸡一样
到里约热内卢或波哥大
让沾满血腥的小贪官们实施暴政。
他们之中，谁都没有两百套衣服。
他们之中，谁都不是军火工厂的股东。
但是，他们全都
参与了
欢乐的创造和
广袤国家的建设，
从死亡的暗夜中升起的曙光照耀其上。
他们向全世界发出“同志”的呼唤。
他们让木匠成了国家的主宰。
骆驼无法穿过针眼[①]。
他们清扫了村庄。
他们分配了土地。
他们使农奴有了尊严。
他们让人们不必再乞讨。
他们消灭了暴君。
他们给漫漫的黑夜注入了光明。

所以，你，阿肯色的姑娘，或者
你，西点[②]的金发青年，或者
你，底特律的机械师，或者

---

① 典出《圣经》，意为“绝不可能”。
② 美国纽约州的城市，以其军校著称于世。

你，老奥尔良的搬运工，
我要告诉你们所有的人：请你们站稳脚跟，
请你们对广阔的人间仔细倾听，
此刻对你们讲话的
不是国务院的翩翩绅士，
也不是残暴成性的钢铁大王们，
而是美洲南端的一位诗人，
巴塔哥尼亚一位铁路工人的儿子，
像安第斯山的空气一样的美洲居民，
如今无家可归的流亡者，
因为他的祖国到处都是监牢、酷刑和磨难，
而铜矿和石油却逐渐变成黄金
流进异邦君主的口袋。
　　　　　　　　　　你不是
一手攥着黄金
一手握着炸弹的偶像。
　　　　　　　　　　你是
现在的我，过去的我，
我们应该捍卫的事业，
纯净无比的美洲兄弟般的地底，
乡间小路和城市街道上的普通老百姓。
我的兄弟胡安卖鞋，
就像你的兄弟约翰；
我的妹妹胡安娜削土豆皮，
就像你的表妹简；
而我的血管里流着矿工和水手的血，

就像你一样，彼得。①
你和我，我们一起去打开大门，
让乌拉尔的风
透过那浓黑的帘幔，
你和我，咱们一起去告诉那狂徒：
“我亲爱的朋友②，你只能就此止步”，
这边的土地属于我们，
让这里听不到
机关枪的呼啸，只听到的是
歌曲，又一支歌曲，又一支歌曲。

4

然而，北美啊，如果你装备起军队，
妄图夷平那纯净的边界，
让芝加哥的屠夫
去掌管我们深爱着的
音乐和秩序，
　　我们将从岩缝和空中冲出
咬你，
　　我们将从最后一个窗口跳出
朝你猛烈射击，
　　我们将从最深的浪涛里跃出
用荆棘刺向你，

---

①“胡安”“胡安娜”和“约翰”“简”“彼得”，分别为西班牙语和英语国家中常见的名字。

②原诗中为英文。

我们将从田垄间蹿出
让每一粒种子都像哥伦比亚的拳头出击，

我们将断绝你的面包和水，
我们将把你推入地狱烧死。

所以，当兵的，你千万不要
涉足美丽的法兰西的土地，
因为我们会用那里的青葡萄酿成醋，
我们会让穷人家的姑娘们
带你去看德国人那血迹尚未干涸的地方。
你千万不要去攀登西班牙的秃岭荒山，
因为那里的每一块石头都会化作烈焰，
那里的勇士们将同你奋战一千年：
你千万不要在橄榄树林里迷失方向，
因为你将永远也回不了俄克拉何马的家园，
可是，你也千万不要去希腊，
因为就连今天你残杀的人们的鲜血
也会拔地而起将你阻拦。
所以，你们千万不要到托科皮亚去钓鱼，
因为剑鱼将会识破你们的掠夺意图，
而来自阿劳卡尼亚的黝黑矿工
将会挖出那埋在地下
等待着新的入侵者的无情古箭。
你们千万不要相信哼着比达利塔的高乔人，
也不要相信冷库里的工人，
他们将无处不在，瞪着眼睛、攥着拳头，
到时候，他们会像委内瑞拉人民一样，

手里拿着汽油瓶和吉他恭候你们的光临。
你也千万不要，千万不要走进尼加拉瓜，
桑迪诺正睡在森林中等待着那一天，
他的枪上布满青藤和雨水，
他的脸上也已经没有了眼睑，
但是，你们杀害他时留下的创伤依然鲜活，
就像是波多黎各
那期待着刀光闪烁的双手。
　　　　　　　　　世界将会对你们毫不留情，
不仅仅是那断绝人迹的海岛，
还有那听惯亲切话语的长风。

你千万不要到上秘鲁去搜寻炮灰：
我们善良的嫡亲祖先
在笼罩着纪念碑的零散雾霭之中
磨利紫晶的剑等着对付你，
而在山谷里回荡的低沉螺号
会召来武士和阿马鲁善使弹弓的儿孙。
你也千万不要到墨西哥的崇山峻岭
征募同黎明的曙光战斗的人：
萨帕塔的枪械并没有收藏入库，
而是擦得锃亮瞄准得克萨斯的土地[①]。
你千万不要去古巴，因为
在波光粼粼、汁液滴溅的甘蔗海里
会有黑暗的目光、一致的吼声等着你，
直至置你于死地或者自己死去。

---

① 得克萨斯原为墨西哥领土，1836 年独立，1845 年被美国吞并。

　　　　　　　　　　　　　　你千万
不要进入喧腾的意大利的游击区，
不要离开你在罗马的
身穿夹克衫[①]的士兵队列，不要离开圣彼得[②]：
此地之外的乡野圣徒们
捕鱼为生的海上圣徒们
热爱着伟大的草原国家，
世界曾经在那里重新繁荣。
　　　　　　　　　　　你千万
不要接近保加利亚的桥梁，
罗马尼亚的江河不会放你通过；
我们还要把沸腾的鲜血注入其中，
准备烫死侵略者；你千万不要搭讪
至今仍然认得封建领主的坟茔
持枪扶犁、心怀戒备的农夫，看都别看，
他会像星星一样把你烧成灰烬。
　　　　　　　　　　　　　　你千万
不要在中国登陆：卖国贼蒋介石
及其腐败的官僚王朝已经不复存在，
等待你们的将是
农民的镰刀林海和炸药堆成的火山。

在过去的战争中用过灌满水的壕沟，
后来又有了层层叠叠带刺带钩的铁丝网，
可是，如今沟更宽、水更深，

① 原诗中为 jacquet，是西语音译的英文单词 jacket。
② 罗马的一座教堂。

而这网更是比所有的金属都坚不可摧：
这是人类金属一个又一个的原子，
是生命和生命扭结而成的千结万结，
是人民亘古的苦难，
属于所有偏远的山谷和王国，
属于所有的旗帜和船只，
属于所有可以寄身的洞穴，
属于所有顶着风暴撒开的渔网，
属于所有土地上的沟沟坎坎，
属于所有灼热的锅炉里的地狱，
属于所有纺织厂和铸造厂，
属于所有零散或集群的火车头。
这网足以将世界缠绕一千圈：
看起来像是毫无关联，没有根基，
突然间却能够如磁石紧密衔接，
直到布满整个地球。
不过，在那更为遥远的地方，
北极苔原和西伯利亚松林的男男女女，
曾经战胜过死神的伏尔加河畔的勇士，
斯大林格勒的孩子，乌克兰的壮汉，
用石头和鲜血，歌声和钢铁，胆识和希望
筑起了一堵宽厚的高墙，
他们精神抖擞、矢志不移，
像钢铁一样坚强，微笑着
或歌唱或战斗，
等待着你们。
如果你们胆敢触碰那堵高墙，
必将像工厂里的煤炭一样燃烧着跌倒，

罗切斯特城的张张笑脸就会化作浓烟，
随后被草原的风吹散
被皑皑白雪永远埋葬。
所有曾经战斗过的人们，
从彼得[1]到震惊世界的后世英雄，
都会把自己的勋章铸成小小的无情子弹，
从这如今已成乐土的无垠土地
不停地呼啸着飞射出去。
而那被释放出来的原子，
也将冲出爬满常青藤的实验室，
飞向你们那傲慢的城市。

5

愿这种事情不要发生。
愿那劈木工醒来。
愿亚伯拉罕带着他的斧头
带着他的木钵
来和农民一起进餐。
愿他那树皮似的脑袋，
愿他那赫然于木板上，
于圣栎皮纹上的眼睛
重新抬起，在比红杉还要高的
树冠上面
瞭望世界。

① 指俄国沙皇彼得大帝（1672—1725）。

愿他到药店采购，
愿他乘公共汽车去坦帕，
愿他啃一口金黄的苹果，
愿他走进电影院，
愿他去跟所有的普通百姓交谈。

愿那劈木工醒来。

愿亚伯拉罕到来，
愿他的古老酵母
使伊利诺斯金黄和碧绿的土地勃发，
愿他在家乡举起斧头
砍向新的奴隶主，
砍向抽打奴隶的皮鞭，
砍向印刷物的毒汁，
砍向他们竭力兜售的
血腥商品。
愿白人青年、黑人青年
唱着歌、带着笑挺进，
向黄金的壁垒，
向煽动仇恨的人，
向贩卖他们鲜血的商贩冲击，
唱着歌、带着笑走向胜利。

愿那劈木工醒来。

6

和平应该属于即将到来的黎明，
和平应该属于桥梁，和平应该属于葡萄酒，
和平应该属于追寻着我
并汇集古老歌谣、土地和爱情
在我的血管里升腾的诗句，
和平应该属于面包烤熟时分
刚刚破晓的城市，
和平应该属于万物之源的密西西比河，
和平应该属于我兄弟的衬衣，
和平应该是清风的印记一般的书本，
和平应该属于基辅的伟大农庄，
和平应该属于这些死者
及另外一些死者的骨灰，
和平应该属于布鲁克林的黑色钢铁[1]，
和平应该属于每天每日走街串户的邮递员，
和平应该属于用喇叭
冲着青藤吼叫的舞剧编导，
和平应该属于
我这只愿意书写罗莎里奥[2]的右手，
和平应该属于那像锡锭一般
神秘的玻利维亚人，
和平应该属于你的婚礼，
和平应该属于比奥比奥河畔的锯木场，

---

① 指纽约市布鲁克林钢索桥。

② 原意为“玫瑰经”，这里指诗人的第三位妻子玛蒂尔德·乌鲁蒂亚。

和平应该属于西班牙游击战士的
破碎的心，
和平应该属于怀俄明州小小的博物馆，
其中最好的展品，
是一个绣有一颗心脏的枕头，
和平应该属于面包师及其爱人，
　　和平应该属于面粉，
　　和平应该属于所有应该破土而出的麦苗，
　　和平应该属于所有寻找荫庇的爱情，
　　和平应该属于所有活着的人，
　　和平应该属于所有的土地和江河湖海。

现在我要说一声再见，
我要重返魂系梦牵的家园，
我要回到巴塔哥尼亚，
那里的山风摇撼着畜栏，
浮冰点缀着海面。
我只不过是个诗人，爱着你们每一个人，
我在这深爱着的世界上漂泊流浪，
在我的祖国，矿工们被监禁，
军人任意对法官发号施令。
但是，我深深眷恋着
我那寒冷的小小国家。
如果必须死一千次，
我只愿意死在那里；
如果必须生一千次，
我只愿意生在那里：
依傍着野性的南美杉，

沐浴着南极吹来的风，
倾听着刚刚购置的钟的鸣响。
但愿没有人会把我思念。
让我们用爱敲击桌子，
一起来关心整个世界。
我不希望鲜血
再来浸染面包、赤豆、音乐，
我只愿
矿工、女孩、律师、水手、
生产玩具的厂商
全都跟我走，
我们先去看电影，
然后再痛饮最红的葡萄酒。

我不是为解决问题而来的。

我来到这里只是为了歌唱，
为了让你们跟我一起歌唱。

逃亡者

逃亡者

(1948)

1

在深夜，在整个生活中，
从眼泪到纸张，不断更换衣装，
我在这些阴霾密布的日子里行走。
我是警察追捕的逃犯：
在那清冷时分，
在孤独的繁星下，
我穿过城镇、树林、
农庄、港口，
走进一户又一户的家门，
握过一个一个又一个人的手。
黑夜充满险阻，可是人
却表现出兄弟般的情谊，
我在黑暗中盲目闯荡，
走到一个门口，里面透出灯光，
那是属于我的星星，
在那里，我得到森林中的豺狼
尚未吞食的面包。

有一次，夜里
我去到乡下的一户人家，
在此之前，我没见过那儿的人，
也没有想到会有那种地方。
对他们的所作所为，对他们的作息时间，

我都一无所知。

我走了进去，那是一个五口之家：

就好像是碰上了着火的夜晚，

他们都已从床上起身：

　　　　　　　　　　我握住

一只又一只手，看见一张又一张面孔，

他们什么话都没说：那是

从前我在城市大街上没有见过的门户，

那是从未见过我的相貌的眼睛，

在夜深时分，

我刚被接纳，就疲惫地躺下，

在祖国沉闷的气氛中入睡。

困意渐渐地袭来，

夜色仍在继续，

大地上回声无数，

掺杂着嘶哑的狗吠和丝线般的寂静，

我心想："这是什么地方，他们

都是什么人？今天为什么要收留我？

直到今天之前，他们从未见过我，

为什么要为我敞开大门并守护我的诗歌？"

没有人回答这些问题，

只有剥落了叶片的夜晚的轻微声响，

只有蟋蟀正在编织着的织物：

整个夜晚在枝头

似乎没有发出一丝抖动。

夜晚的大地啊，你把自己的嘴唇

凑到了我的窗前，

以期让我沉入酣梦，
就好像是跌落到
一个又一个季节、一个又一个鸟巢，
一根又一根树枝的万千叶片之上，
直到突然入睡，
犹如被你的须根包裹着的死者。

2

那是葡萄成熟的金秋。
果实累累的葡萄藤微微颤抖。
白葡萄串羞羞答答，
为自己甘甜的指尖染上白霜，
而黑葡萄
则让自己那充溢着神秘圆润之河的
小小乳房鼓鼓膨胀。
那家的主人
是一位脸庞瘦削的工匠，
他为我朗读
大地黄昏苍白的书页。
他的专长在于熟知果实，
主干和将枝冠赤裸的身形
修剪成完美的酒杯的技术。
他同牲畜聒聒絮语，
就好像是对待一些巨大的孩子，
家养的五只猫和几只狗
时刻紧随其后，

有的弓着腰动作迟缓，
有的在冷漠的桃树下
发疯似的撒欢奔跑。
他熟悉树上的
每根枝条，每个节疤，
他一边抚摩着马匹，
一边用苍劲的嗓音给予指教。

3

于是，我又一次走进黑夜。
当安第斯的夜幕笼罩城市的时候，
流溢的黑夜使玫瑰
开放在我的衣襟上。
　　　　　　　　那是南方的冬天。
白雪已经爬上
它高高的墩座，寒冷
以其千百根冰针灼烧。

马波乔河变成了黑雪。
而我，徜徉于被暴君玷污了的城市
一条条悄无声息的街巷之间。
啊！我就好像是那寂静本身，
凝望着多少爱
正通过我的眼睛倾注我的心田。
因为这一条又一条街巷
以及雪夜的门楣，还有

生命在深夜的孤独，还有我的黑暗的人民
沉没在埋藏死者的边远地区，
这一切，那闪烁着一缕微弱假光的
最后一个窗口，
那一幢幢房舍中
拥挤在一起的黑珊瑚，
那威力从未稍减的故乡的风，
这一切全都属于我，
这一切全都悄然地
将满是爱与亲吻的嘴唇献与我。

4

一对青年男女为我打开了
我从前未曾见过的房门。
　　　　　　　　　　她是个
像六月一样美好的姑娘，
而他是工程师，颇具眼光。
从那一刻起，我同他们一起分享
面包和甜酒，
　　　　　逐渐地
了解了他们不为人知的内心。
他们告诉我：“我们已经分手，
我们的分歧永远都不可能消除，
今天我们重聚只是为了接待你，
今天我们一起在这儿等待你。”
在那里，在小小的房间里，

我们集合并筑成
一座无声的堡垒。
直到入睡，我都没再开口。
当时我恰好身在城市的掌心，
几乎听得清卖国贼的脚步
就在我住的房间外面移动，
我听见了狱卒们的恶言，
他们强盗般的狂笑，
他们醉汉般的呓语
混杂在射到我的祖国腰间的枪弹声中。
奥尔赫、波夫莱特之流的饱嗝
几乎蹭到了我沉默的皮肤，
他们拖沓的脚步
几乎触及我的心灵及其烈焰：
他们让我的亲人遭受磨难，
我却保护着自己剑锋般的健康。
在这夜深人静的时刻，我再说一次，
再见，伊雷内，再见，安德烈斯，
再见，新朋友，再见，脚手架、星星，
再见，也许还有我的窗户对面
仿佛被线状的幽灵占据着的
尚未竣工的房屋。
再见，每天下午我的眼睛
依稀望到的山峰，
再见，每天傍晚开始闪烁的
绿色霓虹灯。

5

又一次，还是夜晚，我走得更远。
越过整条滨海山脉
那通向太平洋的宽阔地段，
然后抵达道路曲折
大街连着小巷的瓦尔帕莱索。
我走进一个海员的家。
主人的母亲正在等着我。
“直到昨天我才知道您，”她对我说，
“是儿子告诉我的，聂鲁达这个名字
让我震惊，让我好像打了个冷战。
于是我对他说：孩子，
咱们能够给他提供什么啊？”
“他是属于咱们穷人的，”他说，
“他不会笑话和嫌弃
咱们的苦日子，
他会对此十分看重并竭力维护。”
我就说道：“那好，
从今以后，这里就是他的家。”
那个家庭里没人认识我。
我扫视一眼，那干净的桌布，那装水的罐子，
就像那些人一样，
好似装上了水晶的翅膀
从夜的深处涌现到我的面前。
我走至窗边：瓦尔帕莱索
张开千万双哆哆嗦嗦的眼睑，
从海上吹来的夜风灌进我的嘴巴，

山冈上闪烁着灯光，
海面上抖颤着月影，
夜幕犹如
装点着绿色钻石的王国，
这生活
给了我一个全新的喘息。
　　　　　　　　　　我看见：
桌子已经摆好，
面包、餐巾、酒和水，
一阵土地和温柔的清馨
使我这战士的眼睛潮润。

就在瓦尔帕莱索的那个窗边，
我度过了许多白天和夜晚。
我这个新家里的海员们，
每天都出去寻找
可以出海的船。
　　　　　　他们
一次又一次被人欺骗。
　　　　　　　　　阿托梅纳号
不要他们，
　　　　苏丹娜号
也是如此。他们解释说：
他们给过钱，送过礼，
找过一个又一个官员。可是别人
钱更多，礼更重。
　　　　　　　全都腐败透顶，
就跟圣地亚哥的宫廷一样。

在这儿，工头、书记的
钱袋全都张着口，
虽然不如总统的口袋大，
但也在啃着穷人的骨头。
悲惨的共和国
就好像被强盗鞭打的狗，
在警察的蹂躏下，
在路上孤独地号叫。
悲惨的国家被冈萨雷斯控制着，
被赌棍们掷给了
告密者呕吐出来的秽物，
被拿到破烂的街角拍卖
最终被人分解。
悲惨的共和国，掌握在
出卖自己亲生女儿，
将伤残、缄默和捆住手脚的祖国
拱手出让之人的手中。
两位海员回来又出去，
只能用自己的肩膀
搬运麻包、香蕉、食物，
心中却思念着带咸味的波涛，
大海的面包，清澈的天空。
在我孤独的白天，
大海退得很远很远：
于是我眺望山冈上的生命火焰，
每一座悬在半空的房屋，
瓦尔帕莱索的脉搏：
充满活力的高高山峦，

油漆成碧绿、
朱红、粉红的房门，
残缺不全的阶梯，
长串长串的寒酸门户，
破烂不堪的棚屋，
将自己咸味的网
撒向万物的雾霭、烟尘，
绝望地
巴住崖壁的树木，
吊挂在冷漠宅第的
臂膀上的衣衫，
一艘艘船突然拉响的
嘶哑的汽笛，
盐卤、迷雾的声响，
忽而隆隆忽而潺潺的
大海的奏鸣，
这一切如同大地的新装
包裹着我的身躯，
我居住在山上的海雾之中，
居住在穷人的山顶村庄。

6

山上的窗户！瓦尔帕莱索，
你是在人民岩石般的声声呐喊中破碎的锡锭！
同我一起，从我的藏身之处眺望
布满星星点点的船舶的灰色港湾，

几乎纹丝不动的月光般的海水，
静止的铁皮货仓。
在遥远的往昔，
瓦尔帕莱索，你的海域
拥塞着傲慢的小船：
麦粒在舱里沙沙作响的五桅帆船，
贩运硝石的驳船，
从联姻的大洋
来到你的岸边，
装满你货仓的各种船舶。
日间航行的快帆船，
远道而来的商船，
迎着海上的夜风招展的旗幡，
随同你们而来的乌檀
和洁白无瑕的象牙，
还有那咖啡和别处月光下夜色的芬芳，
瓦尔帕莱索啊，它们全都涌向你隐伏危机的宁静，
将你包裹在一团香气之中。
波托西号满载着硝酸盐
摇摇晃晃地破浪前进，驶向鱼群和箭雨，
驶向蓝色的海面，驶向娇弱的鲸鱼，
驶向地球上另外一些污浊的港口。
当瓦尔帕莱索的夜幕
——世界南端的夜幕——
笼罩住船的守护女神，
那些摇摇晃晃的船首的雕像的时候，
有多少南方的夜色
洒于卷起的船帆，

点染女神那高耸的乳峰。

7

这是草原上硝石的黎明。
这肥料的星体搏动着
直到把智利装满，
就像是一艘满载白雪的航船。
今天我看到那些在太平洋沙漠般的水面上
来去无踪的船舶
留下的全部遗产。
　　　　　　　　请看看我所见到的一切，
不过是黄金的雨残留在祖国
脓疮项链般的喉头中
的一些垃圾。
在此过路的行人啊，
愿这一动不动地凝视着
瓦尔帕莱索的天空的锐利目光
能够陪伴你。

智利人，
生活在垃圾和南风中间
坚强祖国令人生畏的儿子，
破碎的玻璃，残缺不全的屋顶，
坍塌的院墙，麻风似的灰壁，
被土掩埋的门扉，泥土的地面，
勉强附着于地皮上。

瓦尔帕莱索啊，你这污秽的玫瑰，
散发着臭气的海上棺材！
请不要用你荆棘般的街道，
用你坎坷小巷的花环来伤害我，
不要让我看到
被你致命沼泽般的贫穷伤害的那些儿童！
我为你，我为我的人民，
为我的美洲祖国，
为你被人从骨架上啃去的一切而难过，
你只剩下了周围的泡沫，
就像是一尊被推倒的女神像，
不断有饿狗
在她那破碎了的美丽胸膛上撒尿。

8

瓦尔帕莱索啊，大洋的新娘，
我爱你所包容、所发射的
远远超出你无声光晕的一切。
我爱你在大海的夜晚
用以迎接水手的强劲光芒，
这时候，你就变成了柑橘花，
光艳而赤诚，如火似雾。
但愿不会有人用可疑的锤子
来击毁我的所爱，来维护你：
除了我的心灵不会有人探寻你的秘密，
除了我的声音不会有人爱惜

你那打开的串串露珠，你的道道石阶，
母亲般咸涩的大海在此亲吻你，
瓦尔帕莱索啊，大洋的爱人，
除了我的嘴唇不会有人
亲抚你那高举空中的
塞壬的冰冷冠冕。
世界上所有海岸的王后，
波涛和船舶的真正集散地，
你是我心目中的皓月，
森林中指引方向的徐风。
我爱你所有凶险的街巷，
爱你山冈上如同匕首一般的月亮，
爱你广场上
被海员披上蓝色衣装的春天。

我的港湾啊，请你明白：
我有权利
书写你的善良和邪恶，
我就像是痛苦的明灯
照亮着破碎的酒瓶。

9

我游遍了所有著名的海洋，
见识过每一个海岛的婚纱，
我是阅历最广的文人水手，
我走啊，走啊，走，

一直走到最后一朵浪花，
然而，你那锐利的海洋之爱
在我的心中留下了最最深刻的印迹。
你是大洋
层峦叠嶂的
重要的头部，
在矢车菊般的天蓝色基底，
你的四周呈现着
玩具店似的红、蓝画作。
你本可以像放在床单上的灰色熨斗，
连同你那矮小的房舍和拉托雷号战舰①一起，
装入一只水手的瓶子，
如果最为广阔的大海上的
风暴，
　　　阵阵冰雪的
绿色冲击，你震颤的土地的
磨难，潜伏地底的
恐怖，涌向你的火炬的
整个大海的波涛不曾
使你具有阴森巉岩的宏伟，
使你变成海浪中飓风般的教堂。
瓦尔帕莱索啊，我向你宣告我的爱，
待到你和我都重新获得自由之后，
我要回来分担你的困苦，
你雄踞自己那海与风的宝座，
我固守自己这潮润的哲理土地。

① 参加过第一次世界大战的智利军舰。

我们一起瞩望
自由怎样从大海和冰雪中涌出。
瓦尔帕莱索啊，你这独立于
大海南端孤寂的凄凉之中的
孤独女王，
　　　　　　我观察过
你头顶的每一块黄色岩石，
我触摸过你汹涌的脉搏，
你港口姑娘般的双手给过我
我的心曾在深夜呼唤过的拥抱，
我还记得你统治着你的王国
喷溅的蓝色火焰的光芒。
在这片沙滩上没有什么能同你相比，
你这南方的金枪鱼，水中的女王。

10

于是啊，在那黑暗
笼罩着整个智利海岸的漫长岁月，
我就这样，一夜又一夜，
挨门挨户地逃亡。
在祖国的每一个角落
都有贫寒的屋舍，都有张开的手臂
在期待着我的到达。
　　　　　　　　你曾经千遍万遍
走过未对你有过任何表示的门，
走过未经粉刷的墙壁，

走过摆着枯萎了的花的窗下。
那秘密只有我一个人知道，
只为我而搏动，
有时是在
苦难深重的产煤地区，
有时是在
靠近南极群岛的海滨口岸，
有时，请听我说，也许是在
喧嚣的街市，在
中午时分街头的乐声之中，
或者是公园旁边
谁也分辨不清的窗口，
它就在等着我，
餐桌上摆着一碗清汤
和一颗真诚的心。
所有的家门都为我敞开着，
所有的人都说："他是我的兄弟，
带他到这清贫的家里来吧。"
可是，这时候，我的祖国
却到处都是酷刑屠戮，
犹如一台苦酒压榨机。
小小的白铁匠来了，
几个姑娘的母亲，
仪态平凡的农民，
制作肥皂的人，
温柔的女作家，
像昆虫一样
钉在凄凉的办公室里的青年来了，

在他们的家门口
标有秘密的记号，
一把像宝塔一般被守护的钥匙
会突然在夜间、傍晚或白天
为我打开房门，
我不认识他们当中的任何人，
只需说一句："兄弟，你知道我是谁，
好像你早就在等待我的到来。"

11

该死的东西，你可否制伏狂风？
该死的东西，你可否对付得了
那开花、涌现、沉默、观察，
那等待着我并裁判你的一切？
该死的东西，你用背信弃义
买到了你想要的东西，
你必须时刻用金钱浇灌的东西。
该死的东西，你可以
流放、逮捕和施加酷刑，
并在被出卖者翻悔之前
匆匆付款结账，
你被买来的卡宾枪包围
几乎夜不安眠，
可是，与此同时，我这夜间的逃亡者，
却生活在祖国的怀抱中，非常安然！

你那小小的短暂胜利是多么可怜！
与此同时，阿拉贡，爱伦堡，
艾吕雅，[1]巴黎的诗人，
委内瑞拉
勇敢的作家，
还有其他许许多多的人，
都同我在一起，
而你，该死的东西，
却在埃斯卡尼利亚和奎瓦斯，
佩鲁乔内奥克斯和波夫莱特[2]的包围之中！
在我的人民攀登的阶梯上，
在我的人民隐蔽的山洞里，
在我的祖国及其鸽子的翅膀上，
我安眠、入梦并冲破你的防线。

12

对所有的人，对你们
这些在夜间悄然存在着的
在黑暗中拉起我的手的人们，
你们这些发出不熄光芒的
明灯，排排星辰，
生命的面包，秘密的兄弟，

---

①路易·阿拉贡（1897—1982），法国诗人、小说家。伊利亚·爱伦堡（1891—1967），苏联作家。保尔·艾吕雅（1895—1952），法国诗人。三人均为聂鲁达的好友。

②此处提到的四人均为智利激进党中的小角色。

对所有的人，对你们，
我要说：不说感谢的话，
没有什么能够装满
纯洁的酒杯，
没有什么能够
装下不可战胜的春天的旗帜上
你们无声尊严一般的
全部阳光。
我只是
在想：
也许我理应得到
质朴、纯洁之花，
也许我就是你们，正是，
我就是土地、面粉、歌谣，
知道自己来自何处、归于何方的
自然混合体。
我不是你无法分辨的
遥远的钟声，
深埋地下的水晶，
我只是人民，只是隐蔽的门，只是黑面包，
你在接待我的时候，
也就是接待你们自己，
接待那经受无数次拷打
又无数次再生的
嘉宾。

　　我属于所有这一切，属于所有的人，
所有那些我不认识的人，
所有那些从未听说过我名字的人，

那些生活在我们的江河沿岸、
火山脚下、铜的含硫阴影中的人，
渔夫和农民，
像玻璃一般波光粼粼的湖滨的
蓝色印第安人，
此刻正一边用苍老的双手钉着皮革
一边发出询问的鞋匠，
还有你，下意识等待过我的人，
我感激你们，我为你们歌唱。

13

美洲的黄沙，庄严的
农场，红色的山峦，
被古老的风暴
淘洗过的子女、兄弟，
让我们收集起全部活着的种子，
在它复归大地之前，
在新生的玉米
听到你的言语之前
一遍一遍地重复。
让你的言语日夜歌唱，
相互撕咬、吞噬，
在大地上传播
并突然间沉入静默，
潜入石下，
找到黑夜之门，

再一次获得新生，
扩散、表现，
就像面包，就像希望，
就像船上的风。
玉米将我的歌带给你，
这歌出自我的人民的根基，
为了生命，
为了建设，为了歌唱，
为了在暴风雨中
再一次化为更多的种子。

这是我无所适从的双手。
这双手并不显踪露影，
可是，你却透过黑夜
透过无色无形的风看到了它们。
请把你的手给我，
在我们美洲黑夜
粗糙的沙漠上，
我看到了你的手，
并拉起你的，还有你的手，
这只，那只手，
那举起来战斗
那再次被播种的手。

在无边夜色，在大地的黑暗中
我并不感到孤单。
我就是人民，无以计数的人民。
我的声音里蕴含着

穿透沉寂
在黑暗中萌发的纯洁力量。
死亡、酷刑、阴影、寒冰
突然间淹没了种子。
人民仿佛也被埋葬。
可是玉米重新破土萌发。
它那不可遏制的鲜红臂膀
冲破了沉寂。
我们从死亡中获得新生。

普尼塔基[1]的鲜花

① 智利城市，以产金和汞著称。

1

岩石谷
（1946）

今天，四月二十五日，那期待已久的雨水，
一九四六年的雨水，
降落至奥瓦耶的田野上。

在这第一个潮润的星期四，
水汽在山冈上筑起自己灰蒙蒙的炼铁厂。
就是在这个星期四，
饥肠辘辘的农民把小小的种子装进了布袋：
今天他们匆匆刨开土地，
撒下包含绿色生命的谷粒。

昨天我才缘着乌尔塔多河逆流而上：
逆流而上，穿过崎岖险峻的山谷，
利刺林立其中，因为安第斯大仙人掌
像冷酷的烛台屹立在此。

就在仙人掌的蛮刺上面，
红叶桑寄生点燃了自己血色的灯盏，
恰似猩红的袍衫、浓艳的霞斑
或是在一千根棘刺上拖过的躯体留下的血迹。

岩块是烈焰时代凝结下的口袋，
这些石质的口袋盲目滚落，

直至汇聚成这些
守卫着山谷的尊尊威严塑像。

在浓密的柳丛中间，
溪涧的涓流
传出甜美而濒死的声响，
而白杨则任由自己的纤纤黄叶徐徐飘落。

这就是小北[①]的秋天，迟到的秋天。

在这里，更常见的是阳光在葡萄串上闪烁。

透澈的阳光好似彩蝶，
久久地滞留，直到葡萄盈满浆汁
化作紫红的锦缎在谷底发出耀眼的光辉。

① 智利自然地区，介于大北方和中部之间。

2

巴勃罗兄弟

可是，今天乡亲们来看我，他们说："兄弟，
缺水啊，巴勃罗兄弟，缺水啊，没有下过雨。

河里的
一点点细流，
七天有水七天干。

我们的牛全都死在了山里。

干旱已经开始夺走孩子们的性命。
在山里，很多人家断了粮食，
巴勃罗兄弟啊，你去对部长说说。"

（是的，巴勃罗兄弟会对部长说的，可是，
他们不知道那些可耻的皮椅
会以何种眼神看着我的到来，
而后，部里的地板
会被谄媚的口水擦洗干净。）
部长将以谎话应付，还会不住地搓手，
与此同时，可怜的村民们的牲畜，
还有毛驴和狗，却要由于不断袭来的饥馑，
顺着磨损的岩石滚落谷底。

3

饥饿与愤怒

告别吧，告别你的基业，
你已得到的荫凉，透明的树枝，
神圣的土地，耕牛，
告别悭吝的水，
告别山泉以及
没有伴随雨滴而起的音乐，
干涸如岩石的曙光上的褪色衣带。

胡安·奥瓦耶，我将手伸给了你，
这是没有水的手，岩石的手，墙壁和干旱的手。
我对你说过：你要向棕褐色的绵羊，
最为冷漠的星辰，紫蚼般的月亮，
诅咒婚礼上的嘴唇那断裂的枝条，
但是切莫触犯人，
也不要击打他的血管让他流血，
不要为黄沙染色，
不要用主枝折落的树木点燃山谷。

　　胡安·奥瓦耶，你不要杀人。可是，
　　你的手却回答我说："这土地
　　要杀人，要借着夜色
　　进行报复，昔日那琥珀般的空气
　　沾染上苦难就成了有毒的空气，
　　吉他仿佛是罪恶的胯骨，
而风则化作了锐利的刀锋。"

4

他们被剥夺了土地

因为在山谷和干旱的背后，
在河流和纤纤树叶的背后，
有人觊觎着田野和庄稼，
那就是掠夺土地的强盗。

你看飒飒作响的紫色大树，
你看大树胭脂般的枝条，
隐藏在清晨时分的树影之后，
那就是掠夺土地的强盗。

你听风在胡桃树梢呼啸，
如同盐凝结在礁石上，
可是，每天映照在蓝天上的，
那就是掠夺土地的强盗。

你感觉到箭矢般的金色麦穗
在胚芽的外壳中搏动，
可是，在面包和人之间有一个假面幽灵，
那就是掠夺土地的强盗。

5

到矿场去

随后，我攀上了高耸的
盐和金的石崖，
跨入深埋地下的
金属共和国：
黑色的泥土用亲吻
将一块块岩石紧密连接
组成柔美的竖壁。

在护道两边
石块亲吻着石块，
在巨大的红葡萄粒之间
泥土亲吻着泥土，
犹如牙齿贴着牙齿形成的
大地的牙床，
这纯净材料干垒起来的墙壁
将河石连绵的亲吻
遣送到护道上的
千万张嘴唇。

我们还是从农田爬上金山吧。
在这里，你们有的只是高大燧石。

手的分量如同一只飞鸟。
一个人，一只鸟，一个由空气、

顽强、飞翔、痛苦融合而成的物质，
也许眨眼之间，就是一场战斗。

在那里，在横卧的黄金摇篮，
在普尼塔基，面对面地
遇见默不作声的
钎工、铲工，
请你过来，佩德罗，连同你皮革般的平静，
请你过来，拉米雷斯，连同
你那探查过密闭矿层的子宫的
被灼焦了的手，
你们好，
你们那印有指痕、被打上火的标记的工具
留在了石阶上，
留在了地下含金的石灰岩中，
留在了地下矿脉里。

6

普尼塔基的鲜花

在那儿，祖国一如从前那样艰苦。
黄金好似遗失的盐粒，
　　　　　　　　　　好似
染成红色的鱼，它那隐藏于暴戾泥土中的
被磨碎的细小分钟
从滴血的指甲里一点一点地显现。

在冰冷的巴旦杏般的曙光中间，
在山峦的巨齿之下，
心在钻掘黄金的洞穴，
追踪、触摸、吃苦、前进，
待到抵达重要的、更挨近地心的深度，
身上的衣服已经破烂不堪。

心被烧焦的兄弟啊，
请让我来分担你今天的辛劳，
我们再一次潜入沉睡的地层，
你的手曾在地下犹如铁钳
牢牢抓住那想要
向更深更下的方向逃逸的鲜活的黄金。
在那里，当地的女人，
山地的智利姑娘，
矿区那些矿石的女儿，
把一束鲜花，普尼塔基的鲜花，

几朵红色的天竺葵，
苦难之地的可怜花朵
放到我的手中，
那红色的水结晶而成的花朵
仿佛是从最深的矿坑中采摘而来，
仿佛是从人类被埋葬的心底回归。

我拉住她们的手，接过她们的花：
破碎的矿区泥土，
深沉花瓣和痛苦磨难的香气。
只看了一眼，我就知道
那花是从什么地方来到这孤寂难耐的黄金所在，
那洒落的生命，在我眼里，
就像是点点血滴。

在她们的清贫之中，
这花无疑是绽蕾的支柱，
柔情的寄托和渺茫的财富。

普尼塔基的鲜花啊，你是动脉，是生命，
在深夜时分，你的芬芳从我的床边升起
并引导我穿越那最深的
地下苦难巷道，
穿越陡峭的山巅、雪原
以及只有泪水才能企及的根基。

鲜花啊，高山上的鲜花，
矿与石的鲜花，

普尼塔基的鲜花，
苦难地底的女儿们：我永远忘不了你们，
你们活在我的心中，
成为永恒的纯洁象征，
不谢的石凿花环。

7

黄金

黄金曾经有过纯洁的日子。
在它的形体重新投入
等待着它的肮脏出口之前：
刚刚成形，刚刚脱离
大地庄严的身躯，
经过火的提纯，
被人的汗水和双手包裹。

从此人民告别了黄金。
那时候，他们的触碰还很质朴，
纯洁得就像祖母绿成形前的灰色璞玉。
那捡拾起未经打磨的金锭的
汗漉漉的手，
好似被无限的时光
浓缩了的泥土中的根茎，
好似土地颜色的种子，
好似蕴含奥秘的强劲土壤，
好似结葡萄的大地。

未受玷污的黄金的土地，
仁厚的材料，属于人民的
纯洁金属，无瑕的矿物，
互相接触，互相无视，处于
不可回避的岔路口上：

人将继续啃凿沙尘，
大地仍是含石的泥土，
而黄金却将借助人的鲜血浮升
直至残害并统治受了伤的人。

8

黄金的道路

请进，先生，请买下祖国和土地，
还有住宅、祝福、牡蛎，
你们所到之处一切皆可售卖。
没有宝塔不会在你们的火药下坍塌，
没有会拒绝好处的总统，
没有不能兜住自己的财宝的罗网。

由于我们像风一样“自由”，
你们可以买下风、瀑布，
在发达的纤维素中
左右邪恶的舆论，或者
收集在唯利是图的亚麻布上
贬了值的、没有意志的爱情。

黄金更换了装束，形状
变成了破布，烂纸，隐形镌版的
冰冷线条，蜷曲手指组成的带状图案。

欢喜得合不拢嘴巴的父亲
给在自己新城堡中的女儿
送去一盘子钞票，
姑娘匍匐在地，在阵阵笑声中，
如饥似渴地将之全部吞掉。
钞票使主教黄金世纪的封号增了值，

打开了法官们的家门，
铺展起壁毡地毯，
震撼了妓院的夜晚，
披头散发地迎风奔驰。

（我经历过金钱为所欲为的年代。
我见过脓疮溃烂的过程，
见过荣耀遮掩下的粪便金字塔：
脓雨般的专制暴君们
换来又换去，
个个都对自己在天平上的分量
深信不疑，
结果全都变成死神的僵挺玩偶，
被金钱冷酷而贪婪的灰烬吞噬。）

9

罢工

我去过比黄金更远的地方，领略过罢工。
在那里，维系人际关系的细线
依然存在，在那里
人们的纯真纽带仍旧鲜活。
　　　　　　　　　　　　死神折磨着他们，
黄金龇起尖利的牙齿朝他们
喷射毒汁，可是人民
却在自己的家门前垒放燧石，
形成团结的堤坝，只对
仁爱和战斗
这两股并行的水流，
　　　　　　　　　　两条
并生的须根，两个并涌的血缘浪头放行。

　　我看到了罢工，人们紧挽着手臂，
　　挑除了一切疑虑忧心，
　　在斗争的一个颤动的间歇里，
　　我第一次见到了那唯一具有活力的东西！
　　那就是人们命运的统一。
　　在只有简陋炉灶的营地厨房里，
　　从妇女的眼神中，
　　从那只要有一天空闲
　　就如同来到茫茫的蓝色大海中一样
　　无所适从的巨大手掌上，

从分享少许面包的情谊里，
从坚不可摧的聚合中，
从所有不断萌生的
磐石般的胚芽上，
从那由苦难结晶升华而成的
英勇无畏的石榴里，
我终于找到了失去的根基，
那遥远的仁爱城邦。

10

诗人

从前，我在痛苦的爱情中
为生活奔波，
从前，我目不转睛地盯着生活
为自己保留了一小片水晶。
我购买过仁慈，
我到过贪欲的市场，
我呼吸过最为无情的妒忌之水，
面具与人之间残忍的敌对。
我曾在海滨泥潭般的世界中生活过，
在那里，鲜花——百合花会突然间
像泡沫一样颤抖着将我吞噬，
而在我的双足点到之处
心都会滑向深渊的利齿。
就这样，我的诗歌诞生了，
勉强从荨麻丛中挣脱，
仿佛是对孤独的惩戒，
或是在下流无耻的花园中
摘取最隐秘的花朵，直至将其埋葬。
就这样，好似奔泻于深渠之中
暗藏的河流，我孤独地
辗转于一只只手掌，辗转于人们的孤独之中，
辗转于日常的仇恨之间。
我知道半数的生灵就是这样
躲躲藏藏地活着，犹如

最为偏远的海洋中的鱼群，
而在无边的泥潭里我遇上了死神。
破门开路的死神。
过隙穿墙的死神。

11

死神在世界上游荡

死神在发号施令，
在每一处地方每一座坟墓收取贡赋：
那带着匕首或口袋的人，
于正午时分或夜色之中，
伺机杀人，准备杀人，
要去埋葬生灵和树枝，
残害并吞噬死者的躯体。
他准备自己的罗网，揉搓，
流血，每天清晨
闻着猎场的血腥出门，
胜利归来的时候，
身上沾满死亡和被遗弃之人的残片，
于是自尽似的以隆重的葬礼
掩埋自己的足迹。

活人的居室已经死去。
垃圾，破烂屋顶，尿盆，
长满蛆虫的街巷，
人们的泪水积聚而成的洞穴。
“你该这么生活。”法令这样规定。
“你就在自己的窝里霉烂吧。”当官的说。
“你污浊。”教会有自己的理论。
“你躺到烂泥里去吧。”人们都这样呵斥。
少数几个武装起灰烬，

让其施威作福为所欲为，
与此同时，人类的花朵
却在冲撞着为禁锢人而筑起的壁垒。
坟场恢宏，石碑林立。
一切都寂静无声，
高大尖削的树木横生。
你终于来到此地，
你终于在充满苦痛的丛林里为我们保留一个空位，
你终于变得笔直
在无法逾越的四壁间。
每天都有芬芳河流般的鲜花
汇聚于死人的洪流。
生命没有触及的花朵
萎落于你留下的空穴。

12

人

我在这里找到了爱。那爱生于沙海，
长于无声，触碰坚硬的
燧石并且抵抗死神的进攻。
在这里，人是汇聚了纯净的光、
幸存之海的生命。
他进攻、歌唱、战斗，
就像金属一样协和坚定。
在这里，坟场只是
刚刚开发的土地，
朽烂的十字架，
带沙的风呼啸着
掠过倒地的枯木上空。

13

罢工

工厂悄无声息，显得异常奇特。
厂房里一片寂静，
机器和人拉开了距离，
就好像星球之间被切断的丝线，
人那一向借着劳作消磨时间的双手
变得无所事事，
空无人迹的车间里面，
既没有了繁忙景象也听不到声响。
当人离开涡轮机的巢穴，
当手臂从锅炉边移开
悄然熄灭炉膛的火，
当眼睛不再盯着机轮，
令人晕眩的光
也就停止了难以觉察的转动，
所有强大无比的威力，
机械能量的纯粹运转，
令人惊恐的能源，
全都变成一堆无用的钢铁，
在无人的厅堂里，有的只是
泛味的空气，单调的机油味道。

　　没有了那饱受折磨的碎片，
　　没有了拉米雷斯，
　　没有了破衣烂衫的人，一切全都不复存在，

那里残留的只是发动机的外壳，
堆积在死去的动力中，
就好像黑色的鲸鱼
搁浅在没有波涛的腥臭海底，
或者是高耸的大山
突然沉入星体间的空寂。

14

人民

人民高举红旗行进，
我同他们一起走在他们触碰过的石头间，
那是轰轰烈烈的日子，
我们高唱着斗争的歌。
我看见他们一步一步走向胜利。
只有反抗才是出路，
而分散开来，他们就像是星体的碎片，
没有讲话的权利也显不出光辉。
默默地团结在一起，
他们就变成火，不可摧毁的歌，
化作深沉和战斗的人
在大地上的款步进军。
他们是觉醒的尊严，
如同某种制度
反对横遭践踏的一切，
他们是生命的秩序，高举旗帜
敲开大门在大厅中央就座。

15

文字

从前是这样，将来依旧如此。
在石灰质的山脉中，
在水气缭绕的岸边，在车间里，
有一篇文章写在墙壁上，
人民，只有人民，才能看见。
它透明的文字
由汗水和沉默凝聚而成。就写在那里。
人民啊，那文字是你在征程中积蓄的，
那文字在夜里就像炽热的火团，
曙光显现时就隐去形迹。
人民啊，请你走进白昼的领地。
你要像军队一样行进，团结一心，
你要用自己的脚步踏着大地
发出整齐协调的响声。
你的道路应该是一致的，
就像在战斗中流淌的汗水，
就像遭到枪杀的人们化作路上尘埃的鲜血。

在这片光明之上将要诞生
农庄、城市、矿山，
而在这如同坚实而肥沃的土地的
团结之上，已经出现
创造性的生活，
人类新城的胚胎。

倍受欺凌的行业放出光辉，
冶金的手掌铸成祖国，
出自渔民的秩序
就像是海洋中的一根树枝，
无数的泥瓦筑起的堵堵墙壁，
学校里有着丰足的粮食，
人们热爱着工厂的厂房。
被放逐了的和平重又归来，
面包为人们共同分享，
曙光，尘世爱情的魅力，
建立在地球的四面飑风之上。

歌声的河

1

致加拉加斯的
米格尔·奥特罗·席尔瓦[1]的信

（1949）

一位游子[2]给我带来你的信，
那信用看不见的文字写在他的衣服上、眼睛里。
米格尔，你真是个乐观的人，我们都很乐观！
在一个粉饰着疮痍的世界上，
除了你和我，已经再也没有无限乐观的人了。
我看见乌鸦飞过，可是它却未能伤害我。
你望着毒蝎，擦拭干净自己的吉他。
我们生活在野兽之中，却唱着歌，
只要我们谈到某人，与我们信任之人有关的事，
此人就会像一块霉烂的点心一样崩解。
你在你的委内瑞拉的祖业上收集着
尚能拯救的一切，而我则在捍卫着
生命的炭火。
　　　　　　　　多么让人高兴啊，米格尔！
你问我在什么地方？我要告诉你
——还一边只给政府提供“有用的”材料——
我在这满是绝壁巉岩的海滨：
大海和田野毗连，波涛和松柏比肩，
雄鹰和海燕齐飞，泡沫和草原难辨。

---

① 米格尔·奥特罗·席尔瓦（1908—1985），委内瑞拉作家。

② 指古巴诗人尼古拉斯·纪廉（1902—1989）。《漫歌》1950 年初版时直书了“尼古拉斯·纪廉”的名字。

你可曾每天就近看过
海鸟如何飞翔？那可真像是
它们在将世界上所有的信件投向目的地。
鲣鸟好似乘风行驶的船舰，
其他的鸟则像箭矢般穿梭
并带来死去的君主和用绿松石的线
拴在安第斯山脚海岸的王公们的消息，
而海鸥则化作圆圆的白色斑点
并总是忘记自己携带的信函。
生活是多么蔚蓝，米格尔，只要我们
投入爱和战斗：这两个词，就是面包和美酒；
这两个词，他们还没有能够玷污，
因为我们总是带着枪、唱着歌出门。
在我们面前，米格尔，他们只能服输。
他们所能做的只是杀了你和我，即使是这样，
他们最终还是占不到便宜，于是，
只好设法在我们对面租下一间房子，
对我们盯梢，以便学会像你我一样哭和笑。
当我在书写那些从我身上
各处奔涌而出的爱情诗意[①]和为斟酌词句而
难过得要死、感到彷徨灰心的时候，
他们都对我说："你真了不起，啊，忒奥克里托斯[②]！"
我不是忒奥克里托斯：我抓住生活，
面对她，亲吻她，直至将她征服，
然后我就到矿区的小街陋巷，

① 指诗人的诗集《二十首情诗和一首绝望的歌》。
② 忒奥克里托斯（约公元前310—公元前250），古希腊诗人，牧歌的创始人。

去观察别人怎样生活。
当我离开时手上沾满垃圾和痛苦，
我举起双手，将它们展示在黄金琴弦上，
然后宣告："我不参与犯罪。"
于是，他们咳嗽，气恼，不再理我，
不再称我为忒奥克里托斯
并最终辱骂我，派出全部警察把我抓进监狱，
因为我已经不只关心形而上的事情。
不过，我却获得了欢乐。
从那时起，我就开始阅读
海鸟从遥远的地方带来的信
并一点点缓慢而自信地翻译起
那些湿漉漉的函件中的消息：
在这奇特的职业中，我细心得像个工程师。
我突然走向窗口。
那是一个透明的方框，
青草和巉岩清晰可见，就这样，
我以大海醉人的幸福心情
在波涛、岩石、胡蜂这些我深爱的事物中间工作。
但是，没人愿意让我们高兴，他们给你分配了
一个好好先生的角色："可是，不能言过真实，也别无事烦恼。"
还想把我钉在昆虫标本板上，想让我的泪水
将我淹死，好让他们在我的坟上发表演说。

记得有一天，五百人
在含硝的沙原上举行罢工。
那是塔拉帕卡的一个骄阳似火的下午。
当那些人的脸上覆满了沙尘

和惨淡、焦枯的荒漠阳光，
我看见那亘古的忧伤
犹如一只讨人厌的杯子升上我的心头。
在关键时刻，在空旷的盐碱滩上，
在斗争最为艰难的瞬间，正当我们可能被打败的时候，
一位从矿区来的面色苍白的小姑娘，
以凝聚着水晶和钢铁的声音，
朗诵了你的一首诗，你的一首在我的祖国，在美洲
所有的工人、农民那满是皱纹的眼睛中间流传的旧诗。
你的那一段诗歌突然间放出异彩，
在我的嘴里化作一朵紫红色的鲜花，
然后流入我的血管，使我的血液
重新充溢着从你的歌中迸发出来的无尽欢乐。
我不仅想到了你，还想到了你那苦难中的委内瑞拉。
几年前，我曾见到过一位踝骨上留有脚镣痕迹的学生，
那脚镣是一个将军下令给他戴上的，
他对我讲述了人们怎样戴着脚镣在路上工作，
还有人们不断失踪其中的牢房。因为，这就是我们的美洲：
一片平原加上贪婪的河川和成群的蝴蝶
（有的地方绿宝石竟像苹果一样厚重），
然而，在那漫漫的黑夜和河川的岸边
总有滴血的踝骨，从前是为了石油，
如今是为了硝石，就在皮萨瓜，那里有一个无耻暴君
埋葬了我祖国的花朵，促其死亡，以便可以出售遗骨。
你歌唱，为此而歌唱，为了被污辱和受害的美洲：
让那蝴蝶振翅飞舞并收取
那未曾沾染凝在杀人犯和商贾手上的
酷刑中流出来的鲜血的绿宝石。

我明白你在奥里诺科河边该有多么快乐，
你肯定是在唱着歌，或者是在为家人买酒，
或者是坚守自己在斗争中、在欢乐里的岗位，
肩臂宽厚，就像这个时代所有的诗人一样：
穿着明净的衣服和随时可以登程的鞋袜。
从那时候起，我一直在想什么时候给你写信，
而当那位朋友[①]来到，满身是
你的故事，从衣服上滴落，
在我家的栗树下流淌，
我心里说："现在就写。"却还是没有动笔。
然而今天非常特别：不是一只，
而是千万只海鸟从我的窗前飞过，
我收集起那无人展阅
将被海鸟带到天边抛撒的书信。
于是，在每一封信中我都读到了你的话语，
那话语如同出自我的笔，我的梦，我的歌，
所以我才决定把这封信投寄给你，
就此搁笔，我要从窗口欣赏这属于我们的世界。

① 即开头的"游子"，初版时写作"纪廉"。

2

致拉斐尔·阿尔维蒂

（西班牙，圣玛丽亚港）

拉斐尔，就在去西班牙之前，
我在路上还是见到了你的诗，文字的玫瑰、剖开的葡萄，
至今，对我来说，那诗不只是回忆，
而是溢香的光芒，一个世界的气息。

你给你因为暴行而干枯的土地
带去时光早已忘却的露珠，
西班牙因为有你在其怀抱之中而苏醒，
又佩戴起黎明的珠冠。

你也许还记得我当时带去的行装：
被无情的酸液蚀碎的梦境，
在流亡的水域，在痛苦的树根犹如
森林中被烧焦的树干一样裸露之处的
孤寂中滞留的回忆。
我怎么能够忘记，拉斐尔，那一段时光？①

我去了你的国家，
就像是降落在了一个石头的月亮之上，
到处都是荒野的鹰，干枯的刺，

---

① 此节指诗人在诗集《大地上的居所》第一卷和第二卷中描绘的混乱和破坏景象。1929 年诗人曾将这两卷诗寄给阿尔维蒂，托他设法在西班牙出版，未果。

可是，你的声音，水手[1]啊，却在那里
等待着给我以欢迎和
紫罗兰的芬芳，大海的果实的甜蜜。

你的诗就摆在桌子上，毫无遮掩。

南方的松林、葡萄的种族
将自己的汁液给予你凝结的钻石，
一旦接触到那么秀美的明净，
我带到世界上来的诸多阴影顿时化解。

光里的建筑，好似花瓣，
散发着醉人的芳香，透过你的诗句，
我看到了往昔的流水，亘古的积雪，
我对西班牙的了解更多得归功于你。
通过你的手指，我触摸到蜂房和旷野，
我看到被大洋似的人民
磨损的海岸，和诗歌借以
撞碎自己全部蓝宝石衣装的石阶。

你知道，只有亲兄弟才会真心施教。
那时候，你不只是教给了我一切，
不只是教给我血脉中熄灭的荣耀，
而且还教给我你正直做人的品德，
所以，当西班牙再一次流血的时候，
我毅然地捍卫人民的事业，也就是我的事业。

---

① 阿尔维蒂的成名作是《陆地上的水手》，故有此称谓。

这些事情，你都清楚，而且也是人所共知。
我只是愿意同你在一起，
如今，你已经活过半生
失去了你的土地，你比草木更有权力拥有它，
今天，祖国正在蒙难，
不仅是我们深爱的丧葬气氛，还有你的离去，
为正被豺狼吞噬的橄榄遗产蒙上阴影，①
啊，我的兄长，你曾经给过我星星般的欢乐，
如果可能，我真想将它带给你！

在你我之间，
诗歌就像天空的皮肤一般罩在头顶，
我很愿意同你一起采摘一串葡萄、
这片藤叶和那深埋在地下的根。

在人们之间畅行的妒忌，
在你我之间却无门可通。
当狂暴的烈风
在屋外展开自己的衣襟
我们却享受着面包、美酒和炉火的时候，
让狂怒的商贩去号叫，
让从你脚下吹过的阵风呼啸，
而我们举起装满琥珀的杯子
举行全部透明的仪式。
有人企图否认你是人中魁首？

---

① 此处指阿尔维蒂的年龄和流亡。《漫歌》1950 年出版时，阿尔维蒂 48 岁，当时客居阿根廷，后来移居罗马，直到西班牙独裁统治者佛朗哥死后，1977 年他才得以回国。

让他到世界上去闯荡，他会看到你的面孔。
有人企图将我们匆匆埋葬？
那好吧，不过，他必须学会飞翔。

他们会来的，然而，
谁能够动摇被金秋的手高高举起
直至用颤动的酒浆浸染世界的收获？

请递给我那只酒杯，兄长，听我说：
我生活在潮润、布满激流的美洲环抱之中，
有时候，我失去缄默，失去夜的花冠，
仇恨，也许是空虚，
空虚中的空虚，
恶狗和青蛙的黄昏将我萦绕，
每到这种时候，我就觉得我们被属于我的辽阔土地分开了，
于是我想到你的家里去，我知道，你在等我，
只是为了做个好人，
只有我们才能做得到的好人。我们没有任何亏欠。

可是，他们却对你有所亏欠，欠你一个祖国。你要耐心等待。

你会回去的，我们都会回去。我希望有那么一天，
我们能在你的海滨，沐浴着金色的阳光
走向你的港口，那些当初我未曾涉足的南方港口。
你会指给我看
沙丁鱼和橄榄树争夺沙滩的大海，

还有比利亚隆[①]（另一位没有来看我的朋友，
因为他早已被埋入地下）描写过的
绿眼珠公牛悠然漫步的田野，
整桶的雪莉酒，
贡戈拉式的心脏中
燃烧着黄玉淡淡火光的教堂。

拉斐尔，我们一起去寻找
那位用他的手和你的手
共同支撑起西班牙腰肢之人安眠的地方。
那是一个未死的死者，那是一个你在维护的人，
因为你的存在就是对他的庇佑。
费德里科就在那儿，然而还有许许多多人，
也沉埋在西班牙的山冈上，
不公正地倒下，流尽了鲜血，
化作撒落于山野的谷物，
那都是我们的兄弟，我们正站在他们的躯体之上。

你还活着，因为你一向都是创造奇迹的神。
你是最受瞩目的追捕对象，
狼群一心想着生吞你，消除你的威力。
每一只狼都想变成你尸体的蛆虫。

可是，结果呢，他们错了。也许
是你的诗歌的结构，那纯净的透明，

① 费尔南多·比利亚隆（1881—1930），西班牙诗人，擅长描写安达卢西亚风光。

温柔而刚毅的决心，
顽强，审慎的坚定，
拯救了你对大地的痴情。

　　我要同你一起来到你赐予我的庄园
　　去品尝赫尼尔河的水，
　　去看看航行的银锭中
　　缔造你诗歌中
　　蓝色音节的沉睡肖像。

我们还要走进铸铁工厂：
如今属于人民的金属期待着
在刃具下诞生，我们一起
唱着歌从苍穹搅动着的红网旁边走过。
刃具、红网、歌声将涤荡痛苦。
你的人民将会用被火药灼伤的双手
带去你的痴情在不幸中播下的种子，
就像是草原上的月桂。

是啊，从我们的放逐中定会绽出鲜花，
人民用雷电夺回的祖国的形态，
而酿造失去的蜜，证实梦中的真理，
绝对不是一朝一夕的事情，
那是化为歌的须根
逐渐用自己的枝叶覆满世界。
你就在那儿，所有的一切
全都在推搡着你留下的钻石的月亮移动：

孤寂、角落里的风，
全都在触摸你纯洁的土地，
而新近的死者，那些在牢房中
倒下的人，被枪毙的雄狮们，
还有游击队的战士，心中的将领，
他们全都在用自己的须根
滋润着你本人那晶莹的职责，
滋润着你本人的心灵。

从我们共担那明亮伤痕的苦难，
从战马用铁蹄
蹂躏村庄踏碎玻璃
到现在，已经过去了很多时日。
所有的一切都出自火药，
所有的一切都在等待着你，想要结出谷穗，
在这新生的过程中，那些艰难日子的
硝烟和柔情将再一次将你萦系。

西班牙的领土辽阔，而你的激励
像一把华柄宝剑存活其中，
没有遗忘，没有严冬，光辉的兄长啊，
能从人民的嘴里抹去你的名字。
我这样对你说，也许忘了提一句，
总算是对你的信做了回答，
那些信，你已经不再记得，
在东方的气候像红色的香气一样包围我时
来到我的孤寂之中。

但愿

你金灿的额头能在这封信里看到
总有一天会到来的新时代。
　　　　　　　　　　　　我走了，
今天是一九四八年十二月十六日，
我在我歌唱的美洲某地。

3

致冈萨雷斯·卡瓦略[①]

（拉普拉塔河）

当夜幕吞没尘世的喧嚣
投下一道道阴影，
随着寂静不断深沉，我们能听到
冈萨雷斯·卡瓦略那溪流般远离人间的潺潺声响，
深长的流水，源源的涌动，
像树木和时光的生长，全在不知不觉中。

这位溪流般的伟大诗人以响亮的质朴
陪伴着世间的宁静，谁若想
在忙碌中分辨出他的声音，就必须
（像在森林里或草原上迷失方向的探险家那样）
把耳朵紧贴地面：即使是在闹市，
也会从杂沓的脚步声里听清这首诗：
大地和流水的深沉话语。

于是，这歌唱的溪流
就像在各处破土生长的麦苗一样，
在城市和它的车水马龙里，在朱红罩子的灯光下流淌。

溪流之上，只见
惊恐的黄昏飞鸟，横断天地的披霞山谷，

---

① 何塞·冈萨雷斯·卡瓦略（1900—1958），阿根廷作家。

飘落的紫红树叶。

所有敢于面对孤寂的人们，
那些拨动荒弃的琴弦，无比纯洁以及
从船上听到过
盐粒、孤寂和黑夜融合的人们，
全都会听到冈萨雷斯·卡瓦略的合唱
高昂而清脆地从他的春夜中传出。
你们还记得另外一个人吗？阿基坦王子[①]：
数千年来人们一杯一杯将眼泪倾注到角落，
他在最初的时刻就用它取代了自己被废弃的宝塔。
但愿那看不到面孔的人知道他，无论胜利者或失败者：
不管你们关注的是蓝宝石的风还是苦涩的酒杯，
都请你们去接触那无时无刻
无处不在的黑暗，然后我们再一起探讨。

于是，在用蓝色油墨描绘生命的杂乱地图上，
可以看到运载着歌唱的河流，
满是希望、遗失的痛苦、
无忧无虑奔向胜利的流水。

我的兄弟造就了这条溪流：
这湿漉漉的沉默的轰响
就是溪流发自地下的高亢歌声。
我的兄弟就是这环绕万物的溪流。

---

① 指法国浪漫主义晚期诗人热拉尔·德奈瓦尔（1808—1855）的著名十四行诗《不幸的人》中提及的关于阿基坦王子的典故。

无论你们身在何处，在黑夜，在白天，在旅途，
在草原日夜兼程的列车上，
或是沐浴在清冷黎明中的玫瑰旁，
或是
紧裹着衣衫在狂风中
挣扎，
都请你们匍匐在地上，
让你们的面颊感触这潜流的非凡搏动。

兄弟啊，你是世界上最长的溪流：
在这世界的背后有你庄严声音的回响，
你的胸膛忠于从未间断过的宝藏，
忠于威严之泪的明澈，
忠于人类那受到侵害的永恒，
而我在其中沾湿自己的双手。

4

致墨西哥的
西尔维斯特雷·雷维尔塔斯①，
当其辞世时

（小弥撒曲）

当西尔维斯特雷·雷维尔塔斯这样的人
最终回归大地，
一定会有一种声响，
呼号和呜咽的声浪为他的登程铺垫、播扬。
细小的须根对庄稼说："西尔维斯特雷死了。"
麦浪在山坡上传颂他的名字，
随后面包也就得到了消息。
美洲所有的树木以及
我们那极地中的冰花也都已知晓。

水滴在传播噩耗，
阿劳卡尼亚不驯的河流
　　　　　　　　　　　　也已闻讯。
从山上的积雪层到湖泊，从湖泊到草木，
从草木到火焰，从火焰到烟雾：我们美洲
凡是燃烧、歌唱、开花、舞蹈和重生的一切，
凡是永恒、高尚、深沉的一切，全都收留他：
钢琴和飞鸟、睡梦和声响形成搏动的网，
在天空中联结我们的各个气温带，

① 西尔维斯特雷·雷维尔塔斯（1899—1940），墨西哥作曲家。

震颤着播扬哀葬的合唱。
西尔维斯特雷死了，西尔维斯特雷走进了
他全部的音乐，他响亮的沉默。

大地的苗裔，大地的骄子啊，从今天起你融入了时间。
兄弟啊，从今天起，只要你的祖国被触动，
你那充满音乐的名字就会像钟鸣一般在空中回荡，
发出从未有过的乐声，你本人幻化而成的乐声。
此时此刻，你教堂般的心胸如同苍穹一样遮护着我们，
而你高亢雄壮的歌声，你火山似的柔情，
犹如喷着烈焰的雕像，充溢着整个天空。
你为什么抛洒了生命？为什么
将自己的鲜血
注入每一只酒杯之中？为什么
像失明天使一样，虽然接连撞上黑暗的门，却不放弃追寻？
啊，然而，从你的名字里飘出音乐，
从你的音乐里，就像是从市场上，
幻化出芳桂的花环，
喷香而浑圆的苹果。

在这庄严的送别日子里，你是辞行的人，
可是你却什么也听不到了，
你那高贵的额头已经不见了，
就好似人类的庭院中少了一棵大树。

然而，我们所看到的光从今天起成了另一种光，
我们转入的街道成了新的街道，
我们接触的手从今天起拥有了你的力量，

世上的万物都从你的安息中获得生气，
而你的纯净，从岩石上升起，
为我们展示出希望的光辉。

安息吧，兄弟，你的时日结束了，
你以温柔而强大的心灵，
使自己的有生之年充满比中天之日更为明亮的光焰，
比天空的声音更为湛蓝的声响。
你的兄弟和你的朋友要求我
在美洲的空气里重复你的名字，
让草原上的牛和积雪知晓，
让海浪卷走，让风议论。

现在，美洲的星空成了你的祖国，
而大地，从今天起，就是你没有门窗的居室。

5

献给在西班牙的监牢里遇害的米格尔·埃尔南德斯[1]

你从莱文特[2]直接来到我的身边。
你这个牧羊人啊，给我带来了畏怯的纯真，
古籍中的学问，
路易斯教士[3]，橙花，
山上焚烧牛粪的气味，
你脸上显示着收割的燕麦那谷物的粗糙，
低垂的眼睛流露出一种丈量大地的甜蜜。

还有一只夜莺巢居在你的嘴里。
一只沾染了甜橙的夜莺，
一串不断线的歌，被剥落的力量。
啊，年轻人，火药突然冲破了光明，
而你，带着夜莺，带着步枪，
在战场的月光下、阳光里四处游荡。

我的孩子啊，你知道有多少事情是我所不能，
你知道，对我来说，你就是所有诗歌的蓝色火焰。
今天，我将自己的脸贴到地上倾听你的声音，
倾听你的声音、鲜血、音乐、垂死的蜂房。
我没有见过像你那么炫目的种族，

① 米格尔·埃尔南德斯（1910—1942），西班牙诗人。
② 西班牙地中海沿岸的统称。
③ 路易斯教士（1527—1591），原名路易斯·德莱昂，西班牙诗人。

没有见过那么坚挺的须根，那样的战士的手，
也没有见过有什么能像你鲜活的心脏那样，
在我自己的紫红旗帜上燃烧。

不朽的青年，从前的公社社员，你活着，
淹没在麦芽和春光之中，
像天然的金属一般乌黑而满是皱褶，
等待着使你的尸骨升华的时刻。

自从你死以后，我并不孤单。我同寻找你的人在一起。
我同那些总有一天会为你报仇的人为伍并肩。
你会分辨出我的脚步声，混杂在
降落到西班牙的胸脯之上的人中间，
他们会制服该隐，逼他将
埋在地下的面孔交还给我们。
那些杀害了你的人应该知道他们将付出血的代价。
那些折磨过你的人应该知道他们总有一天将要同我碰面。
那些今天将你的名字写进自己书中的该死的家伙，
达马索[①]们、赫拉尔多[②]们，这些狗娘养的，
刽子手的无声帮凶，
他们应该知道你的牺牲不会被人抹去，
而你的死将降落在他们懦夫的月亮上。
至于那些拒绝你的人，在他们朽烂的桂枝上，
在美洲的土地上，这片空间铺满了
你流水般血光的冠冕，

---

① 达马索·阿隆索（1898—1990），西班牙诗人。
② 赫拉尔多·迭戈（1896—1987），西班牙诗人。

请让我不屑一顾地将他们忘记，
因为你已经不在了，他们就想把我肢解。
米格尔，远离奥苏纳的牢房，
远离这残暴，毛泽东
正用你在战斗中打碎的诗歌
引向我们的胜利。
而喧腾的布拉格
正在建设着你歌唱过的甜蜜蜂房，
葱翠的匈牙利正在打扫粮仓
并在从梦中苏醒的河边尽情欢舞。
在华沙筑起的赤身美人鱼
高高地举着她那晶莹的宝剑。

在那一边，大地在延伸，
就是
你的歌曾经拜访过的大地，还有
捍卫过你的祖国的宝剑，都十分安全，
因为有了斯大林及其子孙们的坚强意志，
更加威力无穷。
光明已经
离你的居所越来越近。
西班牙的米格尔，
惨遭摧残的土地上的明星，我忘不了你，我的孩子，
我忘不了你啊，我的孩子！
不过，从你的死
我学会了生：我的眼睛几乎不眠，
我有的不是恸哭的泪水，
而是无情的

武器!

　　你等待着这武器吧! 等待着我!

献给黑暗中的祖国的

新年大合唱

1

祝福

（1949）

新年好，智利同胞们，祝福黑暗中的祖国，
新年好，祝福大家，祝福每个人，只有一个人除外，
咱们的人并不多，新年好，同志们，兄弟们，
男人们，女人们，孩子们，今天，我的声音
飞向智利，飞向你们，像一只没有眼睛的鸟，
敲击你的窗户，在远方呼唤你。

祖国啊，夏日遮盖着你甜美而坚强的躯体。
积雪已经退去，
化作湍流奔向海洋，
山峰显得湛蓝而高耸，恰似天空的火炭。
也许就在今天，就在这一时刻，你穿着
我喜爱的绿色长衫——树林、流水和山腰的麦田。
而在海边，亲爱的，滨海的祖国啊，
你正在摇动着彩虹般的沙滩、牡蛎的世界。

也许，也许……我是谁，能从远方
触及你的殿堂，你的芳香？我是你的一部分，
就像呈现在你树木上的隐秘年轮，
如同你轻柔的硫黄一般的悄然滋生，
你地下灵魂那轰鸣的灰烬。
当我受到迫害离开你时，
满脸胡须，一贫如洗，没有衣物，

　　没有可供书写等同生命的文字的纸张，
　　只有一只小小的旅行袋，
　　却带着两本书和一截刚刚折下的树枝。
　　（两本书是：一本地理书和
　　《智利飞禽志》）

每天夜里我都重温你的地貌，你的河川，
它们指引着我的睡梦、我的流徙、我的边境。
我触摸你的列车，轻抚你的发丝，
驻足思念你的地貌
那含铁的表面，垂目察看
你如同月表的沟壑峰峦，
在睡梦中，我的静默
融入你崩溃盐粒似的最后轰鸣，朝着南方飞去。

　　当我醒来时（已是另一处的天空、阳光，
　　已是另一处的街道、田野、星辰），
　　人们在梅利皮亚折下你的一截树枝送给我，
　　它陪伴我，我抚摸它。

在那树枝的皮上，我看到了你的名字，
崎岖的智利啊，祖国，树皮似的心，
在树枝那土地般坚硬的外表上，
我看到我深爱的人们，他们曾将树枝般的手伸给我，
看到沙漠、硝矿、铜厂中的人们的面容。

　　一身利刺的树的心
　　是像光洁的金属一样平滑的圆环，

颜色黑红犹如干结的血迹，
四周环绕着木柴硫黄色的虹彩，
我抚摩这森林中的纯洁奇迹，
想起它那蜷曲的花朵满怀着仇怨，
从带刺的、厚厚的花心里，
朝你喷射出你的力量的浓郁芬芳。
就这样，祖国的生命和气味伴随着我，
与我共存，在我的心底燃起
它那顽强的火焰，消耗着我，不断诞生。
在异国的土地上，人们望穿我的衣服，
在他们的眼中，我就像一盏在街上移动的灯，
放射着穿墙透户的海蓝色的光芒：
那就是你给我的燃烧着的宝剑，
一如那树枝，纯洁、强劲、桀骜不驯，而我将它带在身边。

2

皮萨瓜的人们

然而，抚摩你的手停在了
荒漠边缘，海滨边沿，
一个被死亡袭击的世界。
这是你吗，祖国，你是这样吗，这是否是你的容颜?
就是这苦难，这被咸涩的水
锈蚀了的铁蒺藜的红色花环?
难道现在皮萨瓜就是你的形象?
是谁伤害了你，他们又怎样
用尖刀刺穿了你裸露着的甜蜜?

我的祝福首先是给他们的：
给男人们，苦难的承受者，
给女人们，罗汉松的枝条，
给孩子们，透明的学校，
在皮萨瓜的沙原上，
他们是受到摧残的祖国，
他们是我深爱的土地的全部荣耀。
皮萨瓜啊，能够被抛弃到你的沙原上，
将是明天的神圣荣誉，
还有由于一个卑鄙小人的号令
而突然间
陷入恐怖的黑夜，
以及为了保卫人的尊严
而到过你那石灰岩的地狱。

我不会忘记你死一般的海岸，
在那里，肮脏的牙齿在充满敌意的海上
攻击着磨难的墙壁，
而地狱般光秃的山冈堡垒
拔地而起傲然屹立；
我不会忘记你们是怎样
冲着那遗忘你们容颜的世界
凝望汹涌的波涛；
我不会忘记你们转过脸来，
用满是疑问的眼神
察看豺狼和强盗统治下的
智利苍白的土地。

我知道他们如何将食物丢弃给你们，
就像对待癞皮狗一样，扔在地上，
直到你们用小小的
空罐头盒将之舀起；
我知道他们如何轰赶你们去睡觉，
知道你们如何皱着眉头，勇敢地
排着队领取难以入口的豆子，
然后又一次一次地倒在沙地上。
我知道，当你们收到
从全国各地征集来的
衣服、食物，
你们又如何骄傲地
感到，也许，也许自己并不孤单。
勇敢的、坚强的同胞们啊，

你们给大地赋予了新的含义：
他们把你们当成了自己的猎物，
全体人民都在
为你们被流放荒漠而难过。
他们在地图上寻找地狱，
终于发现了这盐碱的牢城，
这孤零零
憋闷得惊人的壁垒，
以期让你们在穷凶极恶的暴君的践踏下
碾碎头颅。

然而，他们没能找到所需的材料：
你们并不像腐烂生蛆的叛徒
是一堆粪土，
他们的情报是假的，
他们面对的是人民金属的意志，
铜铸的心及其沉默。

　　待到裹着沙尘的人民之风
　　席卷垃圾魁首之后，
　　金属将铸造祖国的基础。

你们是坚定的，坚定的兄弟们，
当你们于半夜时分在茅屋里遭到袭击，
没等清醒手臂就被铁丝捆住，
在惊讶和仓促之中
被推上卡车，
由武装狱卒押解到皮萨瓜的时候，

你们是坚定的。

随后，他们再返回去，
一边殴打着孩子们，
一边把失去依托的家人装上卡车。

可爱的孩子们的哭声
仍然在荒漠的夜空中回荡，
那是从千万张稚气的嘴巴里发出的号啕，
仿佛追寻着强劲的风
送至我们的耳边，让我们永志不忘的合唱。

3

英雄们

在皮萨瓜惨遭杀害的
费利克斯·莫拉莱斯、安赫尔·贝亚斯，
祝愿你们，兄弟们，
在你们爱过、保卫过的坚硬土地下面
新年好。如今你们置身于
沙沙地呼唤着
你们纯洁名字的盐场，
遍地的硝石玫瑰，
无际荒漠的
冷酷黄沙之下。

新年好啊，我的兄弟们，
你们曾经教会我
那么多的爱，
你们的死包含了
那么广阔的柔情！

你们就像是突然间
从大洋中冒出来，
以空间和坚定的海底
为依托的岛屿。

我记住了你们的世界：
纯洁，无尽的面包。

你们向我展示了生活，
盐的领域，穷人的疾苦。
我曾像一艘黑暗大海里的行船
在荒漠生活中游弋，
你们伴随我的身边，
向我展示了人们的辛劳，
土地，破烂不堪的房舍，
在原野上呼啸着的贫困。

费利克斯·莫拉莱斯，
我还记得你在无际的干涸草原上
绘制一幅如同新生的牧豆树般的
高大、精美、潇洒、
年轻的画像。

你是在为即将开始的大选
绘制一位民众领袖的肖像，
你蓬乱的头发，
拍打着你苍白的额头。

我记得你爬到梯子上
赋予画像以生命，
勾勒出他
所有青春的甜蜜。

你想在画布上
让杀害你的刽子手微笑，
你添加白色油彩，反复琢磨着

为后来下令置你于死地的
嘴巴增添光亮度。

安赫尔，安赫尔，安赫尔·贝亚斯，
草原上的工人，纯洁得
就像那刚刚出土的金属，
他们已经把你杀害，
你已经来到智利土地的主人们
要你前往的地方，
那在你曾无数次
用自己的双手朝向崇高的
贪鄙的岩石之下。

没有什么能比你的生命更为纯洁。

只有那风的眼睑。

只有那流水的源地。

只有那不可企及的金属。

我将终生不忘
曾经握过你高尚的
战士之手的荣幸。

你是个平和宁静的人，
你是经过痛苦磨炼的材料，
最后变成纯洁的利器。

我还记得，伊基克监察署
曾因有勤勉、克俭、兄弟般的你
而感到荣耀。

缺少面包、面粉。于是，
你天亮之前就起身
亲手把面包分发给众人。
我从来都没有发现你是那么伟大，
你就是面包，是人民的面包，
你有一颗在大地上敞开的心。

待到日暮天黑的时分，
你回到家里，带着
紧张战斗一天的劳累，
你像面粉一样微笑，
进入面包的宁静，
随后又一次分发，
直至睡梦
聚拢你那破碎的心。

4

冈萨雷斯·魏地拉

他是什么人？他是谁？在我浪迹的异国他乡，
不论到哪里，人们都要提出这个问题。
在智利，没人会问，因为迎风高举的拳头、
矿区的一双双眼睛全都朝着一个方向，
就是那个为了爬上金銮宝座
曾经泪流满面地向他们乞求选票的卑鄙叛徒。
皮萨瓜的人们，这些煤矿中勇敢的巨人，
曾经见过他如何抛洒眼泪，
如何龇出许诺的牙齿，
如何拥抱和亲吻
那些如今用沙土擦抹自己的脓疮的孩子们。
在我的人民中间，在我的国家，我们都了解他。
农民睡在梦里都在想着何时
能够用自己粗硬的双手卡住他那说谎的狗的脖子，
矿工们在自己并不平静的坑道阴影里
每挪动一下脚步都在想着用自己的脚
踩死这个贪得无厌的家伙，邪恶的虱子。

人们知道是谁躲在刺刀的幕墙背后
躲在集市禽兽的背后
或者躲在新来的商贾背后讲话，
但是那家伙永远不敢
站到正要找他谈谈他最后时刻的人民背后。
　　他微笑着夺走了我的人民的希望，

暗地里将它卖给出价最高的人，
不仅不给新居和自由，反而将人民伤害，
在矿坑的入口将人民毒打，
在枪炮之下决定工资的数额，
与此同时，一场聚会
手舞足蹈地用夜幕下鳄鱼的利齿施行着统治。

5

我没有受过苦

可是，你没有受过苦？我没有受过苦。
我只是为我的人民的苦难而受煎熬。
我生活在其中，在祖国中，就像是
祖国那无尽的、火热的鲜血中的一个细胞。
我没有工夫思索自己的苦痛。
没有什么使我痛苦，除了那些
给了我纯洁信任的人们，
他们被一个叛徒
推至死亡深渊的底部，
但是，那里一定会有玫瑰重新绽放。
当刽子手逼迫法官们
对我的心
做出判决的时候，是我果敢的蜂群，
也就是人民，敞开了自己巨大的迷宫，
他们的亲人借以栖息的阴暗陋室，
在那里，他们给了我支持，
照顾着我，直至阳光和空气的入口。
他们对我说："你要对我们负责，
你是要给那个恶棍的肮脏名字
打上冰冷记号的人。"①
我不痛苦，除了不曾痛苦过，

① 此处借用了《圣经·以西结书》第九章第四节的典故："耶和华对他说，你去走遍耶路撒冷全城，那些因城中所行可憎之事叹息哀哭的人，画记号在额上。"

除了不曾怀着创伤般的全部激情
巡视过我一个个兄弟们
不见天日的牢房，
在那里，每一个破碎的脚步全都朝我滚来，
你脊背上挨过的每一下鞭打全都抽在我的身上，
由于酷刑和牺牲洒下的每一滴鲜血
全都流向我这滴血的歌。

6

此时此刻

新年好啊……今天，你的两侧
全是我的祖国的土地，你多幸福啊，兄弟。
我是自己所深爱的游子，
请回答我，想想我就在你身边
向你发问，想想我就是一月的风，
从东方吹来的风，那古老的安第斯山的风，
只要你打开门扉，我就会造访你
提出连珠似的问题，却不必进门。
你踏入过小麦或大麦的田地，告诉我，
那麦穗可已金黄？跟我说说李子的一天吧。
远离智利，我思念那样的日子：
圆圆的、深紫的、透明的、糖串似的
籽粒饱满呈蓝色的果实
将它杯中盛满的愉悦滴进我的嘴里。
告诉我，今天你可曾啃过纯净的蜜桃，
用那难忘的仙品滋味填满你，
直至你自己也变成大地的甘泉，
贡献给美好世界的一颗颗鲜果？

7

从前人们对我说

从前我同样到过这些外国的土地，
那时候我的祖国的名字
就像她天空中隐秘的星辰一样闪闪发光。
到处都有受到迫害、麻木不仁
被恐吓和耻辱压得抬不起头来的人，
他们抚摩着我的双手，对我说“智利人”，
声音里充满了希望。那时候，
你的声音包含着赞歌的回响，祖国啊，
你那沙质的手掌虽然很小，
却抚慰过不止一处创伤，
拯救过不止一处横遭摧残的春光。
如今你收藏起一切希望，
将之掩盖在你的宁静之中，沉埋于地下，
就像是留给全人类的宽宏种子，
一定会像星星一样复活。

8

智利的声音

从前，智利的声音是自由的金属之声，
那是清风和白银的声音，
那声音曾经
在创伤刚刚愈合的地球之巅，
在我们这满是荆棘和半人马兽的
被侵略的美洲发出轰鸣。
你那尊贵树叶的合唱，
你的江河里自由流水的歌声，
你的形体的蓝色威严
日夜不息地一直飞升到纯净的雪线。
是伊西多罗·埃拉苏里斯[①]
将自己战斗的晶莹星光
洒向黑暗的、受奴役的村庄，
是比尔瓦奥[②]
以及他小小的纷乱星球般的额头，
是比库尼亚·马肯纳[③]
将他们蕴含着信号及种子的
无以计数的、胚芽状态的叶片
输送到另外一些
紧闭窗户阻绝阳光的村落。
他们去到这些地方并在夜里点燃灯烛，

---

① 伊西多罗·埃拉苏里斯（1835—1898），智利政治家。
② 弗朗西斯科·比尔瓦奥（1823—1865），智利政治家。
③ 本哈明·比库尼亚·马肯纳（1831—1886），智利政治家、作家。

而在另外一些地方的痛苦的白天，
他们则是比白雪更高的光。

9

说谎家

啊，祖国，如今那些人，事先收了钱的人，宣称
要以你的神圣之名发言并试图保卫你，
却将你雄狮的遗产丢进垃圾堆
他们叫什么加哈尔多、曼努埃尔·特鲁科、
埃尔南·圣克鲁斯、恩里克·贝尔斯坦、
赫尔曼·贝尔加拉[①]。
他们只是叛徒药房里
药丸一般被揉出的侏儒，
预算中的老鼠，
卑鄙的说谎家，
我们的威力的守财奴，伸手乞讨
还长着兔子般爱诽谤污蔑的舌头的
可怜短工。
他们不代表我的祖国，
我向这片土地上愿意倾听我的人们宣告，
他们不是硝石巨人，
他们不是明澈如水的民族的盐粒，
他们不是用稳健的双手
建造农业丰碑的人们，
他们不是，他们不存在，他们说谎、狡辩，
只是为了继续无声无息捞取利润。

---

① 均为魏地拉政府时期的外交官。

10

他们的名字将会被提起

当我这样写的时候，我的左手对我提出指责。
它说，你为什么要提起他们，他们是什么，
有什么价值？为什么不将他们丢到
无名的严冬泥潭，马撒尿的地方？
而我的右手答道："我生下来就是
为了敲门，为了攥成拳施行打击，
为了点燃毒蜘蛛赖以生息的
最后的阴暗角落。"
他们的名字将会被提起。祖国啊，
你并没有给我只能用你的桂竹香和海沫
来称谓你的美好特权，祖国啊，
你并没有给我只能用黄金、花粉和芳香的名字
来呼唤你的词汇，
来播撒从你
浓密黑发上溅落的露珠；
你用奶和肉赋予我音节，
让我也要指名道姓地
提起那些在你的肚皮上爬来爬去
吸食你的鲜血、侵夺你生命的苍白蛆虫。

11

森林蛆虫

古老的森林中有什么东西倒落，也许
是风暴在净化新生的枝叶和地层，
蘑菇在倒地的树干上繁生，
鼻涕虫拉起令人作呕的网，
从梢端落下的朽木上
满是窟窿和可怕的肉虫。
祖国啊，你的周围正是这样，你的灾难
来自于麇集在你伤口上进行统治的虫豸，
那些嚼碎铁丝的肥硕商贾，
那些坐在总统府里用黄金交易的家伙，
那些将细菌带到渔场的蝇蛆，
那些在跳着狂热桑巴舞的叛徒[①]的斗篷下
啃咬着你躯体的鼠辈，
那个将自己的同志送进监牢的记者，
那个组织内阁的卑鄙告密者，
那个用刚从雅干人[②]那儿抢来的黄金
买下一家庸俗杂志的庸俗的人，
那个笨得像西红柿的海军上将，
那个施舍给属下一袋美元的外国佬[③]。

---

① 指魏地拉，他喜欢跳桑巴舞。
② 智利南端的土著居民。
③ 指魏地拉政府期间美国驻智利大使克劳德·鲍威尔斯。

12

祖国啊，他们要瓜分你

“人们称他为智利人”，这些蛆虫这样议论我。
他们执意剥夺我脚下的祖国，
他们企图把你当作肮脏的纸牌一样分派，
他们妄想把你当作一块肥肉予以瓜分。
我不喜欢他们。他们以为你已经死了，
已经被肢解，所以就像主人一样
放肆地阴谋策划将你分享。我不喜欢他们。
请允许我热爱你的土地和人民，请允许我
在你海与雪的疆界内追寻自己的梦，
请允许我将你苦涩的香味
收进我在流浪途中随身携带的酒杯之中，
只是我不能同他们为伍，你别要求我，
当你摇动肩膀
将他们腐烂禽兽的胚芽一起抖落的时候，
你别要求我相信他们是你的子女。
我的人民是另外一种神圣的木头。
明天，
在你细长狭窄的船身上，
在你大海的波涛和起伏的雪峰之间，
你将是最可爱的，是面包，是土地，是儿子：
白天是自由时代的高贵礼仪，
夜晚是布满繁星的天空的实质。

13

他们接受对付智利的命令

然而，应该到他们所有人的背后去搜寻，
在叛徒和有着利齿的鼠类背后隐藏着某种东西，
有一个帝国在摆布餐桌，
提供饮食和炮弹。
他们想让希腊的事情[①]在你这里重演。
希腊的公子哥儿们在欢宴，
而给山里人民的却是炮弹：
必须斩断新萨莫色雷斯胜利女神[②]的翅膀，
必须绞死，杀死，丢弃，沉没，
在纽约被紧握的屠戮的匕首，
必须用火烧掉
仿佛从浸血的土地上涌出
并到处显现的人的尊严。
必须武装蒋介石和卑鄙的魏地拉，
必须给他们钱修造监狱，
给他们翅膀去轰炸同胞，
必须给他们一片面包，一些美元，余下的，他们自己会做，
他们说谎，腐败，在死人身上跳舞，
而他们的妻子则炫耀最为昂贵的“貂皮大衣”。
人民的死活无关紧要，
铜矿的主子们需要这样的牺牲并有事实为证：

---

① 指希腊内战。
② 指希腊的萨莫色雷斯岛出土的有一对翅膀的胜利女神像。

将军们舍弃了军队
去丘基卡马塔的参谋部当起了帮手，
而在硝石场，“智利的”将军
用马刀决定草原的儿子们
应得的工资增长幅度。
就这样，上面，美元交易所发出指示，
就这样，侏儒叛徒接受命令，
就这样，将军们变成了警察，
就这样，祖国这棵大树的枝干腐烂了。

14

我记起大海

智利人啊，最近你可曾去过大海?
以我的名义去吧，沾湿你的双手，然后举起来，
而我将在异国的土地上朝拜
无尽的海水点点滴滴地洒落到你的脸上。
我在属于我的整个海边生活过，
熟悉北方、荒原的辽阔海面，
还有海岛上的浪花激荡的分量。
我记起大海，记起科金博那崎岖、钢铁般的岩岸，
记起特拉尔卡那汹涌的波涛，
记起养育了我的南方那孤寂的浪花。
记起，在蒙特港或岛屿上，
夜晚回到海滩守候的船舶，
而我们的双脚在串串的脚印中留下火焰，
那是磷火之神的神秘光焰。
每迈一步就洒下一摊白磷。
我们用星辰在大地上书写。
而在海里，船舶滑动着，摇晃
海洋之火的枝条，那是集群的萤火虫，
就好像刚刚睁开眼
复又在深渊中沉睡的一朵无尽的浪花。

15

绝不宽恕

我希望人人都能享有土地、火种、面包、
食糖、面粉、大海、书籍、祖国，所以
我才流浪：叛徒的法官们迫害我，
而他们的走狗则像经过训练的长尾猴
企图搅乱我的记忆。
我曾经同他，同如今当政的那个家伙一起
去过矿坑口，去到那被遗忘的曙光的荒漠，
我同他一起去到那些地方，对那里可怜的兄弟们说：
“你们不必再保存身上的破衣烂衫，
你们不会再过这没有面包的日子，
你们将得到祖国的孩子般的待遇。”
“今天我们就把美好传播，
而母亲的眼睛不再会为儿女流泪。”
然而，他传播的并不是爱，
他们在夜晚将人民——倾听过他的，
献出了自己参天大树般力量和柔情的人民——
投入饥馑和苦难之中，
那时候我支持的并不是卑鄙的暴君，
而是没有名姓的人，同我的人民站在一起的人。
我希望我的祖国能为我的同胞所共有，
我希望阳光能够普照
我燃烧着的祖国的草木，
我希望拥有白日和耕地的爱，
我希望抹去他们怀着恶意

在面包和人民中间画下的分界线，
我希望除掉改变祖国的疆界
直至像狱卒一样将其捆绑起来、
奉送给为伤害她而出钱的买主的家伙，
我不会为他歌功颂德，也不会沉默不语，
我要把他的面目和名姓
镌刻到耻辱墙上。

16

你将继续战斗

这一个新年，同胞啊，属于你。
它并非是时间流逝的结果，而是由你而生，
挑选你生命的精华奉献给战斗。
这犹如死者归于坟墓的一年，
不可能同时与爱和恐惧共息相安。
这逝去的年份是充满昭然痛苦的一年。
当它苦涩的须根
在深夜的欢庆时分剥离并脱落，
而另一层未知的玻璃
罩住还未开始的一年，你的生命将在其中逐渐充盈，
请给它我的祖国，你的祖国，
这一片火山、葡萄酒的狭长土地所需要的尊严。
我已经不是自己国家的公民：人们写信告诉我，
那高高在上作威作福、不知廉耻的小丑
已经把我的名字同成千上万人的名字一起
从共和国的合法户籍簿中勾除。
他们将我的名字抹去是想让我不复存在，
是想让地牢中的凶残兀鹫，
让那些在政府阴森的监狱里
施暴用刑的畜生们投票，
是想要让管家们、工头们，
那些出卖了祖国的暴发户的同伙们
在良好保证下投票。
如今我浪迹天涯，

忍受着远离难友和鲜花、人们和土地的痛苦，
可是你却要为改变生活而战斗下去。
你将继续战斗，直到洗去地图上
粪土的污迹，无疑你将继续战斗，
直到这时代的耻辱终结，
直到开放人民的牢狱，
直到遭到背叛的胜利振翅高翔。

17

献给黑暗中的祖国的新年祝福

新年好啊，亲爱的阿劳卡尼亚，
这是给你，给所有的人和土地的祝福。
在你我之间，有着将我们隔断的
新的黑夜，以及森林、河川和道路。
可是，我小小的祖国啊，
我的心却像一匹黑色的骏马奔向你：
我进入纯净的荒漠，
我穿过葡萄正在积聚
绿色酒浆、无尽珠串的碧绿山谷。
我走进你山茶花般洁白，
弥漫着酒窖酸味，
密闭花园般的村庄，
我好似一截原木潜入你
犹疑地抖动着、用丰盈的嘴唇歌唱的河水之中。

我还记得在流亡途中，也许恰在这个季节，
或者，更确切地说，是在秋天，
人们把金黄的玉米穗放在屋顶上晾晒，
又有多少次，我曾像孩子一样，
望着穷人家屋顶上的金子痴迷。

我拥抱你啊，
此刻我就该重返自己隐秘的居处。
我拥抱你却认不出你：告诉我，你是谁，

你可在正在诞生的新年大合唱中分辨出了我的声音?
你可在周围的万物里听到了我的声音,
你没有感觉到我的声音
就像从大地自然涌出的泉水萦绕于你的耳际吗?

是我拥抱着我的祖国整个甜美的大地,
开满鲜花的腰肢,我呼唤你,
是想告诉你,待到欢庆结束的时候,
我要同你交谈并把这一时刻作为闭合的花奉献给你。
新年好啊,我处于黑暗中的祖国。
我们并肩行进,世界缀满了麦穗,
高高的蓝天悄然掠过,将其高耸纯洁的峰峦推向黑夜;
时间的长河载着我们航行,而必将汇入其中的一瞬
才刚刚将新的酒杯装满。
这时间、这酒杯、这土地全都属于你:
快去征服吧,你听,曙光正在出现。

大洋

1

大洋

大洋啊，如果我能从你的天赋和你的破坏能量中
分解出一种办法、一个果子、一种酵母放到手里，
我将选择你辽远的宁静，你钢铁般的线条，
有长风和黑夜相伴的浩瀚
和你于自己粉碎的纯洁之中
捣毁并推倒石柱的
白色语言的威力。

拍碎海岸
并铸造环绕世界的宁静沙滩的
绝对不是刚刚那个带有盐的分量的浪头：
那是力量的汇聚，
波涛延展开来的力量，
充满生命的静止的孤寂。
也许那是时间或一切运动的
聚合，死亡没能封固的
纯洁单元，火焰般的总体的
绿色脏腑。

潜在水中托起水珠的臂膀
只余下一个盐的亲吻。你岸边之人的
躯体却留下
一股浸湿花朵的潮润芳香。
你的能量仿佛在无损耗地滑动，

仿佛重归于自己的宁静。

你涌起的波涛，
如一致的弓，似闪着星光的翼羽，
一旦消落，就化作泡沫，
而后重新泛起，没有被削弱。
你的全部力量重新变成源泉。
你只献出破坏的残渣，
你的货物剥落的皮壳，
你大量运动排出的废物，
一切脱离了整体的游离部分。

你的身躯铺展，比浪花更辽阔。

它充溢着活力，整齐得一如生灵的胸膛，
毡毯，和呼吸
在升腾之光的物质中，
波涛铺垫而成的原野，
组成这地球的赤裸表皮。
你以自己的物质充实自己的机体。

你填平寂静的沟壑。

那水域宇宙般的空洞如同酒杯，
盛满你的盐，你的蜜，不停震荡，
你万般齐俱，
就像残破的火山口，粗野的玻璃杯：
有空旷的峰峦，疤痕，

也有守望残破的天空的标记。

你的瓣片触撼着世界，
你海底的食粮在不停地颤动，
纤柔的海藻飘摆着自己的威吓，
鱼群戏游，繁衍，
只有鳞片的死光，
好似你广袤的晶莹躯体上的
毫厘创伤，
漂升到罗网的经纬。

2

生命的源起

当星辰化为泥土和金属，
当能量耗尽，
当盛满曙光和炭火的杯子打翻，
当篝火就地熄灭的时候，
大海就穿梭距离与时间，
像燃烧着的水珠一般坠落，
它的蓝色火焰化作球体，
它的飞轮生成的风变成钟声，
它的核心在泡沫中震颤，
它的广阔自主之花
在盐的闪光中升起。

当疏落的星辰
逐渐收敛起自己静止的纯净
像昏暗灯盏一般沉沉酣眠，
大海却为自己的庞然躯身
布满盐花和咬伤，
在日间广袤的疆域里布满火焰和涌动，
创造了土地并释放出浪花，
在自己退出的地方留下橡胶般的足迹，
用身躯填充起深壑渊底，
于是，在它的岸边生成了血液。

波涛的星辰，母亲般的水，

物质的母亲，不可战胜的精髓，
耸立于污泥滩上抖颤的教堂：
生命在你的体内触到了黑夜的岩石，
遇到伤口之后退却，
借着盾牌和头盔前进，
龇出透明的牙齿，
在自己的腹腔积蓄战争。
黑暗被闪电的冷光击碎
所铸成的物质，
大洋啊，正活在你的生命之中。
大地将人类变成对自己的惩罚。
屠戮野兽，毁灭山岭，
窥视死亡的卵。

与此同时，在你的纪年中
保留了时光在水下流逝的标记，
被创造出的恢宏保持着
相同的碧玉般的鳞片，
以指环似的蓝色嘴巴
捕食的永无餍足的枞树林，
吸引着溺水者眼睛的秀发，
如同战斗不息的星体的石珊瑚，
而碎裂的阴影
则假借鲸鱼涂满油脂的力量游弋。
教堂不是经由人类的双手
而是借助无尽涌浪的冲击筑就，
盐纤细如针，
变为水的孵化层，

而刚刚散布开来的纯洁生命
则熙攘着织起了四壁，
直至成为像灰色海绵凝结成的聚集的巢，
猩红的长袍悄然滑脱，
黄色的崇拜得以生成，
石灰质的苋花萌芽长大。

一切都是生命，颤动着的物质，
撕咬的食肉花瓣，
积聚的赤裸数量，
种子植物的搏动，
潮润球体的血液，
夷平生命间截然分界的
永恒的蓝风。
就这样，静止的光成了一张嘴巴
并啃咬它紫色的宝石。
大洋是最无硬度的形体，
半透明的生命巢穴，
存在的成群流动的总集，
卵巢的皮膜，
撒播的胚芽，
清晨血清的宝剑，
连接处苦涩的器官：
一切都曾在你的躯体里搏动，
充盈着满是空洞和不住摇动的水域。
于是，生命的酒杯
才有了自己激越的浓香、自己的根基，
而浪涛就成了星光闪烁的入侵大军：

波峰浪谷得以留存，
泡沫那金色的访客
则高高举起冠羽和纬线。
于是，大海的声音，水的婚房，
席卷一切的狂飙的皮肤，
星光闪烁的激荡的乳汁，
永远在岸边震颤。

3

鱼和溺水的人

突然间，我看到那些地区
充满了紧张，麇集了无数钢铁般的形体：
一整排利刃似的嘴巴，
沉在水下的银色闪电，
黑色的鱼，梭状的鱼，
布满星星点点的天空的鱼，
身上斑点熠熠发光的鱼，
像打寒战一样游过的鱼，
白色的速度，
环游中的精确计算，
残忍的、不断张大的椭圆嘴巴。

那双手或者那腰身是美丽的，
周围是转瞬即逝的月光，
溺水者看见鱼群在颤动，
潮润而富有弹性的生命洪流，
鳞片上不断增长的星光，
如同种子一般播撒于
大洋的黑暗海床上的蛋白石。

他看见能够撕咬的银铸石块，
抖动着的珍宝组成的幡纛在燃烧，
于是，他抑制住自己的热血，
由无数张亲吻他躯体的

嗜血指环般的嘴巴托扶着
沉向吞噬一切的深渊，
直至像血染的麦穗一样
被撕扯得支离破碎，
化作潮汐的盾牌，
紫水晶研碎的衣衫，
在海底、在无数的树上遭到损伤的遗产。

4

人与岛

大洋上的人们醒来，岛屿上的波涛
在碧绿的岩石间歌唱：
纺织姑娘们在火和雨
交织而成的冠冕和小鼓的天地里
往来穿梭。
　　　　美拉尼西亚[①]的月亮
是一株坚硬的石珊瑚，含硫的花朵
源自大洋，大地的女儿们
像波涛一样在棕榈林的婚礼之风中战栗，
追逐泡沫中的生命的鱼叉
深深地嵌进了肉体。

在荒寂的日间摇摇晃晃的独木舟
从花粉团块似的岛屿
飘向黑夜中的美洲金属般的大陆：
当来自大洋的眼睛
发现高耸阴沉的铜的海岸、
陡峭的雪塔的时候，
独木小舟如同无名微弱的星辰，
满载羽毛和珊瑚，
散发着隐秘清泉的幽香，
而泥土塑造的人群

① 太平洋中的群岛。

看到的却是湿漉漉的旗幡的飘舞
和从遥远孤寂海域而来的
大气矫捷的子女，
　　　　　　　　于是
遗失的柑橘花枝来了，
还有大洋的玉兰风，
胯下蓝色马刺的甘甜，
纯洁得如同原蜜
响亮得好似天空上
没有金属的岛屿的亲吻。

5

拉帕努伊[①]

特皮托－特－埃努阿[②]，你是大海的肚脐，
海中的作坊，消逝的冠冕。
从你的火山熔岩中
矿场将人类的额头高举过大洋，
龟裂的石凿眼睛
测量过飓风的世界，
抬起你纯洁宏伟雕像的手
曾经正居中心。

你庄严的石体
从大洋的各个方向被切分，
于是现出人的容颜，
好似涌自岛屿的脏腑，
生于虚空的火山口
双脚被孤独环绕。

它们曾是哨兵并抵挡了
从所有潮湿之地
涌来的潮汐；
面对那些面孔，
大海也只能收敛起

---

① 智利所属太平洋中的复活节岛的土称，以其巨型石雕人像（摩艾石像）著称。
② 复活节岛已知的最早称谓，意为“世界的肚脐”。

自己澎湃的蓝色森林。
除了石雕的巨像，
在那个王国的疆域里未曾住过别的人。
环绕岛上入口的栏线
一直缄口沉默，就好似一颗星球的边沿。

就这样，在海的穹隆的光照下，
岩石的神话以自己无生命的勋章
褒奖着世界的无垠，
而那些为永恒的泡沫
建造起整个
孤寂王朝的小小君主们
却趁着无形的夜色重回大海，
重返自己盐造的棺柩。

只有那死在沙滩上的翻车鱼。

只有那侵蚀着摩艾石像的时光。

只有封固的光，死亡的迷宫，
沉没之杯的钥匙等词汇
才能描述的
沙滩上的永恒。

6

石像的建造者

（拉帕努伊）

我是石像的建造者。我无名无姓。
我没有容貌。我的容貌已经离我而去，
直至掠过荆棘并浸入岩石之中。
它们带着我石化的容颜，
我的祖国庄严的孤独，大洋的皮肤。

它们什么都不想述说。它们只是
想要以完整的沙质形体出世，
陪伴着悄然的时光存在下去。

你可能会问：我曾经为之耗损
那么多指甲、手掌、黝黑臂膀的石像，
可还为你保有些许火山口的声响，
些许熔岩标记留存下来的古时清香？

并非如此，那些石像就是我们的过去，
我们的现在，我们朝向波涛的前额，
那与我们相似的岩石上
时断时续的肉体。

其余那些藐小而邪恶的神祇，
取悦晨曦的游鱼、飞鸟，
掩藏着利斧，

毁坏了岩石构造出来的容颜最为崇高的雕像。

神祇们如果愿意，就让他们
继续迟延收成的纷争，
给飞舞之花的蓝色蜜糖提供养分。

让他们在面粉的秘诀中上下忙碌，
让他们用人类的红色春天里
悄然飘舞的潮润花粉
打湿所有的新房床单，
可是只有你，微不足道的活人、石匠，
请到这面石壁、这座火山口来。

待到有一天，清贫的曙光、
干燥的尘埃、死神来到这骄傲的岛屿上，
肉体都将相继消亡，
没有卫护的花朵可能也会焦枯，
而你，石像，人类的女儿，将依然伫立，
用在不复存在的不朽之人的手下
张开的空洞眼睛继续观望。

你将抓挠大地，直至生出坚定，
直至阴影落到构架之上，
就像罩住一只吞食着消失在无尽时光中
自己酿造的蜜的巨蜂。

你的双手将触摸岩石，
直至将其雕琢，赋予它能够独自延续的力量，

而不必消耗并不存在的名字，
就这样，从生到死，
时光将我们连接成一只蜿蜒的手臂，
共同竖起了沉睡的烧焦的高塔。

那就是在我们的躯体上生长起来的石像。

如今请看看那些石像，摸一摸这材料，
这些嘴巴拥有沉睡于我们死亡之中的
无声的语言，
而这被豺狼一般的大海和时光舐出来的砂质疤痕
依然是屹立着的容颜的一部分，
存在的标志，战胜灰烬的珠串。

它们就是这样诞生的，就是这样的生命，
曾营造出自已坚固的巢穴、石中的蜂房。
而这眼神中蕴含着比时光更多的沙粒，
包藏着比所有的死亡巢穴更深的沉寂。

它们曾是宏图的蜂蜜，栖居在
如今已从岩石上滑落的炫目光芒中。

7

雨

（拉帕努伊）

不，千万不要让女王辨认出
你的容颜，亲爱的，
远离那些石像，
你的秀发在我手中的分量才显得更加甜蜜，
你可还记得那棵来自曼加雷瓦[1]的树？它曾
将花瓣撒落到你的头发上。我的手指可不像
白色的花瓣：你看，它们像树根，
像蜥蜴也难于攀附的石笋。
别担心，我们就这样赤裸着身体等待雨落——
飘洒在马努塔拉岛的雨。

然而，正如岩石间的水流会变得棱角分明，
雨滴洒落在我们身上，轻轻地把我们
引向黑暗，引向拉诺拉拉库[2]洞穴的
更深处。因此，
渔夫和雨水都不能一瞻你的容颜。
请把你那对燃烧的乳房塞入我的口中，
让你的秀发变成我的一小片夜空，
让那幽暗中的潮润清香将我遮掩。
夜里，我梦见你我变成

---

① 太平洋上甘比尔群岛的最大岛。
② 复活节岛上的火山。

连理并枝的双生树，
你熟悉泥土和雨水，就像我的嘴，
因为我们本来就由泥土和雨水造就。
有时候，我在想：死后我们将长眠地下，
在石像脚底的深处，瞩望着
那带领我们来建设、来相爱的大洋。

在刚刚认识你的时候，我的手并不坚强似钢，
别处的海水从手指中穿过，如同穿过一张渔网，
现如今雨水和岩石撑托着种子和秘密。

你就这样赤身睡着爱我吧，
在岸边，你就像这海岛本身：
你掩藏在睡梦深处的模糊的爱、隐蔽的爱，
就像是环绕在我们身边的大海的汹涌。

等到我也赤裸着身体
在你的爱中沉沉入睡，
请让我的手放在你的胸前，
让它伴随你那被雨水打湿的乳头一起搏动。

8

大洋人

大海的骄子，南极的鞭子鞭打的亚马纳人，
身上涂着油脂和碎石的阿拉卡卢夫人，
除了那腐烂的海豹皮，
不再有别的什么神祇：
小小的独木舟，
在水墙和深渊之间，
伴着充满敌意的鼓声和暴风雨，
载走狼群流浪的爱
和那点燃在
人迹所至的海之尽头的炭火。

人啊，灾殃
并不来自雪河，
也不是来自被冰川的寒气
冻僵的月亮，
而是来自人，甚至是
在一望无际的雪原
在大洋的尽头
他们也要利用那被放逐的骨骼
直至将你排斥于一切之外，
而如今，你的独木舟远离一切，
远离积雪，
远离冰原上骤起的风暴，
在原始的盐粒中

在巨大的孤独中漂荡，
以寻找面包的贮藏所。
你是大洋，大海及其蓝色怒涛的涓滴，
而你破碎的心，
如同难以置信的、永不熄灭的火焰，将我召唤。

　　我爱泡沫般的风啸中
　　搏斗的冻结了的草木，
　　我爱峡谷下
　　被寒风搅动的水面上甲壳似的灯光中
　　燃烧着发亮的小村庄，
　　我爱南极
　　笼罩在梦幻般白色光辉中的城堡上的朝霞。

　　我甚至爱
　　被朝霞的透明光束烧焦的
　　草木的错乱根须，
　　然而，这产生于决裂时刻的波涛，
　　像被寒风损伤的爱一样，
　　被驱使着奔向你，
　　大海的影子，冰羽的苗裔，
　　衣衫褴褛的大洋人。

9

南极

南极，你这南方的卫冠，
冰灯的珠串，
从大地表面剥离下来的
冰雕瓜叶菊，
被纯洁摧毁的教堂，
洁白圣殿上的残破航船，
碎玻璃的牺牲者，
雪夜撞击在墙上的
狂飙，
请把你被侵入的孤寂撼动的
双重胸膛赐予我吧，
赐予我由所有洁白的花冠装扮起来的
骇人风暴的通道，
连同所有沉船的汽笛
所有世界的白色沉陷，
或者你那被寒风清洁得
如同一块纯净的石英的胸膛，
连同那没有呼吸的事物、
无尽的透明材料、开放的空气、
没有土地也没有贫穷的孤寂。
你是最为严酷的正午的王国，
你邻近怀恨的星辰，原地不动，
你是铮铮作响的冰铸竖琴。

所有的大海都是你圆形的海洋。

大洋的全部耐力
都将自己的透明度归之于你，
盐在你的身上筑造了连绵堡垒，
冰在一根水晶针上
建起了座座高城，
风刮遍你带着咸味的阵痛，
如同一只被雪炙烧的猛虎。

你的穹顶
在积雪的航船中孕育出了险阻，
你的脊背的荒漠上
生命就像海底的葡萄园，
无所损耗地燃烧着，
将火种保存下来，留给冰雪的春天。

10

海岸的孩子

海上的贱民们，挨打的
南极犬，
雅干人的尸骸上，
庄园主们跳着舞，
他们曾按数付钱
雇人砍断高傲的脖子。

安托法加斯塔和干旱海岸的阡戈人①，
贱民们，大洋上被冻僵的虱子，
拉帕的子孙②，安加罗阿的贫民③，
衣不蔽体的狐猴，霍图伊蒂④的麻风病人，
加拉帕戈斯⑤的农奴，
各群岛上的那些衣衫褴褛却令人垂涎的人们，
磨破的衣衫
透过脏污的补丁
展示战斗过的构造
风雨陶冶过的肌肤
琥珀般之人的勇武身躯：
船载着货物来到大海的祖国，绳索、封条、基石、

① 智利北部以捕鱼为生的土著居民。
② 复活节岛原始居民的后裔。
③ 复活节岛人数最多的民族。
④ 复活节岛东南岸地区。
⑤ 厄瓜多尔的一个群岛，位于太平洋。

轮廓模糊的侧面人头像的钞票、
海滩上的瓶子碎片，
总督、议员，
大海的心脏变成缝隙，
变成口袋、碘片和苦难。

在他们前来兜售的时候，
黎明是甜蜜的，
衬衫就像船上的积雪，
而天之骄子们亢奋起来，
只见鲜花和篝火，月光和摇动。

大海的虱子们啊，现在你们就以粪土果腹吧，
你们就暗中等待残羹剩饭、
海员或经理穿破的靴子吧，
你们就散发粪臭和鱼腥味吧。
你们已经走进了怪圈，
不到死亡之时是出不去的。
那死亡可不是在海上，有碧水、有月光，
而是掉进讣告
没头没脑的窟窿中去，
因为，现在你们即使想忘却，也已不再可能。
从前，就连死亡也有领地、
轮回、阶段、季节，
可以在玫瑰的晨露
或是银鱼的穿梭中
跳着舞蹈飞升，
而今你们却一死就永远不得复生，

坠入教士阴森的判词里，
你们只不过是大地的蛆虫，
至多不过在地狱的公证所里
甩甩尾巴而已。

来吧，你们到这大海的岸边来繁衍吧，
我们还接受你们，
你们可以下海捕鱼，
我们的渔业协会可以得到保证：
你们可以去码头上搔痒，
搬运鹰嘴豆的麻包，
躺在岸边的炉渣堆上睡觉。
浪花的肮脏穷鬼们啊，
你们是一种实实在在的威胁，
如果教士答应，
你们最好还是登上那条等待着你们的船，
带上你们的全部，连同身上的虱子，
那条船会将你们载向虚空，
无须棺木，
被最后的海浪和厄运啃咬，
况且还不必向死神缴纳佣金。

11

死亡

成群的角鲨好似海藻，
又像是在深渊中游弋的丝绒，
突然间你们如同狭长的月亮，
带着紫红的利刃出现：
油光的巨鳍置身黑暗、死亡和速度，
仿佛一艘艘恐怖的军舰，
发着炫目光芒的罪恶就像一个花冠，
在绿色的火焰中，
在闪电的刀剑上，
悄然地登上甲板。

你们是在海面下滑动的
纯洁的黑色身影，就像爱情，
就像涌向喉头的爱情，
就像辉映在葡萄上的夜色，
就像溅在匕首上的酒光：
你们是如同骇人旗纛的
巨幅皮革的宽大影子，
你们是手臂、嘴巴、舌头的簇丛，
用波动的鲜花捕获猎物。

生命最细微的水滴里
蕴藏着一个犹疑不决的春天，
它将以自己一成不变的机制

封固颤抖着落向虚空的一切：
在不可挽救者的深沉弥留之际
悄然抛出一根险恶磷火腰带的
紫外线光带，
还有溺水者的地毯，
上面长矛林立，
满是颤动着活跃着、如同在贪婪海底
往来穿梭的织机般的海鳝。

12

波浪

波浪发自海底，扎根于
倒映在水中的苍穹。
它那具有韧性的侵犯
由大洋的纯净力量所推动。
它的永恒显现在
淹没了有着深厚力量的宫阙，
而每一件物体都对它进行了抵抗，
向它的腰间连连释放出无情的火焰，
直至从力量的枝头
迸发出雪花般的力量。

它很像是一枝从大地萌生的花，
带着不散的芬芳生长，
直至变成盛开的玉兰，
然而，这朵花在海底爆裂了，
蕴含着所有被废止的光芒，
蕴含着所有未曾燃烧的树枝
和所有纯洁的源泉。

所以，当它浑圆的眼睑，
它的体形，它的冠冕，它的珊瑚，
隆起于海面
化作海底一切生灵的存在时，
它就变成建造中的海的总和，

变成正在竖起的海的支柱，
变成所有海的诞生与失败。

盐的学堂敞开大门，
所有的光辉直冲天空飞升，
润湿的金属酵酶
从深夜一直膨发到黎明，
所有的光亮汇聚成花冠，
鲜花生长直至消损了巉岩，
泡沫的河流升高至消亡，
暴长的草木发起攻击，
玫瑰在钢铁上怒放，
水的城堡颓坍倾倒，
而大海归于宁静，
它晶莹而颤动的尖塔不再流溢。

13

港口

阿卡普尔科，你好似由一块蓝色石头雕成，
清晨大海在你的门中醒来，发出彩虹般的光辉，
绣着花纹，
犹如一只海螺，
而在你的岩石缝隙之间，
游鱼就像是海的光焰激发出的频频闪电。

一边是广阔无垠的水面，
一边是被黏土灯盏点燃的高原，
你就是那完美的光明，没有眼睑，
你就是那无遮掩的白昼，如同沙花一般匀称。

傍依在你的身边，湖沼给了我
那赤日炎炎的午后时分的爱，
走兽在丛莽中出没，
白鹭从树结般的巢中飞出扬起泡沫，
而在那如同罪案留下的血色水中
禁锢着一个沸沸扬扬、只有嘴巴和尾巴的种族。
托波洛万波①，才刚刚
在优美而光洁的加利福尼亚湾展现，
星空般的马萨特兰②，夜间的港湾，
我听到了拍击着

①② 均为墨西哥港口。

你的贫穷和你的星体的浪涛，
激昂的无伴奏合唱的搏动，
在红色月色纱网下歌唱的
梦游的心脏。

瓜亚基尔，长矛的音节，
赤道星辰的锋刃，
像女人打湿的发辫一般
涌动的潮润夜幕那打开的门闩，
苦涩的汗水浸润着葡萄串，
如同大海的酸液，
从枝条间的象牙滴落，
滑入人们的口中，
你是被这汗水
锈蚀了的铁门。

我登上过莫延多[①]的白色巉岩：
燥热的阳光，疤痕，
龟裂的岩石中
包藏着珍宝的火山口，
禁锢在光秃峭壁间的
细小人形，
金属般的峡谷的影子，
死亡的黄色荒丘。

皮萨瓜，被酷刑玷污的

① 秘鲁港口。

痛苦字母，在你空洞的废墟里，
在你骇人的绝壁上，
在你石砌的孤寂牢房中，
有人曾经企图消灭人类的踪迹，
有人曾经想要用死的心脏
敷盖地面，想要把象征狂暴的不幸撒播
直至将尊严摧毁：
在那里，在那弥漫着
咸味的空巷中，悲伤的幽灵
正在扑扇自己的披风，
而历史就像一座
被孤独的泡沫冲击的纪念碑，
矗立在那些遭到亵渎的光秃石缝中。
皮萨瓜，在你空旷的峰顶，
在极度的孤寂里，
人类真理的力量正悄然崛起，
犹如一座无字而高贵的纪念碑。

玷污你山上的生活的
不只是一个人，不只是一种血，
而是所有被永远送进
受伤的泥沼、刑讯室、
服丧中的美洲荆棘丛的刽子手们，
而在你满是荒漠的巉岩
遍布枷锁镣铐的日子里，
不只是一面旗帜遭到损伤，
不只是有一个恶毒的歹徒，
水中的蛇蝎猛兽

在用毒牙撕咬历史，
在用致命的利刃
刺穿苦难深重的人民的心脏，
捆住生养他们的土地，
污损黎明的沙原。

啊，沙滩环绕的港口，
你们在硝石的包裹之中，被看不见的
盐分侵蚀着，它将苦痛留在祖国，
却把黄金送给
正用利爪抓挠我们灾难深重的土地的
不知名的神祇。

安托法加斯塔，你幽婉的声音
直抵晶莹的光芒，
凝聚在货包和仓底
并在晨曦的荒芜中
朝着航船的方向播扬开去。

伊基克，干枯的木玫瑰，
在你的白色栅栏之间，
傍依着你被沙漠和大海的月光
浸润过的松林，
我的人民洒下了自己的鲜血，
真理被扼杀，
希望破灭化作残忍的血泊：
罪行被黄沙掩埋，
距离遮没垂死者的鼻息。

幽灵般的托科皮亚，在山下，
在遍布芒刺的秃原下面，
奔流着干雪般的硝石河，
既没有削弱自己的图谋，
也没有减缓曾经在田地里
战胜死神的黝黑臂膀的磨难。

人迹罕至的海岸啊，人类之爱
如同最深重的羞怯的金属，
潜藏在你石灰质的边沿，
你阻挡着被它扼制的湖水。
被掩埋在地下的人来到你的港口
欣赏被出卖的街道上的灯光，
放松厚重的心脏，
忘却流沙和灾殃。
你，在你走过的时候，你是什么人？
什么人掠过你金色的瞳仁？
什么人又接踵在水面上出现？
你微笑着走来，你欣赏树木的宁谧，
你轻抚玻璃窗上的幽暗月光，
仅此而已：人隐没在
吞噬一切的黑暗与棍棒之后，
躺在医院里，
在火药的礁石上酣眠。

南方的港口啊，它们曾将
树叶的雨帘洒在我的额上，
冬季凄苦的松柏

从自己满是针刺的源泉里
舀起孤寂泼向我的痛苦。
萨阿维德拉港[1]啊，凝冻在
因佩里亚尔河畔，
黄沙的河口，
如同纷纷飘落的橙花一般
突然从未被摇动的树枝上飞起，
唤起我的柔情，
被狂暴的海涛驱散
并散落于无垠荒野的
海鸥的悲啼，只留下彻骨寒意。

随后，我的行程抵达了冰天雪地，
在蓬塔阿雷纳斯[2]
海峡沉睡的房屋里，在纳塔莱斯港[3]，
在野兽嗥叫的蓝色领域里，
在呼啸声中，在纵横无羁的
地球尽头的夜幕之中，
我看到了斗争中的木板，
我在狂风中点燃了灯盏，
我把双手深深插入南极光秃的春天，
我亲吻了刚刚绽开的花朵那冰冷的花粉。

---

① 智利港口。
② 智利最南端港口城市，位于麦哲伦海峡以北的不伦瑞克半岛。
③ 智利港口城市，位于蓬塔阿雷纳斯西北 247 公里处。

14

船舶

装载着丝绸的船舶在光霭上漂荡，
傲然显露于紫色的晨曦之中，
从海上的太阳中穿行而过
如同拆散的丝缕似的红色旗帜，
肉桂使金灿壳体中的热烈气息
发出提琴般的声响，
码头上摩擦的手掌的旋风里
呢喃着冷酷的贪欲，
玉器闪烁着迷人的碧润光泽，
蚕丝中苍白的谷物，
这一切好似轻轻掠过的阵风，
犹如倏忽而逝的海葵舞蹈，在海上漫游。

轻便快船，
海上的精巧工具，张着帆的鱼，
被小麦染成金黄，
载来覆满尘土的货物，
光灿如火落在帆布间
满满的宝石，
或是装满
从盐碱滩上收集来的硫花。
另外一些船装载的却是人类，
被铁链锁着关在潮湿的舱底，
囚徒的眼睛用泪水

蚀裂了厚重的船木。
脚趾刚刚离开象牙，
苦难就像堆集的腐烂果实，
赤裸的痛楚好似马鹿：
头颅从夏日的钻石中
跌入污臭粪坑的深处。
装满小麦的船只
在波涛中颠簸行进，
仿佛是谷穗的熏风掠过田野。
捕鲸船，遍布鱼叉一样
坚硬的心脏，
边行边猎，缓缓地
驶向瓦尔帕莱索，
脏污的帆篷不停地震颤，
被冰和油损伤，
直到舱里装满
海兽的柔软躯体。
破损毁坏的船舶，
曾经颠簸于怒涛的波峰浪谷之间，
而船上的人们只能耽于往事，
死死地抓住船体的残片，
之后像断指一般
将大海的碎片送入
挣扎中泛着泡沫的海水那
薄薄的嘴巴。
硝石船，敏锐而轻快，
就像是顽皮的海豚
冲向被风掀起，在自己华贵的被单上

滑落的连绵泡沫，
纤巧如指尖、指甲，
矫捷似飞羽、骏马，
穿梭于拍击着我的祖国的金属的
幽深海域。

15

致船首雕像

我们在麦哲伦海峡的沙滩上捡到了你，
疲倦的航海者啊，你一动不动地承受着
你那甜美胸脯的双峰曾傲然迎击过的风暴。

我们在南方的海域将你重新竖起，
可是如今你只是黑暗角落里的过客，
就像你曾在远洋中护卫过的小麦和金属，
被紧紧包裹在大海的夜幕里。

现在你属于我了，女神啊，
天空中掠过大信天翁舒展的身影，
就好似由你无珠无神的木雕眼睛
指挥着的雨中音乐斗篷。

大海的玫瑰，比梦还要纯洁的蜜蜂，
杏仁似的女人，你用充满歌声的圣栎树根
铸成自己的形体，
你从布满雀巢的枝头汲取了力量，
你的嘴巴就是风暴，
你拥有足以将光明征服于胯下的精致的温柔。

与你同时诞生的天使和女王们
身上长满苔藓，注定以死者的尊荣
一动不动地酣眠的时候，

你爬上了尖细的船首，
你就是天使、女王、浪涛、世界的震颤。
人们哆哆嗦嗦地攀上
你苹果般乳房之上覆盖的高贵衣衫，
而你的嘴唇，噢，美人啊，
却被同你野性的嘴巴相配的亲吻润湿。

在奇妙的夜色下，你的腰肢
使航船纯粹的躯体嵌入波涛，
在茫茫的黑暗中开辟出
一条衰弱的火、磷光的蜜的道路。
风在你的鬈发上打开风暴的盒子，
放肆地发出金属般的呼啸，
而在黎明时分，曙光颤抖着
在港口迎接你，亲吻你被水打湿的冠冕。

有时候你会在海上停止航行，
船在摇晃中从舷边
放下一名死去的水手，
就像是脱落坠下的圆润水果，
投入泡沫之中，时间及船体的纯净运动之中。
在所有被危险吓得惨白，
沉浸于无用痛苦的面孔之中，
只有你承接了溅落在脸上的盐分，
你的眼睛敛住了咸味的泪珠。
何止一个可怜的生命顺着你的臂膀
滑向坟墓似的波涛世界的永恒，
死者和生者对你的厮磨

　　耗损了你海上漂泊的木质心脏。

今天我们从沙滩上将你捡起。
你终于呈现在我的面前，
也许你在睡觉，酣梦正甜；也许你已经死了，了无生气：
你的运动终于不再发出飒飒声响，
漂游的乐趣结束了自己的航行。
海的怒涛、天的突变
使你高傲的头上布满碎纹和裂痕，
你海螺般的容颜平和而宁静，
宽阔的额头上刻着深深浅浅的伤疤。

在我的心目中，你优美的姿容装下了
所有的芬芳，所有的漂泊辛酸，所有的深沉黑夜，
然而，生命却蕴藏在你如同明灯或女神的
高耸胸脯——鼓胀的宝塔、凝滞的深情——里面。
我捡起你，你就伴我航行吧，
直到某天我的一切全都化作泡沫。

16

人在船上

由运动着的盐分
在船体上划出的线之外，
在浸透酣梦的死亡的油垢之中，
船员疲惫地进入了睡梦，
值班员拖着一根金属棍，
船上的世界在轰响，
风吹着船木发出吱吱嘎嘎的声音，
舱内的铁器无声地颤动着，
伙夫在对着镜子观察自己的面孔：
在一块碎玻璃片里，
他认出了烟熏火燎的瘦脸上的一双眼睛，
那是格拉谢拉·古铁雷斯
死前深深爱着的眼睛，
这对她深深爱着的眼睛
却没能在床边看望她，
却没能带她做这最后一次航行，
在煤火和油烟中起航。
算了，在频频出海和无尽礼物间
如胶似漆的亲吻已经成为过去，
现如今已经没有人了，家里已经没有人了。
在海上的夜幕之中，爱情光顾所有酣眠者的床笫，
她栖居于船体的最底层，
就好似一株在夜晚向上伸展枝条的孤独海藻。

　　在那航行的夜晚，却另有人

躺在空虚之中，梦里没有大海，
就像现实生活一样，有的只是
断续的山峦，夜的残片，
驱逐梦境碎网的巉岩。
　　　　　　　　　　夜晚的
大地吞没了大海和波涛，
并用一丝尘埃的呼啸，
用一匙发出呼唤的死亡，
覆盖住沉睡中的可怜游子的心房。

海洋中的岩石是海洋，
水母的纤纤腰肢，
天空及其整个星光闪烁的虚空，

月亮都将海洋排除于自己的幽灵：
可是人类却紧闭双目，紧咬
道路，恐吓自己藐小的心灵，
啜泣着用指甲抓挠黑夜，
寻找土地，变作蛆虫。

波涛不能淹没、不能扼杀的是土地。

在陶罐中，黏土的骄气将死去，
粉身碎骨，逐开歌唱着的水滴
将自己不规则的裂痕衔接于土地之上。

你不要到大海中去寻找死亡，
不要期望得到领地，不要把那一抔尘埃

收集起来原封不动地归还给大地。

请把尘埃交给这歌唱着的巨大嘴唇，
把这嘴唇奉献给运动和世界的合唱，
而你则自毁于水的永恒母体之中。

17

谜

你们曾经问我，甲壳动物的金爪在编织什么，
我回答说：大海知道。
你们问我，海鞘在透明的钟状腔体里等待什么？等待什么？
我对你们说：它同你们一样，在消磨时间。
你们问我，巨藻①的手臂会捉到什么人？
你们去考察吧，在一定的时间里，到我所熟悉的海域去考察。
毫无疑问，你们还会向我提起独角鲸可恶的利齿，
让我告诉你们那海中的独角兽被鱼叉刺中后如何挣扎。
你们也许会向我问起
在南极海潮源头摇曳的八放珊瑚②的羽翼吧？
还有一个你们不解的问题，现在肯定也会被提出来：
珊瑚虫的晶莹体态到底是怎样生成的？
你们想知道海底动物尖刺上的电流从何而来吗？
你们是否想了解折断行走的坚硬钟乳石，
鮟鱇的钓钩，如同一根细线
布在水中深处的音乐？

我想告诉你们：大海知道这一切，在它的天地里，
生命十分广阔，像沙粒，纯洁而无法计数，
时光在血红的葡萄粒间磨砺出了
花瓣的强度、水母的荧光，

---

① 一种海生水藻，成体长 70～80 米，叶片有气囊。
② 生于暖海中，有八条羽状触手的腔肠动物。

从一只极其巨大的贝壳的丰饶杯里
倾泻出自己珊瑚状的纤维束。

我只不过是一张空网，
游移着人的眼睛，它们在黑漆漆的世界中死气沉沉，
舞动着惯于呈三角状的手指，
和一个怯懦的橘形半球的标尺。

我像你们一样
探究过那无尽无休的命运，
并在自己的网中，在黑夜，赤条条地醒来，
变成唯一的捕获物，囚禁于风中的鱼。

18

岸边岩石

大洋的岩石啊，你们不具备
从初春到庄稼结穗期间的
肥沃土地中萌生的物质。

在葡萄园游弋的风的
蓝色触角并不认得
从孤寂中奔向大洋的容颜。
那是断壁残崖的面庞，
没有见过蜜蜂，
面对的只是无尽的波田，
那是岩石的相貌，
在自己千痕万壑的永恒中
接受了奔涌不息的忧凄泡沫。

那是向狂风暴雨屈服的船舰
由粗粝的花岗岩筑造而成，
是大海的旗幡在其凝滞的躯体中
止息飘舞的星体。

那是骤雨狂澜的宝座。

那是桀骜不驯的孤傲高塔。

大海的岩石啊，你们拥有

　　时间的胜利色泽，
　　被运动中的永恒消磨了的物质。

是火炼就了这些坯块，
海以霰弹对其进行轰击。

铜与盐水汇合的褶皱，
橘色的铁城，
银光和白鸽似的斑块，
就是死亡的壁垒，
是成群聚集的深邃的界线。

　　孤寂的岩石，可爱的岩石，
　　你坚硬的洞穴中悬吊着
　　海藻阴冷的骚动，
　　海滨的孤寂爬升至
　　你被月光沐浴的边缘，
　　从你隐没于沙滩的脚下，
　　是什么香气消匿了踪迹，
　　又是什么像婚礼花环一般颤动着攀缘升腾？

沙地花草，三角多肉，
那些将自己的辉泽
铺洒于岩面的光洁物质，
大海的春色，
雕凿于岩顶的纤杯，
刚刚点亮就被风寒冻僵的
苋菜微弱的光芒，

请你们给我同星空下的
旷野荒漠抗争的品格。

大海的岩石，
滞留在光的战斗中的火花，
被氧化成金色的钟，
苦痛的利剑，破碎的炮塔，
正是在你的疤痕上
它们筑起了大地上没有牙齿的雕像。

19

贡戈拉式软体动物

我从加利福尼亚带回来一只长刺骨螺，
刺是硅质的，冰冻玫瑰般棘刺林立
那样子像是一团烟，
而如同膀膛的粉红腔体
好似燃烧的肉质花冠的素淡缩影。

我还曾有过一只宝螺，斑斑点点
滴落在壳体上，点缀着
被火药或玛瑙烧灼出圆痕的纯丝绒，
另外一只那光滑得如同酒杯的脊背上
覆着一整个好似雕琢于月球表面的河流网系。

啊，螺旋贝，精巧的 *scalaria*[1]，
那螺线悬在空中，
挂在海里，
啊，那是蛋白石的指环，
带着甜美轻轻缠绕而成的
曙光的脆弱纪念碑。

我扒开流沙，从海里
捞起血色珊瑚般的牡蛎，

① 拉丁文学名，梯螺。

spondylus[①]，它在双合的壳体中
闭锁着自己潜藏的珍异的光泽，
变成裹着红针的宝匣
或者带有尖刺的雪团。

我在沙滩上捡到了柔媚的榧螺，
湿漉漉的行者，紫红的足趾，
潮润的宝石，正是参照它的样子
橄榄结出了火焰般的果实，
水晶琢磨出自己大海的品质，
鸽子塑造了自己椭圆的形体。

人鱼的螺号将遥远的距离
收存在声音的洞穴里，
在它辫状的石灰壳架里，
大海用瓣片托起了它的穹顶。

噢，*rostellaria*[②]，不可捉摸的花，
就像针尖上立着的十字架，
小得不能再小的教堂，粉红色的长矛，
光的利剑，水的花蕊。

可是，船蛸，由月亮生成的光明之子，
却高踞于晨曦的端头，
在螺旋似的素馨船中

---

① 拉丁文学名，海菊蛤属。
② 拉丁文学名，大鼻螺，凤凰螺属。

被震动的波纹指引，
被颤抖的泡沫摩挲，
破浪航行。

而 *tridacna*[①]，躲藏在潮汐时分
紫色大海的蜿蜒大口中，
像城堡一样合起
它巨型香堇菜般的双唇，
于是，庞然的玫瑰
吞噬了亲吻它的海中生命：
它是盐筑的寺庙，
硬化的波浪桎梏的不动产。

然而，鹦鹉螺啊，我应该提到你，
触摸着你长翅的王国，
你的圆形大地，你在其中航行，
滑动着自己珍珠质的小船，
你的螺旋几何体，
将海的时钟、珍珠母和线条融为一体，
结构之神啊，我应该同你一起
乘风向海岛飞去。

① 拉丁文学名，砗磲属。

20

被欺凌的海鸟

硝石的原野，不毛之地，盐碱沙滩，
高踞于托科皮亚山上，
那是草木不生的荒漠，没有甲虫，
没有叶片，没有荫凉，没有时间。

长期以来，灰鸥鼓动着翅膀
从岸边飞向人迹罕至的地方，
飞向遥远的一片荒原，
在那儿，在偏僻炽热的沙滩上
筑巢、孵卵，
用柔弱的生命
铺展起地毯。

　　来自大海的美丽河流，
　　爱意野性的孤独，
　　风将羽翼揉搓成玉兰花团，
　　在血涌似的飞行、翔空的搏动中，
　　所有的生命将自己的威势
　　积聚在一起汇成洪流，
　　于是，不毛的盐碱滩有了居民，
　　荒漠被点缀上羽毛，
　　沙丘孵化出飞翔的家族。

人类出现了。也许是沙漠

掀起的犹如海涛般的喧嚣
弥补了木然的
荒野迷途者的不幸，
也许是欢腾的无尽白羽
像明灿的星星令他目眩，
可是，更多的人接踵而至。

他们踏着晨曦到来，
还带着棍棒和筐篮，
他们掠夺财宝，打死海鸟，
他们逐一掀翻羽毛的船形小巢，
捡起正在孵育的鸟蛋仔细掂量，
并把已经雏化的那些毁掉。

他们拿起鸟蛋对着阳光透照，
然后就狠命地摔向荒漠的地面，
任凭成鸟旋飞、啼叫和怒号。
海鸟将满腔的仇怨
撒播于遭到侵犯的空间，
用羽翼遮蔽了太阳的光线。
然而，毁灭的力量冲击了窝巢，
高高举起的棍棒
把沙漠上的大海之城夷为平地。

再后来，在弥漫着浓雾和满是醉汉的
市镇夜色里，
传来提篮叫卖
海鸟蛋、野果的吆喝声，

而荒原上却已一无所有，
剩下的只是没有季节变化的孤寂
和遭到侵袭、笼罩着仇怨的盐滩。

21

利维坦[①]

方舟，狂暴的宁静，
滑动的黑夜海兽，外来的极地住客，
你不会挪动浮冰般的身影
悄然从我的身边滑过，
我也不会冲破你的墙堵
掀起你海下严冬的躯壳。
你被逐星体的黑色火焰
劈劈啪啪地冲向南方，
你的静默搅动了浓密的岁月，
惊扰了寂然的海藻。

那只不过是外表，
是被世界的震颤束缚着的形体，
皮革被自己的威力和温柔震慑，
它的尊严在其中滑行。

被黑雪的火炬
点燃怒焰的方舟，
当你那盲目的血液生成的时候，
大海正处于在花园里沉睡的年龄，
整个地域沐浴着
月亮洒下的闪烁不已的迷人光芒。

①《圣经》中描述的海中怪兽，常借指鲸鱼。

生命就像一堆蓝色的篝火
噼啪作响，
水母，卵巢的无数风暴
和一切生育繁衍全都异常纯洁，
都是海葡萄的搏动。

你的巨大桅墙正是这样，
竖立于波峰浪谷之间，
犹如母性掠过血液，
而你的威力则好似
一直浸润到草木根须的无瑕黑夜。
迷失和恐惧震撼了孤寂，
于是，你的大陆
远远逃离了期望中的岛屿，
然而，恐惧越过了
寒月的球体并进入你的肌肤，
侵扰了守护你
熄灭的骇人灯盏的孤寂。
黑夜与你同在：包裹着你，
为你涂上一层风暴的泥浆，
而你飓风般的尾巴，
搅翻了星星入睡的冰层。

啊，巨大的伤口化作热流
将它无能为力的嘶吼
传遍被血海染红的
鱼叉施威的区域，
淌着血、温顺、沉睡的海兽，

如同破碎半球的飓风，
被抛上了弥漫着怨恨和臭气的
黑色炼油船。

啊，庞然巨躯葬身在
极地月光下的冰原，
犹如哭泣着遮蔽血腥海洋的阴森云团
遮蔽了整个天空。

22

鸬鹚

海岛上产粪的鸟啊，
顽强的飞翔意志，
天空般的形体，
无数次生命之风的迁徙，
当你们的翅膀掠过静悄悄的秘鲁
将沙尘扬满隐秘的天空，
日食便会出现。
啊，徐缓的爱情，野性的春天
你倾倒了自己盈溢的酒杯，
以圣水颤动的流波
驾驭着物种的航船，
将自己丰饶的天空
推向积满粪土的红色海岛。

我愿藏身在你的翅膀里，
由所有颤动着的浓密羽毛支托着，
在睡梦中向南方飞去。
我愿悄无声息地
在箭矢的黑河中漂流，
在不可分离的搏动中自我分裂。
随后是羽翼的阵雨，
石灰质的岩岛敞开了自己冰冷的乐园，
在那里，饰着羽毛的月亮落下，
黑色羽毛翻飞的暴风雨落下。

面对咕咕叫的母鸟，
人，于是，低下头，
胡乱地用手去抓刨积粪，
一层一层地揭起，
刮起白色的粪便，
收拢散落的粪渣，
就像是一个奴隶，
跪在发酵的海岛中央，
冲着那不凡之鸟装点的
冒着酸气的岸边礼拜。

23

不只是信天翁

你们不属于春天，等待你们的
不是干渴的花冠，
不是葡萄藤和葡萄串
一丝一丝积结起来的紫色蜜汁，
而是暴风雨，
是陡峻破败的礁顶，
是晨曦凿成的裂缝，
不止于此，还有
挑战的绿色矛锋，
海边荒漠的颓然荒僻。

盐的新娘，海边的鸽子，
你们背对大地上一切不洁的气息
飞向潮润的大海，
你们将翱翔的空域
沉埋于蛮荒的光明。

你们是圣洁的，
不只被裹挟在疾风中
如同一个个小小的气旋，
不只在狂怒的坡面筑巢，
你们还是圆圆的雪球一般的海鸥，
浪尖上的船夫，
白金打造的银色背包。

当鲣鸟缩作一团
劈空而下，
当预兆飞行在
信天翁的宽阔翅膀，
当海燕乘风翱翔于
运动中的永恒，
不只是那些常见的鸬鹚，
我的心紧缩在自己的腔膛之中
并将自己的歌
朝着大海及海鸟释放。

请给我你们藏于胸中
带向任暴风雨冲刷的巉岩的冰冷锡锭，
请给我凝聚于
海鹰利爪上的品性，
或者抵挡得住
任何增长和碎裂的岿然形体，
没有遮拦的橙花的煦风
和辽阔无边的祖国的气息。

24

海的夜晚

大海的夜晚，洁白而碧透的雕像，
我爱你啊，请你伴我入眠。
我曾经顶着烈日在大街小巷徜徉，几乎要死去，
树木跟着我一同生长，
人征服了它的灰烬，
准备在大地的怀抱中安然小憩。

他将夜幕打开，
使你的眼睛无法看到他休憩的丑态，
他需要亲近，于是就在生灵和四壁的庇护下
伸展开臂膀沉入悄然的梦境，
把自己的根须扎进丧葬的大地。
大洋的夜晚啊，我怀着支撑自己的情爱
来到你敞开的形体，
你那由毕宿王监护着的广阔领域，
你那不停歌唱的潮润唇边。

大海的夜晚啊，我看见了
你是怎样被无边的珍珠母
拍击着一点一点地降生，
那熠熠闪光的丝缕，你腰肢的电流，
声涛蓝色的涌动
追逐着你被吞没的恬静，
我看见它们交织为一体。

爱我吧，而不必有情，血腥的娇妻。

爱我吧，用空间，
用你呼吸的河流，
用你增长的所有溢流的钻石爱我吧，
爱我吧，不停歇地用你的面颊爱我吧，
请给予我你刚直的怜悯。

美丽的夜晚，你是美丽的，爱人：
你像沉睡在你警觉的经纬上的蜜蜂一样
保存着暴风雨，
梦境和波涛一起
在你起伏不平的胸襟上涌动。

夜晚的情人啊，我追随着你抬起的事物，
你的永恒，映出繁星的
颤动着的高塔，
你摇曳的幅度，
海浪在你周边堆积出的村镇：
我情系于你的喉咙，
你在沙滩上撞破的嘴唇。

你是什么人？大海的夜晚，告诉我，
你起伏的毛发
是否遮没了所有的孤寂，
这鲜血和绿野的世界是否没有边境。
你负载着无数的船舶，
你倒映着被风吹碎的皓月，

所有金属的主人，
深厚的玫瑰，赤裸爱情的风暴滋润的玫瑰，
告诉我，你到底是什么人？

大地的长衫，碧透的雕像，
请给我一个钟状的浪头，
请给我一个怒放的橙花般的波峰，
还有千堆万堆的篝火，头顶天空的船舶，
我借以航行的水域，
无尽无休的天空之火：我只要
这地域上的一分钟
你那胜过一切美梦的疆界，
你全部的显赫，
肃穆沉思的星系：
你造访黑夜的秀发
和你筹备的白昼。

我想拥有你整齐的额头，
将它在我的心中打开
让自己可以降临你所有的岸边，即刻出发，
带着所有呼吸着的秘密，
带着如同鲜血和旗帜一样掩藏在我心底的
你的黑色的线条，
将这些隐秘的东西
送给每天的大海，
送给在各家各户沉睡的
战斗——情爱和威胁。

不过，

那时候，我将带着像你一样多的眼睛
走进城市，并将用手牵起
你拜访我时所穿的衣衫，让人们抚摩，
一直触及无法丈量的整个大海：
抗衡各类死亡的纯洁和毁灭，
不会耗损的距离，
献给睡着的和醒来的人们的音乐。

我是

1

国境

（1904）

最先映入我眼帘的是树木，
长满美丽野花的峡谷，
湿润的土地，燃烧的森林
和世界背后满溢的隆冬季节。
童年给我留下的记忆
是水湿的鞋子，森林中
倒在地上爬满青藤和甲虫的
枯朽树干，燕麦垛上的美好日子，
还有金色胡须的父亲
离家到威严的铁路去上班的画面。[①]

我家的门前，南方的雨水
冲刷着低洼的道路形成一个个黑色黏土泥塘，
每逢夏季到来，一切都变成金黄，
拉着刚收割的小麦的木轮大车
吱吱嘎嘎地走过，如泣如咽。
南方的太阳一闪即逝：
麦茬，红土路上的
尘烟，曲曲弯弯的河岸，
畜栏和牧场，
全都辉映着正午的甜蜜。

---

① 诗人的父亲曾是铁路工人。

尘埃的世界渐渐地侵入棚房，
穿过木桶和绳索，
进到摆满红色榛木桶的
酒窖，所有森林的眼睑。

在夏日的炎炎气氛包裹之中，
它就好像
被碾碎的血肉死死地粘在机轮上，
随着打谷机的声响，
顺着山坡，在长满
矮小波尔多树、高大栎树的土地上升腾。

我的童年经历了各个阶段，
我在铁轨和原木的城堡中，
家不在城市中，周围只有为数不多的牲畜
和散发着难以言喻的香味的苹果树，
我是个瘦弱的孩子，
苍白的面色被空旷的树林和酒窖的气息浸染。

2

投石手[①]

（1919）

爱情，也许犹疑的、尚未定型的爱情
只是忍冬在嘴唇上的撞击，
只是如同黑色篝火一般
升向我的孤独的发辫，
再加上夜晚的河流，
天空的标记，倏忽而逝的潮湿的春天，
疯狂的寂寞头脑，
夜阑时分让残酷的小郁金香升腾的欲望。
我扯散了天上的星座，弄伤了自己，
在同星辰的接触中磨利了手指，
一丝一缕地编织起一座无门城堡
的冰冷结构，
　　　　　　　　噢，如同星辰般的爱情的
素馨花徒然地阻留了自己的明净，
噢，在恋爱的日子里云团如同泪雨
洒入充满敌意的草间，
赤裸裸的孤独紧系于一片阴影、
一道被爱慕的伤口、一轮不驯的月亮。
呼唤我的名字吧，也许我曾对玫瑰说过，
它们也许就是莫名佳肴的影子，
世界的每一次颤动都熟悉我的行踪，

① 此题隐指聂鲁达早期作品集《热情的投石手》，初版于 1933 年。

最隐秘的角落，原野上
参天大树的英姿在等待我：
十字路口的一切全都向春天
呼唤着我的名字，涌进我的梦呓。

可是，甜蜜的面庞，燃烧的百合，
你，没有进入我的梦境，桀骜不驯，
被影子追踪的勋章，无名的爱人，
你是由花粉的全部结构，
由所有燃烧于不洁星体上的热风组成：
啊，爱人，憔悴的清晰的花园，
我的幻梦，犹如诡秘面包的酵母，
正是因你而产生、滋长。

3

家

我的家，刚刚锯开的新木墙壁
还散发着清香的家，国境线上
一幢大得空旷的房子，
每走一步都会发出嘎吱嘎吱的声响，
随着南方天气狂风的战争一起呼啸，
仿佛是风暴的组成部分，
犹如一只无名的鸟，在它的羽翼下诞生了我的歌声。
我见过幽灵，像草木一样
在我的根基周围长大的面孔，
在树荫下歌唱并
在汗湿的马群中狂奔的亲人，
躲藏在高塔似的男人
身影下的女人，
冲击着阳光的驰骋，
　　　　　　　　霍乱流行期间
人迹稀疏的夜晚，吠叫的狗。
大地上的天空尚未露明，
父亲乘着呜呜鸣叫的列车
驶向何处迷失的群岛？
后来，我爱上了烟雾中煤炭的味道，
机油，冰凉而精确的轮轴
和如同一只骄傲的肉虫般
穿过严冬覆盖的大地的列车。
突然，房门抖动。

那是我父亲。

一路上成群的人簇拥着他，
那是披着湿漉漉的斗篷的铁路工人，
热气和细雨随着他们进到屋里，
饭厅里响彻嘶哑的声音
讲述的故事，酒杯接连变空，
于是，从那些仿佛被困在栅栏中品尝痛苦的
人们那儿，我了解到
忧愁，不幸的疤痕，
一文不名的人群，
贫穷矿石一般的利爪。

4

旅伴

（1921）[1]

后来，我到了首都，身上浸染了些许雾和雨。
那是怎样的街道啊？
一九二一年的衣装挤在
难闻的煤气、咖啡和砖头的气味中。
我在学生中间生活却不能理解他们，
整天囿于四壁之中，每至傍晚
就到可怜的诗歌中去追寻
遗失的树枝、水滴和明月。
每个下午，我沉没到诗歌之底，潜入水中，
捕捉如同弃海的海鸥一般
难以触摸的冲动，
直至闭上眼睛并沉浸到
自己固有的环境中去。
难道那只是黑夜，
只是地下隐秘的、潮湿的叶片？
死神究竟从怎样的衰败物质幻化而出
直接触及我的肢体，控制我的笑容，
并在大街上挖出了一个不幸的陷阱？

我走出门去生活，我成熟了起来
并硬着心肠走进穷街陋巷，

---

[1] 当年聂鲁达去到首都圣地亚哥并进入教育学院学习法语。

毫不动情，几近谵妄地歌唱。
墙壁上显示出各种各样的容貌：
看不见光明的眼睛，
罪行照耀下的浊水，
孤傲的世产，
拥塞着破碎的心的洞穴。
我同这一切走到了一起：
只有在它们的合唱中，
我的声音才找到了诞生之初的孤独。

我开始成为
在火焰中歌唱的人，
受到那些同我一起在客店里
歌唱的夜间伙伴们的欢迎，
他们给了我不止一种柔情，
他们给了我不止一个春天，
用自己那抗议的手捍卫着的春天，
唯一的火，破败的城郊
真正的植物。

5

女学生①

（1923）

啊，你，阴影中的血肉情人，
比甜蜜更为甜蜜，
更为无边无境，
你从往昔的日子中涌现出来，在陶醉中，
你用浓重的花粉注满自己的酒杯。
　　　　　　　　　　　　　　从那
充满凌辱的夜晚，如同流溢的美酒的夜晚，
氧化的血迹般的夜晚，
我仿佛一座伤损的高塔倒向了你，
在寒酸的床单之间，
你的星光冲着我闪烁直到烧灼了天空。

啊，素馨花的罗网，啊，这新的幽暗中
我们紧搂着腰肢
维系着的肉体之火
以谷穗的血雨冲击着时间
触摸着的黑夜。

这是在空气泡沫中一无所有的爱情，
这是街道死一般寂静的爱情，

---

① 指阿尔贝蒂娜·罗莎·阿索加尔。聂鲁达于1921年与之结识并爱上了她。1924年出版的《二十首情诗和一首绝望的歌》中的许多作品都是为她而作。

这是生命全都死去时
我们点燃所有角落的爱情。

我啃咬了女人，因逐渐耗尽力量
而疲惫不堪，珍藏起珠串
开始亲吻接连亲吻的历程，
流连于爱抚，
沉湎于冰冷头发的洞穴，
被吻遍的双腿：
在大地的唇间，如饥似渴地
用被吞噬的嘴唇贪婪地吞噬。

6

游子

（1927）[①]

我走入大海并到过一个个港口。
污秽的岸边
吊车和仓房间的世界
在它的缝隙中展示出贫贱百姓和乞丐，
集聚于船侧
幽灵般的饥民大军。
卧在
沙滩上的干旱国度，
拖至脚底的长衫，光艳的披巾
从沙漠上涌出，
武装得如同毒蝎，
守卫着建在炽热权势的
尘封网络上的油井。

我在缅甸住过，
辗转于豪门贵族的厅堂
和猛虎在其中煅烧
血色金环的丛林之间。
从一个充满人类湿气的世界中
散发出混有寺庙的苔藓，香料，
粪便，花粉和火药难以名状的味道，

① 1927 年聂鲁达被任命为驻缅甸名誉领事，随即经布宜诺斯艾利斯、里斯本、马德里、巴黎和凡尔赛到达东方。

通过朝向达尔豪西街[①]的窗口
向我飘来。
　　　　　街道在召唤我，
那里有番红花色的布匹
以及红色的唾沫在不停运动，
还有伊洛瓦底江[②]的浊涛，
至少神衹还在上游地区的
土壤包围之中沉睡，
那混有鲜血和油渍的浓稠的水，
从那里奔泻而来，散布自己的子孙。

① 缅甸仰光的街道。

② 缅甸的河流。

7

远离这里

印度，我不爱你破烂的衣衫，
你手无寸铁、衣不蔽体的民众。
几年里，我的眼睛
一直想看穿
碧蜡般的城市间，
法宝及血腥糕点
发出可怕刺激的寺庙间
那轻蔑的丘岗。
我看见过层层累积、
堆在兄弟的苦难之上的不幸，
如同忧伤的河流般的街道，
拥塞于鲜花巨大的指甲间
小而破败的村庄，
我曾同民众——时间的卫士——一起
去揭开奴隶抗争的乌黑疮疤。
我去过庙堂，灰浆和宝石
砌就的梯阶染着脏污的血迹和死亡，
僧侣们沉醉于狂热的麻木
如禽兽般争抢着
抛撒在地上的钱币，与此同时，
噢，藐小的人啊，
脚下闪着磷光的庞然偶像
却伸长复仇的舌头，

或者，撕碎的花瓣
正顺着红石雕凿的阳器滑下。

8

石膏面具

我不喜欢……说不清是怜悯还是恶心。
我掠过城市，西贡[1]，马德拉斯[2]，
康提[3]，直至阿努拉德普勒[4]
那埋在地下的宏伟石城遗迹，
而锡兰[5]山崖上的
悉达多[6]雕像好似鲸鱼。我走得更远：
我见过槟榔屿[7]的细尘，
漫步过江河的岸边，
去过曼谷以外的地方，
那里紧张生活的人群
填满森林中的死寂，
看到过戴着石膏面具的舞女的衣装。
臭气熏天的海湾
撑托起满是宝石的屋顶，
而在宽阔的河面上，
成千上万的贫民
拥挤在船屋里，还有其他的人，
共同覆满黄色河流的那边，
如同一整张破烂的兽皮——

---

① 越南城市，即今胡志明市。
② 印度城市，即今金奈。
③④ 均为斯里兰卡城市。
⑤ 即今斯里兰卡。
⑥ 佛教创始人释迦牟尼出家前作为太子时的本名。
⑦ 马来西亚西北部小岛，因盛产槟榔得名。

人民的皮，受尽这些那些主子
凌辱的皮——的
无边土地。
　　　　　　　　权贵和王公们
无视将熄的灯盏
发出的潮润鼾声，
残害着可怜工匠们的生命，
而在利爪和皮鞭之间
存在着更高的特权，
拥有石油的欧洲人、美国佬
筑造起了铝的庙宇，
在无遮护的皮肤上犁耕，
发明了新的血祭典仪。

9

舞蹈

（1929）

在爪哇岛[①]的深处，在领土的阴影之间，
屹立着一座灯火辉煌的宫殿。
我穿过紧贴墙壁而立的
绿衣弓箭手
走进金銮宝座所在的大殿。
那位君主，像一头中风的猪，一只肮脏的火鸡，
戴满绶带、勋章，
坐在两位荷兰主子——
皱着眉头施行监督的商贾——之间，
多么令人作呕的一群蛆虫，
又是怎样肆意地向人类
泼洒一铲一铲的污秽。
遥远土地上的
肮脏哨兵，还有那无目无珠的麻袋般的
君主，拖着一身臭肉，
挂着一串假勋章，
在那卑微银匠的祖国横行。
可是，突然间，
从宫廷的隐秘深处
走出十名舞女，
轻盈得好似水下的梦。

① 聂鲁达曾在此生活过一段时间。

　　　　　　　　　　　每只纤足
就像是一条金鱼，侧步缓行，
蹚开如蜜的夜幕，土黄的面具
为油光的浓发
戴上鲜橙花的冠冕。
　　　　　　　　　她们在暴君面前
布开了阵容，水晶鞘翅般的铮铮乐声
陪伴着她们，纯净的舞姿
像花一般展开，白皙的双手
做出了一闪即逝的造型，
裙裾好似受到波浪或白光冲击
在脚后翻飞，
在圣洁材料铸造而成的鸽子似的
每一个动作中，
都有春日婚礼树般点燃的群岛上
空气发出的窸窣声响。

10

战争

（1936）[1]

沉浸在梦中的西班牙，
如同夹杂着麦穗的头发一般醒来，
我看见你的诞生，也许，
就在那悬崖和黑暗之间，勤勤勉勉，
我还看见你从橡树林和山野奋起
并带着被切开的血管巡视天空。
但是，我看见你在街角
遭到昔日匪徒的袭击。
他们戴着面具，
和毒蛇交织而成的十字架，
双脚陷在尸体的冰冷泥塘里。
于是，我看见你的身躯
从丛莽中被抛出，
残缺不全地暴露在染血的沙滩上，
裸露着，没有了希望，在弥留中惨遭折磨。
直到今天，你岩石间的水
还在地牢中流淌，
你默默地撑持着带刺的王冠，
就看谁有更大的耐力：
是你的苦痛还是那些穿行而来却不敢正视你的人们。
我曾经历过你用武器争取来的曙光，

---

① 指西班牙内战。1936 年战争爆发时，聂鲁达正在西班牙。

我希望人民和火药
能够再一次震撼蒙辱的树木枝条，
直至旧梦复萌，
散落在大地上的果实再一次汇拢。

11

爱情[①]

西班牙，你慷慨地赐予我坚贞的爱情。
我期待已久的柔情终于到来，
在我的嘴唇上印下最深厚的吻的人
正伴随在我身边。
暴风雨
没有使她离我而去，
分离也没能使我们征服的
爱情世界扩大地盘。
战火点燃之前，当你的身影
在西班牙的田野上出现的时候，
我是双重的观念，复合的光亮，
痛苦从你的脸上滑脱，
跌坠在失落的岩石之上。
我从巨大的悲痛中，从林立的鱼叉上
驶入你的水域，我亲爱的，
就好像在愤怒和死亡之中
奔驰的骏马突然间
遇到清晨的苹果，
飞溅着野性的瀑布。
从那以后，亲爱的，
遍布我行踪的荒野，
对我紧追的黑暗海洋

① 指聂鲁达同其第二任妻子德丽亚·德尔卡里尔的相遇。

以及无际金秋的栗树便都认识了你。

谁看不到呢？亲爱的，我的美人，
在斗争中，你就像是一个
带着星辰的所有标记的影子
伴随在我的身边。虽然
我只是人类沧海中的一颗谷粒，
但是到人群中去找我的人，
谁看不到你紧紧偎依着我的根基，
在我热血的歌中高高升起？

我不知道，亲爱的，是否还有时间和地方
再一次将你娇美的身姿，我的爱妻，
铺陈在我的作品里：
如今的日子是艰难而光辉的，
在这样的时日里，我们收获的是
糅合着眼睑和棘刺的甜蜜。
我已记不清什么时候开始有了你：
早在恋爱之前你就已经存在，
你带着
命运的一切要素奔向我，
而在你来到之前，孤独属于你，
也许就是你那沉睡着的秀发。
如今，我的爱情之杯啊，我几乎不再呼唤你的名字，
我的生命的主宰，我的爱人啊，
如同太空中的白昼，
你代表着世界上的全部光辉。

12

墨西哥

（1940）[①]

墨西哥啊，我到过你两海之间的所有地方[②]，
沾染了你铁一般的颜色，
我攀登过建造着尖刺林立的修道院的
大小山岭，
　　　　　　领略过
城市中恼人的喧嚣，
刚刚冒头的蹩脚诗人虚伪的牙齿，
和如同麻风病人的残肢般的
死者书页，以及一成不变的悄寂
构筑起的石阶之上
废墟潮润的光辉。

但是，从气味刺鼻的兵营，
孤独的汗水和金黄谷粒的芒刺中，
升起了集体的农业，
分发着祖国的面包。

有些时候，石灰质的山峦
阻断了我的行程，
　　　　　　　　于是，

① 当年聂鲁达到墨西哥就任智利驻墨西哥总领事职务。
② 墨西哥地处太平洋和加勒比海之间。

就只见割碎了
墨西哥领土黑色表层的
斑斑积雪，
还有庄园的树林里
疾驰如火药之吻的骏马。

　　在那些被遗忘的继承人中间
　　勇敢地抹去了地界
　　并交出用鲜血
　　换来的土地的人们，
　　还有纽结于作物须根之南的
　　疼痛的手指，
　　织就了这精细的脸谱，
　　使大地缀满了
　　花的玩具店，火的织物。

我不知道自己更爱什么，
是从地下发掘的
保持着无情岩石之坚硬的古代面容，
还是昨天滴着血的手
刚刚培育出的玫瑰。

　　就这样，我在土地上一寸一寸地
　　熟悉着美洲的泥土，我的身躯，
　　于是，以时间为依托的忘却
　　融入了我的血管，
　　直到那么一天，它的语言震撼了我的嘴唇。

13

在墨西哥的墙壁上

(1943)[①]

国家依傍着河流伸展
寻找着地球温馨的胸脯、嘴唇，
可是，你，墨西哥啊，你得到的
却是棘刺的巢穴，
嗜血鹰隼盘踞的荒漠高原，
颓坍的石柱的蜜汁。

有人找到了夜莺，
发现了人烟，盆地，
如同肌肤般的地区。
可是，你，墨西哥啊，却把双手插进了土里，
你在蛮荒的岩石上成长起来。
当带着露珠的玫瑰来到你的唇边，
上天的皮鞭却将它变成折磨。
怒涛翻腾的两海之间
如刀似剑的狂风成了你的根基。

你的眼睑在狂风暴雨的日子里
于浓烈的虞美人上张开，
冰雪将自己广袤的洁白
铺展到旺盛火堆最初在你之上栖居的地方，

① 聂鲁达于1943年8月30日离开墨西哥返回智利。

我熟悉你仙人掌的冠冕，
也知道在它的根须之下，
墨西哥啊，大地的潜流
和冷漠的矿石坯块
铸成了你地下的身躯。

啊，大地，啊，你那
永恒的、艰苦的地域之光，
加利福尼亚海的断枝玫瑰，
尤卡坦①发射出的碧绿射线，
锡那罗亚②的金黄爱情，
莫雷利亚③的粉红眼睑，
还有将心缚于你身躯的
芳香龙舌兰的长长的纤维。

充满着喧嚣和刀剑的雄伟的墨西哥啊，
当黑夜在大地上蔓延开来，
你把玉米的摇篮分派给人们。
你举起敷满圣洁尘埃的手
将它放到人民中间，
就好像是一颗面包和馥郁的新星。
于是，迎着火药的光焰，
农民看到自己摆脱了束缚的土地
在如同胚芽的死者尸体上闪耀。

---

①② 均为墨西哥的州名。
③ 墨西哥城市。

我歌唱莫雷洛斯
当他被洞穿的耀眼光辉陨灭的时候，
有那么小小的一滴
不停地在地下发出召唤，
直至用鲜血注满酒杯，从酒杯流出一条河，
一直流淌到整个美洲静悄悄的海岸，
将它浸润在神秘的精髓中。

我歌唱库奥特莫克。
我触摸他月亮的苗裔
和他蒙难神祇般的纯净笑容。
你在哪里，远古的兄弟，
你可曾失去温柔的坚定？
如今你幻化成了什么？
你火一般的存在于何处驻足？

　　就在我们手上那些黝黑的皮肤里，
　　就在灰色的谷粒中：
　　当曙光的根茎继夜幕之后
　　铺散开来，
　　库奥特莫克的眼睛
　　将自己遥远的光芒
　　洒向草木的绿色生命。

我歌唱卡德纳斯。
我曾身临其境，亲历了卡斯蒂利亚的暴风雨①。

① 指 1936 年爆发的西班牙内战。

那是无视生命的日子。
巨大的苦痛犹如残暴的树枝
伤害着我们忧伤的母亲。
在黎明和桂冠的祖国
遭到背叛、袭击和伤残的时候，
死者无人送葬，墙壁悄然无声。
那时候，
只有俄罗斯的红星和卡德纳斯的眼睛
在人类的暗夜中放出了光明[1]。
将军啊，美洲的总统，在这支歌里，
我要把在西班牙收集的光荣留一部分给你。

墨西哥啊，你向无家可归的人、
伤员、流亡者、英雄
敞开了大门，伸出了双手。
很遗憾，这一切只能这样来记述，
我真想，把这些话
再次张贴到你的墙壁上，就像是亲吻。
你将自己战斗的大门大大地敞开，
于是，你的秀发挤满了异邦的孩子，
世界的暴风雨
用眼泪为你诞生一个孩子，
你用自己坚强的双手抚摩他的面颊。

墨西哥啊，我就此停笔，
在这里，我要把这些文字，

---

① 指苏联和墨西哥给了西班牙第二共和国支持和援助。

镌刻在你的太阳穴上，让岁月
逐渐冲刷掉爱过你的自由深沉的人
留下的这一篇新的颂词。
我对你说一声再见，但是并不离去；
我离去，却不能
对你说再见。

因为，墨西哥啊，今生今世你都将
像一只迷途的小小雄鹰在我的血管里盘旋，
只有到最后，死神才能将它的翅膀
折断在我这个已经沉睡的战士的心坎上。

14

归来

(1944) ①

我回来了……智利以沙漠黄的脸色
接待了我。
　　　　　我曾经在荒漠的月亮
沙覆的火山口里漫游并吃尽苦头，
我看到了地球上蛮荒的领地，
没有葡萄藤叶的单调光区，空虚的距离。
空虚？但是，没有草木，没有禽兽，没有粪便，
大地向我展示了自己光秃的身躯
以及远处柔弱的飞禽和火红胸脯诞生之外的
冰冷的长线。

然而，在更远的地方，人们在挖掘疆界，
收集散布四处的坚硬金属，
有的像苦涩谷物的面粉，
有的像烈焰顶上的白炽光晕，
人和月亮，全都用裹尸布将我缠绕，
直至使我失去幻梦之中的空虚脉络。

我投身荒漠，于是，炉渣中的人
就从自己的洞穴里，从其无声的坎坷中走了出来，
而我则了解到我那些被丢弃的人民的疾苦。

---

① 聂鲁达于 1944 年开始竞选参议员。

于是我走街串巷，去那些显赫的地方，
讲述亲眼见到的一切，
展示那双触摸过饱含痛苦的泥土、
一贫如洗的住宅、不堪入口的面包，
和被遗忘的月亮的孤寂的手。

我想要同我那些没有鞋穿的兄弟
肩并肩地去改变这肮脏金钱的王国。

我受到追捕，但是我们的斗争却在继续。

真理比明月更为崇高。

矿区的人民张望夜空的时候，
就会看到月亮好像镶嵌在一艘黑色的航船上。

在黑暗中，我的声音
被大地最为坚强的种族分享。

15

木线

我是一个没有手的瞎眼木匠。
　　　　　　　　　　　　我曾经
在水下生活过，忍受过寒冷，
我未曾打造出香匣，
未曾筑起一根根雪松垒高的居室，
但是，我的歌曾经追寻过森林的脉络、
隐秘的纤维、甘甜的树蜡，
曾经折断过树枝，
用木质的嘴唇为孤寂增添一点儿香气。

我热爱每一种材料，每一滴
鲜血或金属，清水和谷穗，
我曾经走进
空洞和流沙护卫的深厚地层，
甚至像死人一样用残损的嘴巴
在大地的葡萄串中歌唱。

陶土、黏土、美酒曾经将我覆盖，
我曾经通过抚摩
使肌肤的臀部震颤，
它火一般的花朵悬在我的喉咙之下，
而我的感官曾经拂过岩石，
一直深入到闭合的伤疤。
如果不了解我存在之前的职责，

如果没有成为
　　　　　　注定要
捶打我的坚韧的冶金师，
或者被冬天的马匹嗅过的锯木厂，
我怎么会改变？

一切都变成了甜蜜和源泉，
而我所做的不过是谱写夜曲。

16

战斗的善心

可是，我未曾有过死于街头的善心。
我讨厌它的脓管，
也未曾触碰它已遭污染的海。

我挖到比咬人的眼神更远的地方
并淘炼出如同金属般的善良，
而我于剑尖上生出的心脏
在伤疤中间逐渐长成。
我在人们当中搬卸泥土或匕首，
自己没有受到丝毫损伤。
　　　　　　　　　　残害或者投毒
都不是我分内的事情。
我未曾捆绑起手无寸铁的人
让他去忍受冰冷皮鞭的抽打，
我未曾将手伪装起来
到广场上去窥探以寻找仇人：
我所做的只是靠自己的须根生长，
供养我的躯身的土地
辨认出隐藏着的蛆虫。

星期一撕咬我，我就给了它一些叶片。
星期二凌辱我，我却沉入了梦乡。
星期三龇着狂暴的牙齿走来，
我继续培植自己的须根，任它靠近。

而当星期四带着布满鳞片
和黑色荨麻的毒矛冲过来时，
我则在自己的诗歌里等着
并在皓月下斩断了它的羽翼。

让他们来到这剑上粉身碎骨吧。

让他们来到我的领地化为灰烬。

让他们来吧，或组成黄色军团，
或集结为硫黄的群体。

在我的歌声之下七里处，
他们将啃咬钟的黑暗与鲜血。

17

钢铁聚汇

(1945)①

我见过坏事和坏人，但不是在其巢穴。

有巢穴的邪恶是一个神话故事。

对那些落得衣不蔽体的穷人，
在充满着不幸的矿山的路上，
人们安置了一个又一个巫婆。
我发现邪恶就坐在高高的裁判席上：
在参议院里，我看见它衣装笔挺，
油头粉面，让辩论和提案
朝着他们自己的口袋偏转。
坏事和坏人
刚刚从浴室走出来：他们
一个个心满意足，
而且在假斯文方面
做得无可挑剔。
我见过坏事，
而为了挖除这一脓疮，
我曾和其他人一起做过努力，
我进行秘密盘算，化作无名的金属，
同人民和尘土结成不可战胜的联盟。

---

① 聂鲁达于 1945 年当选参议员，此诗讲的就是他在参议院的体验。

狂傲者在自己的象牙柜里
凶狠地张牙舞爪，
邪恶化作流星走过
并且说道："他们孤独的耿直
可佩可敬。
由他去吧。"

性急者掏出自己的讲稿，
骑着宝剑停在空旷无人的大街上
发表起演说。
坏人经过对他说："你多么勇敢！"
然后就去俱乐部把这丰功伟绩评论。

然而，一旦我变成岩石和灰浆，
宝塔和钢铁，联合的音节，
一旦我握紧人民的手
并同整个大海一起投入战斗，
一旦我抛却孤独
并把骄傲送进博物馆，
把虚荣丢到破烂马车的顶上，
一旦我同其他人结成政党，
一旦纯洁的金属组织起来，
邪恶便会说道：
"对他们不能手软，送进监狱，处以死刑！"

可是，已经晚了，
人类的运动，我的党，

一旦变为未来的希望
和普遍的果实，
就成了坚实扎根于地下的不可战胜的春天。

18

酒

春天的酒……秋天的酒，
伙伴们啊，请给我一张桌子
以承接二分点①的落叶，
请给我略显苍白的世界中的大河，
它正推着自己的轰响远离我们的歌声。
我是个好伙伴。

你走进我的家门不是为了让我
截取你的一段生命。也许，当你离去的时候，
会带走我的某些东西，板栗，
玫瑰或者须根的安全感，或者
我愿意同你共乘的舟楫，伙伴。

请你同我一起高歌，直至酒杯翻倒、
让紫红色的浆液
在桌子上流淌。
蜜汁从大地，
从黑色的葡萄串中流进你的嘴里。

我是多么需要歌的影子，
我坦诚地
从生命中取出我所信奉的

① 即春分点和秋分点。

无与伦比的男子汉气概，我爱慕的伙伴，
如同饱含皱曲柔情的树木般的友谊。

请你把手伸给我，请与我相见，
简单得很，你不要到我的话语中寻找，
你要找的是赤裸植物的气味。

为什么你对我的要求高过对一个工人的要求？
你知道我渐渐锻造这潜藏的铁匠铺，
我只愿意用自己的语言讲话。
如果你不喜欢风，那就请你去找医生。

我们将啜饮大地轰隆作响的酒浆歌唱：
我们将共同举起秋天的酒杯，
吉他或沉默将会带来
连绵的爱情，并不存在的江河的潺潺，
没有意义的优美诗章。

19

大地的果实

土地如何通过玉米升腾以寻找
乳汁般的阳光、须发、坚硬的象牙、
成熟谷穗的精美网络
和逐渐剥落的金色王国？

我想吃洋葱，请你从市场给我
带一个充满晶莹白霜、
使土地变成蜂蜡并保持
悬空舞女般平衡的圆球。
请给我几只带有野林苔藓味道的
山珍鹌鹑，请给我一条
流淌着泉水深深的湿润、
在层叠的柠檬花蒂下
睁着无神的金眼、
打扮得像国王一样的鲜鱼。

我们走吧，栗树下的篝火
会将它白色的珍宝留在炭火上，
一只羔羊带着它全部的贡品，将自己变得金黄，
直到成为你口中的佳肴。

请你给我大地上的一切：
刚刚从山野的树上坠落的鸽子，
临死的时候拉长自己身上

小小珠斑的鲜嫩河鳗，
还有一盘桀骜不驯的海胆，
将自己海底的橘红身躯
献给新鲜莴苣叶组成的蓝天。

我的全部血管
都爱过、游历过大地，
在那腌兔
散发的原始香气
飘满午餐的空气之前，
我这浸满大地精华的嘴巴，
却要品尝那刚刚剥开，
还浸在珠壳的咸汁里的南方牡蛎。

20

巨大欢乐

我所勘察过的黑暗已经不再属于我。
我有着桅杆般持久的欢乐，
森林的遗产、旅途的风
以及大地的阳光下不可更改的日子。

我写作不是为了被别的书籍束缚，
也不是为了百合花一样如饥似渴的学徒，
而是为了普通的百姓，
他们渴求水和月亮、维持稳定秩序的元素、
学校、面包和酒、吉他和工具。

我为人民而写作，尽管他们
村野的眼睛还读不懂我的诗歌。
那些搅动我生命的风一般的诗行
终有一刻会传入他们耳中，
到那时，农民将抬起自己的眼睛，
矿工将带着笑容凿碎岩石，
拉风箱的工人将擦净自己的额头，
渔夫将更清晰地看到
活蹦乱跳地烧灼他手掌的鱼在闪光，
刚刚洗得干干净净还散发着肥皂香味的
机械师将会翻阅我的诗集，
他们也许还会说："这是一位同志。"

　　这就足够了，这才是我想要的桂冠。

我希望，在工厂和矿山的出口，
我的诗歌融汇于土地、空气，
和受欺凌之人的胜利。
我希望，某位青年能够
把我用金属慢慢建造的苦难看成一个宝盒，
在直面它、将它打开的时候，发现生活，
并用自己的心灵去感触
那在狂风暴雨中铸造出我的欢乐的阵阵冲击。

21

死亡

我曾经多次死而复生，
从落败的星辰的渊底
重建我亲手布下的永恒的脉络，
而现在我就要死去，仅此而已，
泥土将掩埋我这副注定要化为泥土的躯体。

我没有购买教士们叫卖的
一片天空，也没有接受
玄学家为无所事事的权贵们
杜撰出来的愚昧。

我愿意像那些无暇探究死亡，
被那些已经购得天堂
并安排妥当的人们凌虐的
穷人一样死去。

我对自己的死已经准备就绪，
比如一身等待我穿上的寿衣，
它是我喜爱的颜色，是我徒然寻求的大小，
是我所需要的深度。

一旦爱耗尽了自己无可置疑的力量
而斗争把自己的铁锤
转移到另外一些新生力量的手中，

死亡就要来抹掉
构成你的疆界的标记。

22

生命

让别人去为墓地操心吧……
　　　　　　　　　　　　世界
有一种苹果般的赤裸颜色：江河
汇聚着未曾开发的勋章的洪流，
到处都有美丽的罗萨莉娅[1]
和胡安同志……
　　　　　　　　毛石筑就
城堡，而我的家则是由比葡萄还要柔软的泥土
混合着小麦的废弃物构建而成。
广阔的土地，爱情，悠扬的钟声，
留待黎明的战斗，
等待过我的情人的秀发，
沉睡的绿松石矿床：
房屋，道路，铸成被梦
冲走的雕像的浪涛，
黎明中的面包房，
沙滩上有教养的钟，
循环不已的麦子中的虞美人，
还有这双糅合了我自己生命素材的
黑黢黢的手：
柑橘在不同的命运之上
朝着生点燃自己。

---

① 西班牙语中常见的女人名字。

让掘墓人去翻拣
那些不祥的东西吧，
让他们收敛起灰烬中无光的碎片，
让他们去讲述蛆虫的语言。
我的面前只有种子，
昌盛和甜蜜。

23

遗嘱（1）

我要把自己在黑岛[①]海滨的房子
留赠给铜业、煤炭和硝石
工会。
我要让那些被利斧和叛徒们
洗劫过、神圣的血液横遭践踏、
被蹂躏成为火山残片的祖国里
受尽凌虐的孩子们在那里休息。

我希望那些疲惫的人们
能够在曾经溢满我的领地的
纯洁爱情的荫庇下休息，
被晒黑的人们能够坐到我的桌边，
伤残的人们能够在我的床上入眠。

兄弟，这里就是我的家，
请到我这个在贫穷的战斗中建造起来的
海花星石世界中来。
在这里，我窗口的声响
仿佛发自于一只不断生长的海螺，
而后又在我这杂乱的地质上
生成自己的纬线。
　　你来自灼热的坑道，

① 原名科尔多瓦海滩，由于海岸岩石是黑色的，聂鲁达将这个地方改称“黑岛”。1939 年，聂鲁达正式购买黑岛土地及岛上房屋。

来自充满仇恨
充满含硫气流的矿井：
这里有我为你准备的
宁静，我的大洋的泉水和晴空。

24

遗嘱（2）

我要把从世界各个角落收集来的
印制精美得令人肃然的
旧书留给
美洲新一代的诗人们，
　　　　　　　　　　总有一天
他们会把明天的思想
编在中断的喑哑织机上。

他们出生的时候，
死去的伐木工们和矿工们的粗拳
肯定已经付出了无数的生命，
为清理不公的大教堂、
失衡的谷物、
搅乱我们那如饥似渴的原野的乱丝。
让他们去触摸
这个扼杀钻石的昔日的地狱，
让他们去捍卫
他们歌中的富饶世界，
苦难之树上结出的果实。

在权贵们的遗骨之上，
远离我们被背叛的遗产，
在人民独立行走的全部空气中，
他们将会从最终获得胜利的长期苦难里

建立起章程。

愿他们像我一样喜爱曼里克、贡戈拉
加尔西拉索、克维多[①]：
这些全都是
教会我严谨做人的
巨人般的卫士，
白金的甲胄和雪一般的明净，
愿他们到洛特雷阿蒙[②]的著作里
散发臭气的痛苦中寻找古老的悲鸣。
愿他们在马雅可夫斯基[③]的诗篇里
看到明星怎样升起，星光怎样孕育出谷穗。

---

① 戈麦斯·曼里克（1412—1490）、弗朗西斯科·德克维多（1580—1645），均为西班牙诗人。
② 洛特雷阿蒙（1846—1870），出生于乌拉圭的法国诗人。
③ 弗拉基米尔·马雅可夫斯基（1893—1930），苏联诗人。

25

后事

同志们，请把我埋葬在黑岛，
面对着我熟悉的大海，
面对着我这遗失的双眼再也无法看到的
每一片起伏的石滩和波面。
　　　　　　　　　　　　过去的每天
大洋都为我带来雾霭或纯净的绿松石碎片，
或者只是单纯的阔野，平直不变的水面，
我需要的那掩盖我额头的空间。

遍体黑羽的鸬鹚的款步，
喜爱冬天的灰色大鸟的飞舞，
马尾藻结成的黑色圆环，
冒着寒气的巨浪，
还有，大地凛冽的风侵袭着的
如同海雾和盐分之子的
隐秘的百草园，以及岸边
根植于无际沙滩的细碎花冠，
滨海的大地上所有带着潮气的景物
都了解我的每一种欢乐，
　　　　　　　　　　　　都知道
我愿意在大海和陆地的眼睑之间
安眠……
　　　　　　　我期望
狂暴的海风冲击撕碎的雨丝

将我冲入地下的深处，
然后再顺着地底的河道
奔向地层里复苏的春天。

请在我的旁边为我所爱的女人开凿墓穴，
待到某一天，让她在地下再一次将我陪伴。

26

我要活着

（1949）

我不会去死。在这
到处是火山爆发的日子里，
我要面向群众，面向生活。
今天我把这些事情做了安排，
因为枪手们正在徘徊，
他们怀抱着“西方文化”，
双手在西班牙进行屠杀，
在雅典树起摇晃的绞架，
让耻辱统治着智利，
如此等等。
　　　　　从现在起
我要留下期待着同我再次相见，
用星辰般的手敲击我房门的
语言、村庄和道路。

27

致我的党

你教导我要同手足般对待不认识的人们。

你给了我所有活着的人的力量。

你使我如同出生一般再次有了祖国。

你赐予我孤独者所没有的自由。

你教会我要让仁厚像火一样炽热。

你让我知道了树木所需的耿直。

你教我学会分辨人们的共性和区别。

你告诉我个人的痛苦可以在集体的胜利中泯灭。

你教会我在自己兄弟的硬板床上安然入睡。

你让我以现实为基石进行建设。

你使我疾恶如仇又能制约愤激。

你让我看到了世界的光明和欢乐的可能。

你让我坚不可摧，因为同你在一起，我便超越了我自己。

28

就此结束

(1949)

本书就此结束。
它诞生于火炭般,
林火焚烧的土地般的愤怒,
我希望它继续播扬自己清明的光焰
如同一棵红色的大树。
然而,在它的枝叶间,
你所见到的并不只是仇怨,
它的根系寻求的不只是苦痛,还有力量,
而我就是沉思的岩石般的力量,
我就是挽在一起的手臂的欢乐。

终于,我在人群中间感到自如。

在人群中间,仿佛鲜活的空气,
我摆脱了窒闷的孤独
投入到战斗的群众,
我感到自如,因为我的手拉着你的手,
共同制服不驯的欢乐。

我歌唱的这些山川河流
是一个人普通的作品,是开放的面包,
说不定什么时候
劳动者阶层就会举起它的火种

并再一次在大地的航船上
撒播它的烈焰和叶片。

也许在没有苦痛，没有
黑色植株的不洁丝缕
粘黏于我的诗歌中的新时代，
这话语会重获新生，
而我这颗炽热而破碎的心
就会再一次燃起冲天的火焰。
本书就此结束，在这里
我留下写于遭受迫害期间，
在我的祖国的秘密羽翼下歌唱的
《漫歌》。
今天是二月五日，一九四九年，
在智利，“戈多马尔－德切纳①”，
再过几个月
就是我的四十五岁生日。

① 据《聂鲁达生平》的作者马尔加里塔·阿吉雷记载，聂鲁达是在圣安娜－德切纳完成《漫歌》的。当时他住在胡利奥·维加·戈多马尔的家里。为了不给敌人留下追捕的线索，将胡利奥·维加的姓氏之一“戈多马尔”作为地名题在了这里。聂鲁达于1949年2月24日离开智利。《漫歌》于1950年首次在墨西哥出版并同时在智利秘密发行。

索引

♪ 大地上的灯

♪ 马丘比丘之巅

♪ 征服者

♪ 解放者

♪ **被背叛的沙子**

♪ 亚美利加，我不是徒然地呼唤你的名字

♪ 智利漫歌

♪ **这片土地名叫胡安**

♪ **愿那劈木工醒来**

♪ **逃亡者**

普尼塔基的鲜花

歌声的河

献给黑暗中的祖国的新年大合唱

大洋

♪ 我是

图书在版编目（CIP）数据

漫歌 /（智）聂鲁达著；赵振江，张广森译. -- 海口：南海出版公司，2021.6
ISBN 978-7-5442-9678-6

Ⅰ. ①漫… Ⅱ. ①聂… ②赵… ③张… Ⅲ. ①诗集－智利－现代 Ⅳ. ①I784.25

中国版本图书馆CIP数据核字（2021）第044949号

著作权合同登记号 图字：30-2020-048

漫歌
〔智利〕巴勃罗·聂鲁达 著
赵振江 张广森 译

出　　版 南海出版公司 （0898）66568511
　　　　 海口市海秀中路51号星华大厦五楼 邮编 570206
发　　行 新经典发行有限公司
　　　　 电话（010）68423599 邮箱 editor@readinglife.com
经　　销 新华书店

责任编辑 黄宁群
特邀编辑 梅　清 李　珊 吕宗蕾
营销编辑 张　典 李筱竹
装帧设计 韩　笑
内文制作 张　典 田晓波

印　　刷 河北鹏润印刷有限公司
开　　本 850毫米×1092毫米 1/32
印　　张 23.5
字　　数 230千
版　　次 2021年6月第1版
印　　次 2021年8月第2次印刷
书　　号 ISBN 978-7-5442-9678-6
定　　价 108.00元